용기

기백

결단력

해리 포터 시리즈

읽는 순서:

해리 포터와 마법사의 돌
해리 포터와 비밀의 방
해리 포터와 아즈카반의 죄수
해리 포터와 불의 잔
해리 포터와 불사조 기사단
해리 포터와 혼혈 왕자
해리 포터와 죽음의 성물

라틴어로도 읽을 수 있는 책:

해리 포터와 마법사의 돌
해리 포터와 비밀의 방

웨일스어, 고대 그리스어, 아일랜드어로도 읽을 수 있는 책:

해리 포터와 마법사의 돌

함께 읽을 책

신비한 동물 사전
퀴디치의 역사
(코믹 릴리프와 루모스를 돕고자 출간되었음)
음유시인 비들 이야기
(루모스를 돕고자 출간되었음)

이 세 권은 또한 다음의 시리즈로 출간되었습니다:

호그와트 라이브러리
(코믹 릴리프와 루모스를 돕고자 출간되었음)

일러스트 에디션

짐 케이 일러스트
해리 포터와 마법사의 돌
해리 포터와 비밀의 방
해리 포터와 아즈카반의 죄수
해리 포터와 불의 잔

올리비아 L. 길 일러스트
신비한 동물 사전

크리스 리델 일러스트
음유시인 비들 이야기

J.K. ROWLING

해리 포터

HARRY POTTER

불의 잔

1

J.K. 롤링 지음 | 강동혁 옮김

문학수첩

HARRY POTTER & THE GOBLET OF FIRE

First published in Great Britain in 2000 by Bloomsbury Publishing Plc
This edition Published in October 2020

리들리 씨를 추모하며

피터 롤링에게,

또한 해리가 벽장에서 나올 수 있게 해 준

수전 슬래든에게.

고드릭 그리핀도르

CONTENTS

GRYFFINDOR
그리핀도르

♦ 소개 ♦

"어쩌면 그리핀도르가 될 수도 있겠지.
마음속 깊이 용기를 품은 자들이 사는 곳,
대담함과 용기, 기사도 정신이
단연 돋보인다네."

기숙사 배정 모자

네 마리 거대한 용의 주둥이에서 격렬한 불길이 쏘아져 하늘로 치솟자 해리 포터는 트라이위저드 대회의 첫 번째 과제에서 불의 시험이 그를 기다리고 있다는 걸 알게 됩니다. 호그와트 마법학교는 다양한 국적의 어린 마법사들이 친목을 도모하고 서로를 더욱 잘 이해하는 데 목적을 둔 전통적인 대회 기간에 보바통과 덤스트랭의 학생들을 초청하는 영광을 누립니다. 예상치 못했던 네 번째 대표 선수로 마지못해 대회에 참여하게 된 해리는 노련한 오러에게도 만만치 않은 도전 과제뿐만이 아니라, 세드릭 디고리가 진정한 대표 선수라고 생각하는 다른 호그와트 기숙사 학생들의 적개심과도 맞서야 합니다.

그리핀도르 기숙사의 색깔인 빨간색과 황금색은 에너지와 열정의 상징인 불이라는 원소의 불길을 나타냅니다. 이 기숙사의 학생들은 눈길을 끄는 영웅주의와 충동적 행동으로 유명하지만, 이번 학년에 살아남고자 한다면 해리는 그리핀도르의 더욱 강력한 특징인 결단력과 용기를 끌어내야 합니다.

헤르미온느 그레인저는 각 과제에 대비하는 해리의 흔들리지 않는 아군으로, 해리가 *아씨오* 주문을 완벽하게 익히도록 도와줍니다. 이 주문이 해리의 목숨을 구하죠. 이 해에 헤르미온느는 새로운 관심사에 열정적으로 몰두하고 S.P.E.W.를 만들어 집요정의 권리를 위해 싸우겠다는 두려움 없는 결단력을 보이며 철저한 그리핀도르임을 증명합니다. 또한 국제적 마법사 공동체의 협력을 증진하는 데 시간을 보내기도 하죠. 이런 일은 헤르미온느가 퀴디치 스타인 빅토르 크룸의 눈길을 사로잡는 도서관에서 주로 일어납니다.

시리우스 블랙의 예상은 정확했던 것으로 밝혀집니다. 볼드모트 경의 부하인 바티 크라우치 2세는 처음부터 끝까지 해리를 상대로 교활하고 은밀한 계획을 세우고 있었습니다. 해리는 세 번째 과제에서 세드릭과 함께 트라이위저드 우승컵을 잡으면서 자기도 모르게 어둠의 왕이 부활하는 데 힘을 보태게 됩니다.

해리는 리틀 행글턴 묘지에서 친구가 살해당하는 장면을 목격한 뒤 궁극적으로 용기를 시험받게 됩니다. 호랑가시나무에 불사조 깃털 심지가 들어간 마법 지팡이만으로 무장한 해리는 꿋꿋이 서서 볼드모트 경과 결투하다가 죽기로 결심합니다. 고드릭 그리핀도르가 설립한 이 고귀한 기숙사에 배정받은 이들은 쉬운 탈출을 선택하려 들지 않습니다. 그리핀도르라면 어둠의 왕의 군대를 상대로 다가오는 전쟁에서 옳은 일을 하리라고 믿을 수 있습니다.

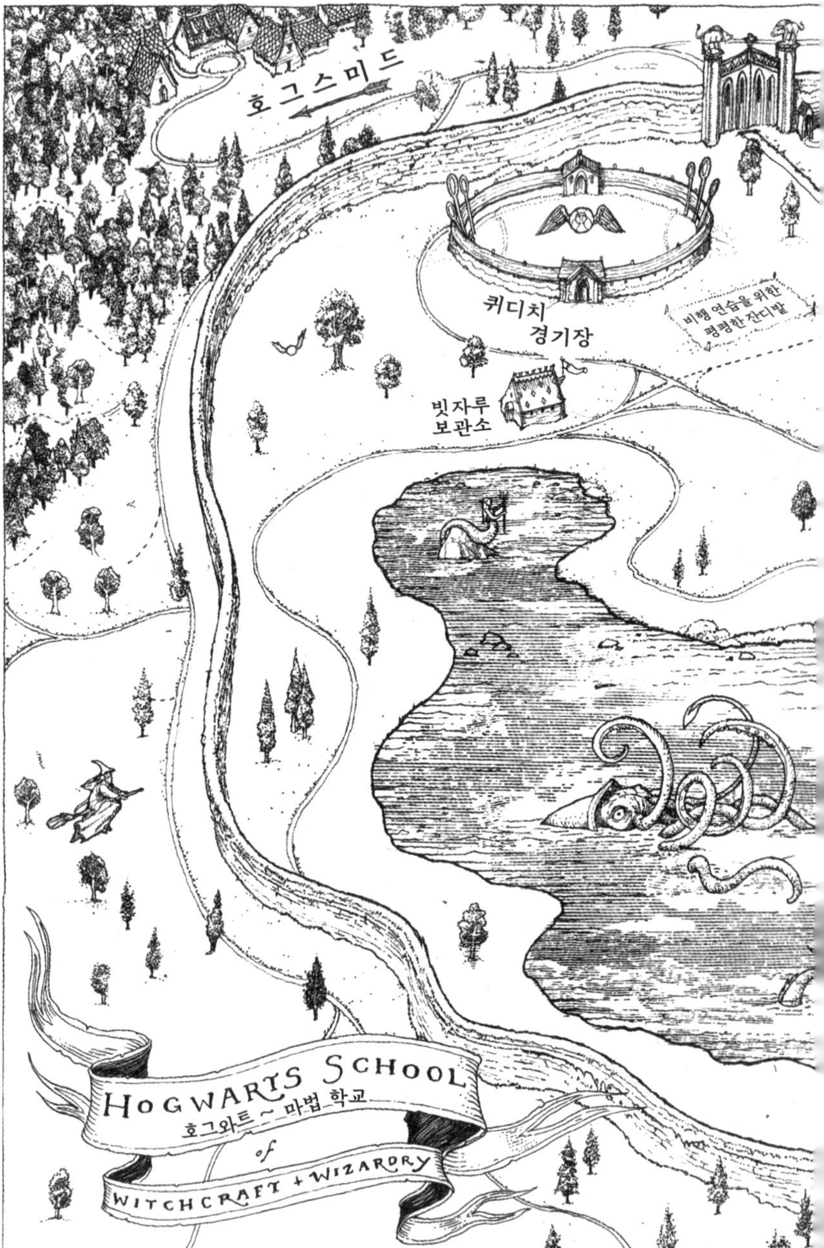

호그스미드
퀴디치
경기장
비행 연습을 위한
평평한 잔디밭
빗자루
보관소
HOGWARTS SCHOOL
호그와트 마법 학교
of
WITCHCRAFT + WIZARDRY

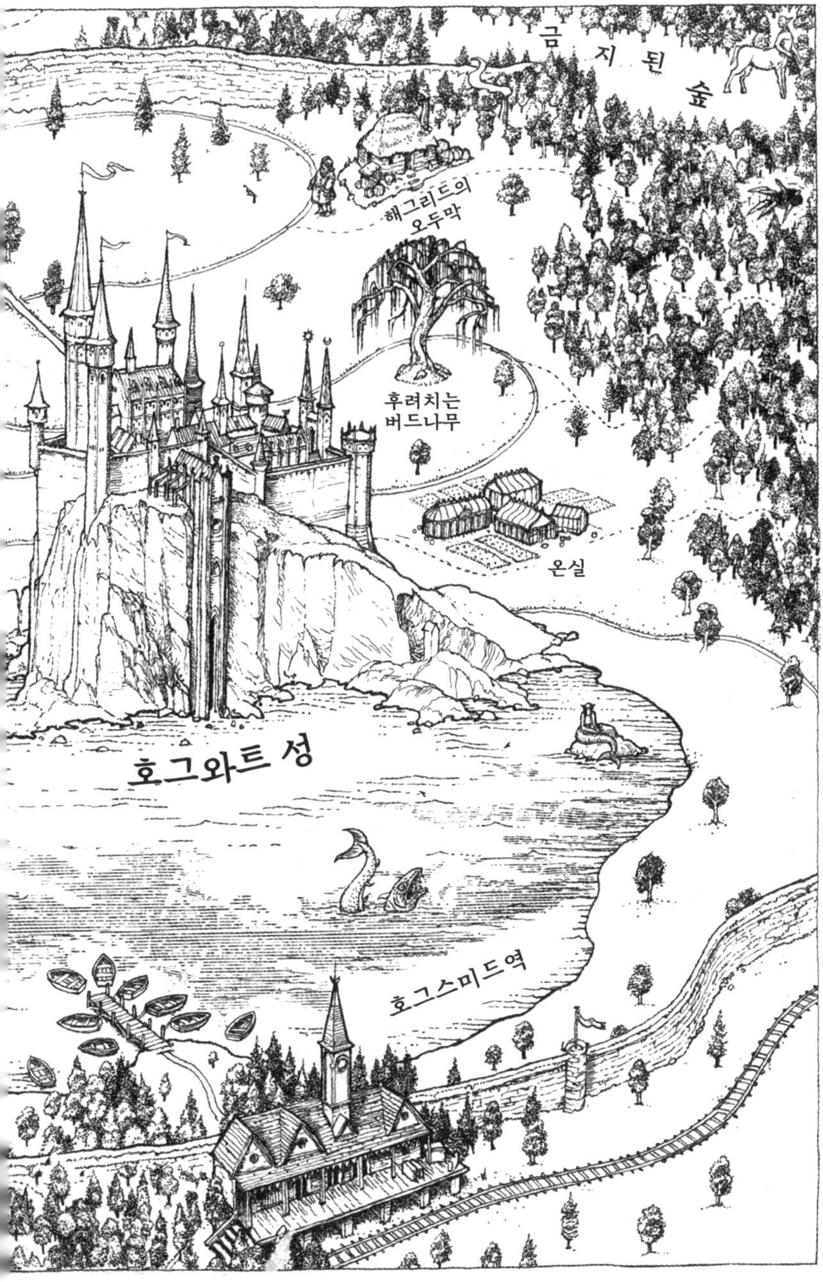
금지된 숲
해그리드의
오두막
후려치는
버드나무
온실
호그와트 성
호그스미드역

1장

리들 저택

리들 가족이 그곳에 살았던 건 오래전 일이지만 리틀 행글턴 마을 사람들은 아직도 그 집을 '리들 저택'이라고 불렀다. 마을을 내려다보는 언덕 위에 서 있는 그 저택은 창문 몇 개가 널빤지로 막혀 있고 지붕 타일 장식이 군데군데 떨어져 나갔으며, 건물 정면에는 담쟁이덩굴이 제멋대로 뻗어 있었다. 한때 훌륭한 대저택이자 인근 몇 킬로미터 안에서 가장 크고 웅장했던 리들 저택은 지금 우중충하고 버려진 채 아무도 살지 않는 건물이 되었다.

리틀 행글턴 사람들은 하나같이 이 낡은 저택이 "소름 끼친다"고 입을 모았다. 반세기 전 그곳에서 뭔가 이상하고 끔찍한 일이 일어났던 것이다. 마을의 나이 든 주민들은 지금까지도 얘깃거리가 떨어지면 그 일에 대해 떠들기 좋아했다. 이야기가 너무 여러 번 걸러지고 덧대어져 더 이상은 누구도 어떤 것이 진실인지 장담하지 못했지만, 어느 이야기든 시작은 모두 같았다. 리들 저택이 아직 잘 관리되고 웅장한 위용을 자랑하던 시절인 50년 전 어느 맑은 여름날 새벽, 하녀 한 명이 응접실에 들어갔다가 리들 가족 세 명이 모두 죽어 있는 것을 발견했다.

하녀는 비명을 지르며 언덕 아래 마을로 달려가 닥치는 대로 사람들을 깨웠다.

"눈을 부릅뜨고 누워 있다니까! 얼음처럼 차가워! 저녁도 다 먹지 않았던데!"

누군가가 경찰을 불렀다. 리틀 행글턴 전체가 충격 어린 호기심과 감출 수 없는 흥분으로 들끓었다. 리들 가족이 당한 일을 슬퍼하는 시늉이라도 하는 사람은 아무도 없었다. 리들 가족만큼 평판이 안 좋은 집안도 없었기 때문이다. 늙은 리들 부부는 부유한 속물인 데다 무례했으며, 성인이 된 아들 톰은 한술 더 떴다. 마을 사람들은 모두 살인자의 정체를 궁금해했다. 멀쩡해 보였던 세 사람이 모두 같은 날 밤 아무 이유 없이 죽었을 리는 없었으니까.

마을 전체가 살인 사건 이야기를 하러 오면서 그날 밤 마을의 선술집 '행드 맨'은 손님으로 북적였다. 그 와중에 리들 가족의 요리사가 극적으로 등장했다. 그녀는 돌연 조용해진 선술집에 방금 프랭크 브라이스라는 남자가 체포되었다고 알렸다. 마을 사람들 모두 자기 집 벽난로 곁을 떠나 여기 온 보람이 있었던 셈이다.

"프랭크라니!" 몇몇 사람이 소리쳤다. "그럴 리가!"

프랭크 브라이스는 리들 가족의 정원사로, 리들 저택 정원에 있는 다 쓰러져 가는 오두막집에 혼자 살았다. 그는 한쪽 다리가 매우 뻣뻣해지고 군중과 시끄러운 소리를 지독하게 싫어하게 된 채 전쟁터에서 돌아와 그 뒤로 줄곧 리들 저택에서 일했다.

사람들은 요리사에게 술을 사 주며 더 자세한 이야기를 들으려고 몰려들었다.

"옛날부터 이상하다 싶었다니까." 요리사는 셰리주를 넉 잔째 마신 다음 귀를 쫑긋 세운 마을 사람들에게 말했다. "불친절하다고 해야 하나? 같이 차 한잔 마시려면 백 번은 졸라야 했어. 정말 사람들이랑 어울리는 걸 싫어했지."

"아, 그것 참." 바에 있던 한 여자가 말했다. "전쟁을 호되게 겪었잖아, 프랭크는. 조용히 살고 싶은 거야. 그런 걸로 무슨……."

“뒷문 열쇠를 가진 사람이 또 누가 있는데?” 요리사가 쏘아붙였다. “내가 기억하기로 정원사 오두막에는 아주 오래전부터 여벌 열쇠가 걸려 있었어! 어젯밤에 억지로 문을 연 사람은 아무도 없었고! 창문 한 장 안 깨졌다니까! 프랭크라면 모두가 잠들었을 때 저택으로 살금살금 올라가기만 해도…….”

마을 사람들은 어두운 표정을 주고받았다.

“어째 표정이 항상 험상궂다 싶었어. 그럼 그렇지.” 바에 있던 한 남자가 툴툴거렸다.

“전쟁 때문에 정신이 나간 모양이구먼.” 술집 주인이 말했다.

“내가 그랬잖아, 프랭크는 왠지 건드려선 안 될 것 같다고. 안 그래, 닷?” 구석에서 한 여자가 흥분해서 말했다.

“성질이 더럽지.” 닷이 격하게 고개를 끄덕이며 말했다. “기억나. 프랭크가 어릴 때…….”

다음 날 아침이 되자 리틀 행글턴에서 프랭크 브라이스가 리들 가족들을 죽였다는 데 의심을 품는 사람은 거의 없었다.

그러나 이웃 마을인 그레이트 행글턴의 어둡고 침침한 경찰서에서 프랭크는 고집스럽게 결백을 주장하고 있었다. 그는 리들 가족이 죽은 날 저택 근처에서 본 사람이라고는 검은색 머리카락에 얼굴이 창백한, 처음 보는 10대 소년 한 명뿐이었다고 거듭 주장했다. 하지만 마을의 다른 사람들은 누구도 그런 소년을 보지 못했다. 경찰은 프랭크가 그 얘기를 지어냈을 거라고 확신했다.

그때, 프랭크에게 일이 무척 심각하게 돌아가던 바로 그 시점에, 리들 가족의 시체 검시 보고서가 도착해서 모든 상황을 바꾸어 놓았다.

그것은 경찰이 여태껏 받아 본 것 가운데 가장 이상한 보고서였다. 시체를 부검한 의사들은 리들 가족 중 누구도 독살되거나 칼에 찔리거나 총에 맞거나 교살당하거나 질식사하거나 (그들이 알아볼 수 있는 한) 아무런 해를 입지 않았다고 결론 내렸다. 사실 보고서는 누가 봐도 당황한 어조로, 죽었다는 사실을 제외하면 리들 가족 모두가 완벽히 건강한 상태라는 내용으로 이어졌다. 다만 의사들은 (시체에서 뭐라도 잘못된 점을 찾으려고 결심한 듯) 리들 가족 모두 겁에 질린 표정을 짓고 있었다고 지적했다. 하지만 낙심한 경찰이 한 말처럼, *겁에 질려* 죽었다는 게 가당키나 한 말인가?

리들 가족이 살해당했다는 증거가 전혀 없었으므로 경찰

은 어쩔 수 없이 프랭크를 석방했다. 리들 가족은 리틀 행글턴 교회 묘지에 묻혀 잠깐 호기심의 대상이 되었다. 놀랍게도 프랭크 브라이스는 의심의 먹구름이 자욱한 가운데 리들 저택 정원에 있는 오두막으로 돌아왔다.

"내 생각엔 저 인간이 죽였을 거야. 경찰이 뭐라든 믿을 수 없어." 행드 맨에서 닷이 말했다. "조금이라도 염치가 있으면 여길 떠나야지. 우리가 다 안다는 걸 자기도 뻔히 알 텐데."

그러나 프랭크는 떠나지 않았다. 그는 남아서 리들 저택에 입주한 다음 가족을 위해, 또 그다음 가족을 위해 정원을 돌봤다. 두 가족 다 오래 머물지는 않았다. 새 주인들이 이곳에서 불쾌함을 느낀 데는 프랭크 탓도 어느 정도 있었을 것이다. 그렇게 사는 사람이 없어지자 리들 저택은 서서히 황폐해져 갔다.

현재 리들 저택을 소유하고 있는 부유한 남자는 그곳에 살지도 않았고, 다른 목적으로 그 건물을 사용하지도 않았다. 마을 사람들은 정확히 무슨 문제인지는 모르지만 그가 '세금 문제' 때문에 저택을 가지고 있는 걸 거라고 수군거렸다. 아무튼 그 부유한 주인은 프랭크에게 정원사 급료를 계속 지불했다. 일흔일곱 번째 생일을 앞둔 지금 프랭크는 귀가 심하게 먹고 아픈 다리는 어느 때보다 뻣뻣한 상태였다. 하지만 날씨가 좋을 때면 그가 꽃밭 주위를 어슬렁거리는 모습이 목격되곤 했다. 비록 잡초가 무성해지면서 슬금슬금 그의 신경을 건드리고 있긴 했지만.

프랭크가 맞서 싸워야 하는 것은 잡초만이 아니었다. 마을 소년들은 상습적으로 리들 저택 창문에 돌을 던졌다. 프랭크가 애써 깔끔하게 가꾼 잔디밭으로 자전거를 몰고 들어오기도 했다. 모험을 한답시고 낡은 집에 침입한 적도 한두 번 있었다. 나이 든 프랭크가 리들 저택과 그 정원을 헌신적으로 돌본다는 사실을 아는 그들은 그가 정원을 절뚝절뚝 걸어오면서 지팡이를 흔들어 대고 쉰 목소리로 고함을 지르는 모습을 보며 즐거워했다. 프랭크는 프랭크대로 소년들이 그를 괴롭히는 건 그들의 부모나 조부모처럼 그를 살인자라고 생각하기 때문이라고 믿었다. 그래서 8월의 어느 날 밤, 잠에서 깨어 저 낡은 저택에서 뭔가 굉장히 이상한 일이 벌어지고 있는 것을 보고서도 프랭크는 그저 소년들이 그를 괴롭히려는 시도를 한 단계 더 밀고 나간 게 아닐까 짐작할 뿐이었다.

프랭크가 잠에서 깬 건 아픈 다리 때문이었다. 나이가 들면서 다리는 그 어느 때보다도 심하게 아팠다. 그는 자리에서 일어나 절뚝거리며 부엌으로 내려갔다. 뜨거운 물을 병에 다시 채워 뻣뻣한 무릎을 풀어 보려는 생각이었다. 그는 싱크대 앞에 서서 주전자에 물을 받다가 리들 저택을 올려다보았다. 2층 창문에서 깜빡거리는 불빛들이 보였다. 프랭크는 무슨 일이 벌어지고 있는지 단번에 알아차렸다. 소년들이 다시 저택에 침입한 것이다. 불빛이 깜빡이는 모양을 보니 불을 피운 것 같았다.

프랭크의 오두막에는 전화기가 없었다. 리들 가족의 석연찮은 죽음 때문에 끌려가서 취조당한 뒤로 어쨌든 경찰을 깊이 불신하게 되기도 했다. 프랭크는 곧바로 주전자를 내려놓고 아픈 다리를 질질 끌면서 최대한 빠르게 위층으로 올라갔다. 곧 옷을 갖춰 입고 부엌으로 돌아온 그는 문 옆에 달린 고리에서 녹이 슨 낡은 열쇠를 집어 들었다. 그러고는 벽에 기대어 있던 지팡이를 짚고 오두막을 나섰다.

리들 저택 현관에는 억지로 문을 연 흔적이 전혀 없었다. 창문들도 마찬가지였다. 프랭크는 절뚝거리면서 저택 뒤로 돌아가 담쟁이덩굴에 거의 가려진 문 앞에 다다랐다. 그는 낡은 열쇠를 꺼내 자물쇠에 밀어 넣은 다음 소리가 나지 않도록 조심스럽게 문을 열었다.

그는 휑뎅그렁한 부엌에 들어섰다. 오랫동안 들어와 본 적이 없었지만, 칠흑 같은 어둠 속에서도 복도로 나가는 문이 어디에 있는지는 똑똑히 떠올랐다. 그는 더듬더듬 그쪽으로 나아갔다. 썩은 내가 콧구멍을 가득 채웠다. 혹시 머리 위에서 발소리나 목소리가 들리지 않을까 싶어 귀를 기울였다. 그는 문을 지나 복도로 나아갔다. 현관문 양옆에 있는, 중간 문설주 달린 커다란 창문 때문에 복도는 다른 곳보다 조금 밝았다. 그는 계단을 오르기 시작했다. 돌계단에 먼지가 두껍게 쌓인 덕분에 발소리와 지팡이 짚는 소리가 들리지 않아 다행이었다.

층계참에서 오른쪽으로 돌자 곧바로 침입자들이 어디에 있는지 알 수 있었다. 복도 맨 끝에 문 하나가 열려 있고 그 사이로 깜빡이는 불빛이 새어 나와 어두운 바닥에 황금색 기다란 빛줄기를 드리우고 있었다. 프랭크는 지팡이를 단단히 쥐고 가까이 다가갔다. 문에서 몇 미터쯤 떨어진 곳에 이르자 방 안이 살짝 들여다보였다.

프랭크는 깜짝 놀랐다. 이제 보니 벽난로 안에서 불이 활활 타오르고 있었던 것이다. 그는 움직임을 멈추고 방 안에서 들려오는 한 남자의 목소리에 열심히 귀를 기울였다. 소심하고 겁에 질린 듯한 목소리였다.

“병에 좀 더 남아 있습니다, 주인님. 시장하시다면 더 드세요.”

“나중에 먹겠다.” 또 다른 목소리가 말했다. 이번에도 남자 목소리였지만 이상할 만큼 음이 높았고 얼음장 같은 바람이 일 만큼 차가웠다. 그 목소리에 깃든 뭔가가 프랭크 목덜미의 몇 없는 머리카락을 쭈뼛 서게 만들었다. “나를 불가로 더 가까이 옮겨 놓아라, 웜테일.”

프랭크는 더 잘 들리는 오른쪽 귀를 문에 가까이 댔다. 병을 뭔가 단단한 것 위에 내려놓는 달그락 소리에 이어 무거운 의자가 바닥에 끌리는 듯 둔탁하게 긁히는 소리가 들렸다. 문을 등진 채 의자를 미는 왜소한 남자의 모습이 힐끗 보였다. 그는 긴 검은색 망토를 걸쳤고 뒤통수는 부분적으로 머리카락이 벗어져 있었다. 이윽고 남자는 다시 시야에서 사라졌다.

“내기니는 어디 있느냐?” 차가운 목소리가 말했다.

“모, 모르겠습니다, 주인님.” 처음 들렸던 목소리가 초조한 듯 말했다. “저택을 살펴보러 간 것 같은데요…….”

“잠자리에 들기 전에 내기니의 독을 뽑아라, 웜테일.” 두 번째 들렸던 목소리가 말했다. “밤에 먹어야겠다. 이번 여행은 굉장히 피곤하구나.”

프랭크는 이마를 잔뜩 찌푸리고 잘 들리는 귀를 문에 더 바짝 갖다 댄 채 열심히 귀 기울였다. 잠깐 침묵이 흐르더니 웜테일이라는 남자가 다시 입을 열었다.

"주인님, 여기에 얼마나 머무실지 여쭤 봐도 될까요?"

"1주일." 차가운 목소리가 말했다. "그보다 길어질 수도 있다. 이 정도면 그럭저럭 지낼 만한 데다 아직 계획을 실행할 수 없으니. 퀴디치 월드컵이 끝나기 전에 움직이는 건 멍청한 짓이다."

프랭크는 울퉁불퉁한 손가락으로 귓구멍을 후볐다. 귀지가 가득한 탓에 '퀴디치'라는, 전혀 단어 같지도 않은 단어가 들린 게 틀림없었다.

"퀴, 퀴디치 월드컵 말씀이십니까, 주인님?" 웜테일이 말했다. (프랭크는 손가락으로 귓속을 더 거칠게 후볐다.) "용서해 주십시오. 하지만…… 이해가 가지 않아서……. 어째서 월드컵이 끝날 때까지 기다려야 하나요?"

"어리석은 놈. 지금 전 세계 마법사들이 이 나라로 몰려들고 있다. 오지랖 넓은 마법 정부 놈들이 모두 근무를 서지 않겠느냐. 평소와 다른 움직임의 징후가 조금이라도 보이는지 감시하고 신원을 거듭 확인하겠지. 머글들이 아무것도 눈치채지 못하도록 보안을 철저히 할 것이다. 그러니

기다려야 한다.”

프랭크는 귀 후비기를 멈췄다. 분명 ‘마법 정부’, ‘마법사’, ‘머글’ 같은 단어들이 들렸다. 각각 비밀스러운 의미를 가진 표현들이 분명했다. 암호로 말하는 사람들이라니, 프랭크의 머릿속에는 딱 두 부류밖에 떠오르지 않았다. 스파이, 아니면 범죄자. 프랭크는 지팡이를 쥔 손에 다시 힘을 주고 더 바짝 귀를 기울였다.

“그러면 주인님의 결심에는 여전히 변함이 없나요?” 웜테일이 조용히 물었다.

“당연하다, 웜테일.” 차가운 목소리에는 이제 위협적인 어조가 담겨 있었다.

잠깐 침묵이 이어졌다. 잠시 후 웜테일이 다시 말했다. 용기가 사라지기 전에 억지로 입을 연 듯 여러 개의 단어가 순식간에 튀어나왔다.

“해리 포터가 아니어도 가능합니다, 주인님.”

이번에는 좀 더 긴 침묵이 이어졌고……

“해리 포터가 아니어도 된다?” 두 번째 목소리가 부드럽게 속삭였다. “그렇단 말이지…….”

“주인님, 그 애를 걱정해서 이런 말을 하는 게 아니라요!” 웜테일이 쇳소리 섞인 높은 목소리로 말했다. “그 아이는 제게 아무것도 아닙니다. 절대로요! 그냥 누구든 다른 마법사를 쓰면 일이 훨씬 쉬워질 거란 얘깁니다! 제가 잠깐만 주인님 곁을 떠나도록 허락해 주시면……. 주인님께서도 제가 위장을 아주 잘한다는 걸 아시잖아요……. 제가 이틀 안에 적당한 사람을 찾아 오겠습니다……."

"다른 마법사를 쓸 수도 있다." 두 번째 목소리가 조용히 되뇌었다. "그건 사실이지……."

"주인님, 그게 더 합리적입니다." 웜테일이 말했다. 이제는 완전히 마음을 놓은 목소리였다. "해리 포터는 손대기가 아주 어려울 거예요. 그 아이는 엄중한 보호를 받고 있어서……."

"그래서, 네가 자진해서 대용품을 찾아 오겠다는 것이냐? 글쎄…… 그보다는 나를 돌보는 일이 지겨워져서 그런 것 아니냐, 웜테일? 너는 원래의 계획을 버리자고 말하지만 사실은 나를 버리려는 것 아니냐?"

"주인님! 저, 저는 주인님을 떠날 생각이 전혀 없습니다. 절대……."

"거짓말하지 마라!" 두 번째 목소리가 쉿쉿거리는 소리를 냈다. "나는 언제든 알 수 있다, 웜테일! 너는 내게 돌아온 걸 후회하고 있어. 너는 내가 역겨운 거야. 나를 볼 때마다 움찔거리는 게 보이고, 나를 만질 때마다 몸서리치는 게 느껴진다……."

"아닙니다! 주인님에 대한 제 충성은……."

"네 충성은 비겁함에 불과하다. 달리 갈 곳이 있었다면 너는 여기 오지 않았을 것이다. 몇 시간에 한 번씩 독을 먹어야 하는데 너 없이 어떻게 살아남으라는 말이냐? 내기니의 독은 누가 뽑지?"

"하지만 훨씬 강해지신 것 같습니다, 주인님……."

"거짓말." 두 번째 목소리가 나직이 말했다. "나는 강해지지 않았다. 단 며칠만이라도 혼자 지냈다간 네 서툰 보살핌으로 그나마 회복한 힘마저 잃을 것이다. *입 다물어!*"

앞뒤가 안 맞는 말을 더듬거리던 웜테일이 즉시 입을 다물었다. 잠깐 동안 난롯불이 타닥거리는 소리밖에 들리지 않았다. 잠시 후 두 번째 남자가 다시 입을 열었다. 쉭쉭거림에 가까운 속삭임이었다.

"내가 그 아이를 쓰려는 건, 너에게 이미 설명한 것처럼 그럴 만한 이유가 있기 때문이다. 다른 자를 쓰진 않을 것이다. 나는 13년을 기다려 왔어. 몇 달 더 기다린다고 달라질 건 없다. 그 아이를 둘러싼 보호조치에 대해서는 내 계획이 효과를 발휘할 거라고 믿는다. 네가 좀 더 용기를 내기만 하면 된다, 웜테일. 용기를 되찾아라. 볼드모트 경의 분노를 온몸으로 맛보고 싶지 않다면…….”

“주인님, 드릴 말씀이 있습니다!” 웜테일이 말했다. 이제 그의 목소리는 완전히 겁에 질려 있었다. “여행을 하는 내내 머릿속에서 그 계획을 굴려 보았어요. 주인님, 버사 조킨스의 실종이 언제까지고 숨겨지진 않을 겁니다. 만약 이대로 진행한다면, 제가 저주를 건다면…….”

“만약?” 두 번째 목소리가 속삭였다. “*만약*이라? 웜테일, 만약 네가 계획을 따르기만 한다면 마법 정부는 누군가가 실종됐다는 사실을 결코 알지 못할 것이다. 소란 피우지 말고 조용히 해치우도록. 내가 직접 할 수 있다면 더 바랄 나위 없겠지만 지금 상태로는……. 자, 웜테일, 장애물 하나만 더 제거하면 해리 포터에게 가는 길이 열린다. 혼자 해내라는 게 아니다. 그때쯤이면 내 *충실한* 종도 우리에게 돌아올 테니…….”

“*제가* 바로 충실한 종입니다.” 웜테일은 시무룩한 기색이 살짝 깃든 목소리로 말했다.

“웜테일, 내게는 머리를 쓸 줄 아는 사람, 나에 대한 충성이 단 한 번도 흔들린 적 없는 사람이 필요하다. 불행하게도 너는 둘 중 하나도 만족시키지 못하지.”

"제가 주인님을 찾아냈습니다." 웜테일이 말했다. 이제는 확실히 목소리에 샐쭉하니 날이 서 있었다. "주인님을 찾아낸 사람이 저라고요. 주인님께 버사 조킨스를 데려온 사람도 저고요."

"그건 맞다." 두 번째 남자가 말했다. 즐거워하는 목소리였다. "네가 그런 재치를 부릴 거라고는 생각 못 했다, 웜테일……. 그렇지만 솔직히 너는 그 여자를 잡고서도 얼마나 쓸모 있을지 몰랐잖느냐?"

"저, 저는 그 여자가 쓸모 있을 거라고 생각했습니다, 주인님……."

"거짓말." 두 번째 목소리가 다시 말했다. 냉혹한 즐거움이 두드러지는 목소리였다. "어쨌든 그 여자의 정보가 굉장히 유용했다는 걸 부정하지는 않겠다. 그게 없었다면 계획을 세울 수 없었겠지. 그것에 대해서는 너도 보상을 받을 것이다, 웜테일. 날 위해 중요한 임무를 수행하도록 해 주마. 나의 수많은 추종자들은 이 일을 할 수만 있다면 자기 오른팔이라도 기꺼이 내놓을 것이다……."

"저, 정말이십니까, 주인님? 무슨……?" 웜테일은 다시 겁에 질린 목소리였다.

"아, 웜테일. 내가 깜짝 선물을 망치길 바라는 건 아니겠지? 네 역할은 가장 마지막에 등장할 거야……. 하지만 약속하마. 너는 버사 조킨스만큼이나 유용해지는 영예를 누릴 것이다."

"주인님…… 주인님께서는……." 입이 바싹 마른 듯 웜테일의 목소리가 갑자기 거칠어졌다. "주인님께서는…… 저도…… 죽이시려는 겁니까?"

"웜테일, 웜테일." 차가운 목소리가 부드럽게 말했다. "내가 너를 왜 죽이겠느냐? 버사를 죽인 건 그래야만 했기 때문이다. 취조가 끝난 그 여자는 어디에도 쓸 수가 없었다. 정말 쓸모가 없었지. 어쨌든, 그 여자가 휴가 중에 널 만났다는 소식을 갖고 마법 정부로 복귀했다면 곤란한 질문이 쏟아지지 않았겠느냐? 죽은 걸로 돼 있는 마법사가 도로변 여관에서 마법 정부 마법사와 마주치는 일은 있을 수 없으니까……."

웜테일이 뭐라고 중얼거렸다. 소리가 너무 작아 프랭크에게는 들리지 않았지만 두 번째 남자는 웃었다. 즐거워하는 기색이라고는 전혀 없는, 말소리만큼이나 차가운 웃음이었다.

"*기억을 조작했어야 했다고?* 그러나 강력한 마법사는 망각 마법을 깨뜨릴 수 있다. 내가 그 여자를 취조했을 때 증명됐듯이 말이야. 그 여자에게서 빼낸 정보를 활용하지 않는다면 그녀의 *기억*에 대한 모독이 될 것이다, 웜테일."

복도에 있던 프랭크는 문득 지팡이를 쥔 손이 땀으로 미끌미끌한 것을 느꼈다. 차가운 목소리의 남자는 어떤 여자를 죽였다. 그러고도 아무 거리낌 없이, 오히려 *즐거워하며* 그 얘기를 하고 있었다. 위험한 자다. 미친놈이다. 게다가 저자는 더 많은 살인을 계획하고 있다. 누군지는 모르지만 해리 포터라는 아이가 위험에 처해 있다…….

프랭크는 뭘 해야 할지 알았다. 곧바로 경찰에 알려야 한다. 집 밖으로 몰래 빠져나가 마을 공중전화 부스로 직행해야 한다……. 하지만 차가운 목소리가 다시 입을 열었다. 프랭크는 그 자리에 굳은 채 온 신경을 귀에 집중했다.

"한 번 더 저주를 걸면…… 호그와트에 있는 내 충실한 부하가…… 해리 포터는 내 손아귀에 들어온 거나 다름없다, 웜테일. 이미 결정됐다. 더 이상의 논쟁은 없을 것이다. 그런데 가만…… 내기니 소리가 들리는 것 같은데……."

그러더니 두 번째 남자의 목소리가 묘하게 변했다. 그는 프랭크가 한 번도 들어 본 적 없는 소리를 내기 시작했다. 숨 넘어갈 듯이 쉭쉭거리며 내뱉는 소리였다. 프랭크는 저자가 발작 같은 것을 일으켰나 보다고 생각했다.

그때 등 뒤 어두운 복도에서 뭔가 움직이는 소리가 들렸다. 프랭크는 뒤를 보려고 몸을 돌렸다가 공포에 질려 자기도 모르게 얼어붙고 말았다.

뭔가가 어두운 복도 바닥을 스르르 미끄러져 오고 있었다. 그것이 방에서 새어 나오는 불빛에 점점 가까워지자 프랭크는 온몸에 소름이 돋는 것을 느꼈다. 그것은 길이 3미터가 훨씬 넘는 거대한 뱀이었다. 프랭크는 겁에 질려 꼼짝 못 한 채, 그 몸이 올라갔다 내려갔다 하면서 먼지가 두껍게 쌓인 바닥에 널찍하고 구불구불한 흔적을 남기며 점점 다가오는 것을 바라보았다. 어떻게 해야 할까? 도망치는 길은 두 남자가 살인 계획을 짜고 있는 방으로 들어가는 것뿐이었다. 그렇다고 이 자리에 가만히 있다간 뱀에게 죽을 게 뻔했다…….

하지만 뱀은 프랭크가 채 결정을 내리기도 전에 그가 있는 문 앞에 이르렀다. 그러더니 믿을 수 없게도, 기적이라도 일어난 것처럼, 그냥 지나쳐 갔다. 뱀은 문 안쪽의 차가운 목소리가 내는 쉭쉭 소리를 따라가고 있었다. 다이아몬드 무늬가 있는 꼬리 끄트머리가 순식간에 문틈으로 사라졌다.

급기야 프랭크의 이마에 식은땀이 맺혔다. 지팡이를 쥔

손이 떨렸다. 방 안에서는 차가운 목소리가 계속 쉿쉿 소리를 내고 있었다. 프랭크의 머릿속에 이상한 정도를 넘어서 터무니없는 생각이 떠올랐다. '……저자는 뱀이랑 대화를 나눌 수 있구나.'

프랭크는 무슨 일이 벌어지고 있는 건지 이해할 수 없었다. 뜨거운 물병을 가지고 침대로 돌아갈 수만 있다면 소원이 없을 것 같았다. 문제는 두 다리가 말을 듣지 않는다는 것이었다. 그 자리에서 부들부들 떨면서 몸을 움직이려고 애쓰는데 차가운 목소리가 다시 영어로 말했다.

"내기니가 재미있는 소식을 가져왔다, 웜테일." 그자가 말했다.

"저, 정말입니까, 주인님?" 웜테일이 물었다.

"그럼 정말이지." 목소리가 대답했다. "내기니 말에 따르면 한 나이 든 머글이 이 방 앞에 서서 우리가 하는 말을 전부 듣고 있다는구나."

프랭크에게는 몸을 숨길 겨를도 없었다. 발소리가 들리는가 싶더니 갑자기 방문이 활짝 열렸다.

왜소한 몸집에 희끗희끗한 대머리, 뾰족한 코에 작고 물기 어린 눈을 가진 남자가 두려움과 놀라움이 뒤섞인 얼굴로 프랭크 앞에 서 있었다.

"안으로 초대해라, 웜테일. 예의범절은 다 잊은 것이냐?"

벽난로 앞에 있는 아주 낡은 안락의자에서 차가운 목소리가 들려올 뿐 말하는 사람은 보이지 않았다. 한편 뱀은 끔찍하게 반려견 흉내라도 내듯 난로 앞의 썩어 가는 깔개 위에 똬리를 틀고 있었다.

웜테일이 프랭크에게 방으로 들어오라고 손짓했다. 프랭크는 여전히 겁에 질린 상태였지만 지팡이를 더욱 단단히 쥐고 절뚝거리며 문턱을 넘었다.

오직 난롯불만이 방을 밝히고 있었다. 그 빛이 벽에 거미 같은 그림자를 길게 드리웠다. 프랭크는 안락의자 등받이를 뚫어지게 바라보았다. 뒤통수가 보이지 않는 걸 보니 거기에 앉아 있는 남자는 자기 부하보다도 몸집이 작은 모양이었다.

"전부 들었느냐, 머글?" 차가운 목소리가 물었다.

"날 뭐라고 부르는 거요?" 프랭크가 도전적으로 입을 열었다. 일단 방에 들어와 어떤 행동이라도 해야 할 순간이 되니 도리어 용감해지는 기분이었다. 전쟁터에서도 늘 그랬다.

"머글이라고 불렀다." 그 목소리가 싸늘하게 말했다. "네가 마법사가 아니라는 뜻이지."

"마법사라니 무슨 말인지 모르겠군." 프랭크가 대꾸했다. 목소리가 점점 안정되어 갔다. "내가 아는 건 오늘 밤 경찰이 흥미를 가질 만한 이야기를 들었다는 것뿐이오. 암, 들었고말고. 당신들, 이미 살인을 저질렀고 앞으로 더 저지를 계획이더군! 그리고 한 가지 더 말해 두겠는데." 그는 갑자기 생각이 떠올라 덧붙였다. "아내는 내가 여기 와 있는 걸 알고 있소. 내가 돌아가지 않으면……."

"너한테는 아내가 없다." 차가운 목소리가 아주 조용하게 말했다. "네가 여기 있는 건 아무도 모른다. 여기에 온다는 말을 누구에게도 하지 않았으니까. 볼드모트 경에게 거짓말할 생각 마라, 머글. 그는 모두 알고 있으니……. 그는 언제나 다 알고 있다……."

"아, 그러쇼?" 프랭크가 거칠게 말했다. "'경'씩이나 된다 이건가? 글쎄, 당신 예의범절은 높이 사 줄 수 없을 것 같은데, *나리*. 뒤돌아서 남자답게 날 마주 보는 건 어떻소?"

"하지만 난 보통 남자가 아니다, 머글." 차가운 목소리가 말했다. 이제 그 목소리는 불꽃이 타닥거리는 소리에 묻혀 거의 들리지도 않았다. "나는 인간을 훨씬, 훨씬 뛰어넘는 존재다. 그렇지만…… 안 될 건 없지. 너를 마주 보도록 하겠다. ……웜테일, 이리 와서 내 의자를 돌려놓아라."

그자의 부하가 코를 한번 훌쩍이면서 뭐라 뭐라 중얼거렸다.

“내 말 안 들리나, 웜테일.”

왜소한 남자는 자신의 주인에게, 그리고 깔개 위에 누워 있는 뱀에게 다가가는 것만 아니면 뭐든지 하겠다는 듯 잔뜩 구겨진 표정으로 천천히 다가가 의자를 돌리기 시작했다. 깔개가 의자 다리에 걸리자 뱀이 삼각형의 흉측한 머리를 들어 올리더니 살짝 쉿 소리를 냈다.

의자가 프랭크를 마주 보았다. 프랭크는 의자에 앉아 있는 존재를 보았다. 손에 쥐고 있던 지팡이가 바닥에 탁 떨어졌다. 그는 비명을 내질렀다. 어찌나 크게 소리를 질렀던지, 의자에 앉아 있는 존재가 마법 지팡이를 들어 올리며 한 말도 듣지 못했다. 녹색 빛이 번쩍였고 바람이 휘몰아치는 소리가 들렸다. 프랭크 브라이스가 쓰러졌다. 그는 몸이 바닥에 채 닿기도 전에 목숨을 잃었다.

그로부터 300킬로미터 넘게 떨어진 곳에서, 해리 포터라는 소년이 깜짝 놀라 잠에서 깨어났다.

2장

흉터

해리는 천장을 보고 누워서, 달리기라도 한 것처럼 숨을 몰아쉬었다. 두 손으로 얼굴을 감싼 채 생생한 꿈에서 막 깨어난 참이었다. 이마에 있는 번개 모양의 오래된 흉터가 손가락 아래에서 타는 듯이 아파 왔다. 하얗게 달군 철사를 살갗에 대고 짓누르는 것만 같았다.

그는 몸을 일으켜 앉았다. 한 손은 여전히 흉터에 댄 채 안경을 찾으려고 다른 한 손을 어둠 속으로 뻗었다. 침대 옆 탁자에 있던 안경을 쓰자 침실이 좀 더 또렷하게 보였다. 방은 창밖에서 커튼을 뚫고 들어오는 희미하고 부연 오렌지색 가로등 불빛으로 밝혀져 있었다.

해리는 손가락으로 다시 흉터를 쓸어 보았다. 여전히 타는 듯한 고통이 느껴졌다. 그는 옆에 있는 탁자 위의 등을 켠 뒤 침대를 빠져나와 방을 가로질러 가서 옷장을 열고 문에 달린 거울을 들여다보았다. 깡마른 열네 살 소년이 그를 마주 보았다. 단정치 못한 검은 머리카락 아래 밝은 초록색 눈은 그저 어리둥절해 보였다. 그는 거울에 비친 번개 모양 흉터를 더 자세히 살펴보았다. 보기에는 멀쩡했지만 아직도 찌르는 듯 아팠다.

해리는 깨어나기 전에 꾸었던 꿈을 떠올려 보려고 애썼다. 너무나 생생한 꿈이었다……. 아는 사람 두 명과 모르는 사람 한 명이 있었는데……. 그는 기억해 보려고 애쓰며 얼굴을 찌푸린 채 정신을 바짝 집중했다…….

어두운 방의 모습이 희미하게 떠올랐다……. 난로 앞 깔개 위에 뱀 한 마리가 있었고…… 웜테일이라는 별명을 가진 조그만 남자 피터와…… 차갑고 높은 목소리…… 볼드모트 경의 목소리가 들렸다. 그 목소리를 떠올리자 얼음 덩어리가 가슴속으로 쑥 미끄러져 들어온 것 같은 기분이 들었다.

그는 눈을 질끈 감고 볼드모트가 어떻게 생겼는지 떠올려 보려고 했지만 그럴 수 없었다……. 확실한 건 볼드모트의 의자가 돌아간 순간, 해리 자신이 그 의자에 앉아 있던 존재를 보고 공포로 소스라치며 깨어났다는 것뿐이었다……. 아니, 흉터의 통증 때문에 깬 걸까?

그 노인은 누구였을까? 분명 나이 든 남자가 한 명 있었는데. 해리는 그가 바닥으로 쓰러지는 모습을 지켜보았다. 모든 것이 혼란스러웠다. 해리는 두 손에 얼굴을 묻었다. 지금 그가 있는 침실의 모습을 가리고, 어슴푸레하던 그 방의 모습을 붙잡으려고 애썼다. 하지만 그건 마치 손을 오므려 물을 담아 두려는 행동과 같았다. 자세한 기억들은 해리가 붙잡으려고 할수록 빠르게 새어 나갔다……. 볼드모트와 웜테일은 자신들이 죽인 누군가에 대해서 이야기하고 있었다, 해리는 그 이름을 기억할 수 없었다……. 게다가 그들은 또 다른 누군가를 죽이려는 음모를 꾸미고 있었다……. 다름 아닌 *해리*를…….

해리는 손에서 얼굴을 들고 눈을 떴다. 그리고 범상치 않은 무언가를 보게 될 거라고 기대하듯 침실을 둘러보았다. 공교롭게도 이 방에는 이상한 물건들이 이상할 만큼 많았다. 침대 발치에 열린 채 놓여 있는 나무로 된 커다란 짐 가방 안에는 솥, 빗자루, 검은색 로브 여러 벌, 다양한 마법책이 들어 있었다. 평상시 해리의 흰올빼미인 헤드위그가 들어가 있는 커다란 빈 새장이 놓인 책상 한쪽에는 양피지 두루마리가 어지럽게 흩어져 있었다. 침대 옆 바닥에는 해리가 어젯밤 잠들기 전에 읽던 책이 한 권 펼쳐져 있었다. 책 속 그림이 움직이고 있었다. 밝은 오렌지색 로브를 입은 사람들이 빗자루를 타고 시야 안으로 빠르게 들어왔다 나갔다 하며 서로에게 빨간 공을 던져 댔다.

해리는 그쪽으로 다가가 책을 집어 들고, 마법사 한 명이 15미터 높이의 고리에 공을 집어넣어 멋지게 득점하는 모습을 지켜보다가 책을 탁 덮었다. (해리가 세계 최고의 스포츠라고 생각하는) 퀴디치조차 이 순간에는 그의 관심을 끌지 못했다. 그는 《캐넌스와의 비행》을 침대 옆 탁자에 올려놓고 창가로 다가가 커튼을 걷고 거리를 내려다보았다.

프리빗가는 토요일 아침 이른 시간 고상한 교외 거리의 모습 그대로였다. 커튼은 죄다 닫혀 있었다. 어둠 속에서 보이는 한, 눈에 띄는 생명체는 전혀 없었다. 고양이 한 마리조차.

그치만…… 그렇지만……. 해리는 초조해하며 침대로 돌아가 앉았다. 손가락으로 다시 흉터를 쓸어 보았다. 그의 신경을 거스르는 건 통증이 아니었다. 고통이나 부상을 당하는 데는 익숙했다. 모조리 사라진 오른팔 뼈가 하룻밤 사이 고통스럽게 다시 자란 적도 있었다. 얼마 후에는 그 오른팔이 30센티미터 길이의 독 송곳니에 꿰뚫리기도 했다. 하늘을 나는 빗자루에서 15미터 아래로 떨어진 것도 겨우 작년 일이었다. 특이한 사고와 부상은 그에게 드문 일이 아니었다. 호그와트 마법학교에 다니면서 이런저런 말썽거리를 끌어들이는 재주가 있는 사람이라면 피할 수 없는 숙명과도 같았다.

그렇다, 신경이 거슬리는 이유는 다른 데 있었다. 지난번 흉터가 아팠을 때는 볼드모트가 가까이 있었으니까……. 하지만 볼드모트가 지금, 여기에 있을 리는 없다……. 볼드모트가 프리빗가를 어슬렁거린다니 너무 터무니없는 생각이었다. 그건 불가능했다…….

해리는 그를 둘러싼 침묵에 유심히 귀를 기울였다. 계단 삐걱거리는 소리나 망토가 휙 펄럭이는 소리라도 들릴까 봐 그런 걸까? 그때 사촌 더들리가 옆방에서 매우 요란하게 드르렁거리는 소리가 들려서 해리는 살짝 놀랐다.

그는 마음을 다잡았다. 바보 같은 생각이다. 버넌 이모부와 피튜니아 이모, 더들리를 제외하면 이 집에는 해리뿐이었다. 그 세 사람은 아직 잠들어 있는 게 틀림없었다. 아무런 괴로움도, 고통도 없는 꿈을 꾸면서.

더즐리 가족은 잠들어 있을 때가 가장 좋았다. 그들이 깨어 있을 때 도움이 된 적은 한 번도 없었다. 버넌 이모부, 피튜니아 이모, 더들리는 해리의 유일한 친척이었다. 그들은 모든 형태의 마법을 증오하고 경멸하는 머글(비마법사)이었는데, 그 말은 해리가 이 집에서 병균 비슷한 취급을 받는다는 뜻이기도 했다. 해리가 지난 3년 동안 호그와트에서 지내느라 긴 시간 집을 비우자, 그들은 그가 '세인트 브루투스 구제 불능 소년범 보호시설'에 갔다고 떠벌리고 다녔다. 그들은 미성년 마법사인 해리가 호그와트 바깥에서 마법을 쓰지 못한다는 사실을 아주 잘 알고 있었지만, 집에 무슨 문제라도 생기면 여전히 그를 탓했다. 해리가 마법사 세계에서의 삶에 대해 그들에게 터놓고 말하거나 무슨 얘기라도 할 수 있었던 적은 단 한 번도 없었다. 더즐리 가족이 잠에서 깬다 한들, 그들에게 흉터가 아프다며 볼드모트에 대한 걱정을 늘어놓는다는 것은 우스꽝스럽기 짝이 없는 생각이었다.

그렇긴 하지만 애초에 해리가 더즐리 가족과 함께 살게 된 건 볼드모트 때문이었다. 볼드모트만 아니었다면 해리 이마에 번개 모양 흉터 같은 건 없었을 것이다. 볼드모트만 아니었다면 부모님은 여전히 살아 계셨을 것이다…….

볼드모트는 100년 만에 등장한 가장 강력한 어둠의 마법사로, 11년 동안 꾸준히 세력을 확장해 오다가 해리가 한 살 때 그의 집에 찾아와 아버지와 어머니를 살해했다. 볼드모트는 이어서 마법 지팡이를 해리에게 돌려, 세력을 키우는 과정에서 수많은 성인 마법사들을 없애 버린 저주 마법을 걸었다. 그런데 믿을 수 없게도 그 저주는 통하지 않았다. 저주는 작은 소년을 죽이는 대신 볼드모트에게 되돌아갔다. 해리는 이마에 번개 모양의 상처만 하나 생겼을 뿐 살아남은 반면, 볼드모트는 살아 있다고 하기도 힘든 존재가 되고 말았다. 볼드모트는 힘을 잃고 생명은 거의 소진된 채 도망쳤다. 비밀스러운 마법사들의 세계는 오랜 기간 겪어 온 공포에서 해방되었다. 볼드모트의 추종자들은 뿔뿔이 흩어졌고 해리 포터는 유명해졌다.

열한 살 생일에 자기가 마법사라는 사실을 알게 된 해리는 큰 충격을 받았다. 숨겨져 있던 마법사 세계의 모든 사람이 그의 이름을 알고 있다는 얘기를 들었을 때는 더더욱 당황스러웠다. 호그와트에 도착하니 가는 곳마다 사람들이 그를 쳐다봤고 귓속말들이 그를 따라다녔다. 하지만 이제는 거기에도 익숙해졌다. 이번 여름방학이 끝나면 호그와트에서 4학년 생활을 시작하게 된다. 그는 벌써부터 호그와트 성으로 돌아갈 날짜를 세고 있었다.

하지만 학교로 돌아가기까지는 아직도 보름이나 남아 있었다. 그는 절망적으로 방 안을 다시 둘러보았다. 그의 눈이 7월 말에 가장 친한 친구 두 명이 보내 준 생일 카드에 잠깐 머물렀다. 편지에 흉터가 아프다는 얘기를 써서 보내면 두 사람은 뭐라고 할까?

곧바로 헤르미온느 그레인저의 날카롭고 겁에 질린 목소리가 머릿속을 가득 채웠다.

"*흉터가 아프다고? 해리, 그건 정말 심각한 일이야……. 덤블도어 교수님한테 편지를 써! 나는* 《일반적인 마법 질병과 통증》*을 한번 확인해 볼게……. 어쩌면 거기에 저주로 생긴 흉터에 관한 내용이 있을지도 몰라…….*"

헤르미온느는 이렇게 조언할 것이다. 호그와트의 교장에게 즉시 연락하되 한편으로는 책을 찾아보라고. 해리는 창밖의 칠흑같이 어두운 짙은 군청색 하늘을 내다보았다. 지금 상황에 과연 책이 도움이 될지 매우 의심스러웠다. 그가 아는 한, 볼드모트가 건 종류의 저주 마법에서 살아남은 사람은 그뿐이었다. 그러므로 《일반적인 마법 질병과 통증》에서 그의 증상에 관한 기록을 찾아낼 가능성은 굉장히 낮았다. 교장에게 알리는 일도 그랬다. 해리는 덤블도어가 여름방학 동안 어디에 머무는지 전혀 몰랐다. 그는 긴 은빛 턱수염에 발목까지 내려오는 마법사 로브와 뾰족 모자 차림으로 어딘가의 해변에 몸을 쭉 뻗고 누운 채 길고 구부러진 코에 선탠로션을 바르는 덤블도어의 모습이 떠올라 잠깐 즐거웠다. 하긴 덤블도어가 어디에 있든, 헤드위그라면 틀림없이 그를 찾을 수 있을 것이다. 해리의 올빼미는 단 한 번도, 심지어 주소가 없을 때도 편지를 배달하는 일에 실패한 적이 없었다. 하지만 편지에 뭐라고 쓴단 말인가?

'덤블도어 교수님께. 귀찮게 해 드려서 죄송하지만 오늘 아침에 제 흉터가 아팠어요. 해리 포터 올림.'

상상만으로도 멍청하게 들렸다.

그래서 그는 또 다른 단짝 친구인 론 위즐리의 반응을 떠올려 보았다. 순간, 긴 코에 주근깨가 가득한 론의 얼굴이 멍한 표정을 띠고 해리의 눈앞에 떠오르는 듯했다.

"*흉터가 아프다고? 근데…… 그치만 '그 사람'이 지금 네 근처에 있을 리 없잖아. 안 그래? 내 말은…… 만약 그랬으면 네가 알았을 거 아냐. 그놈이 또다시 널 해치우려고 할 테니까. 아닌가? 모르겠다, 해리. 어쩌면 저주로 생긴 흉터는 항상 조금씩 따끔거리는 걸지도 몰라……. 아빠한테 물어볼게…….*"

위즐리 씨는 마법 정부의 머글 제품 오용 관리과에서 일하는, 완전한 자격을 갖춘 마법사였다. 하지만 해리가 알기로 위즐리 씨도 저주에 대해 특별히 전문 지식을 갖고 있진 않았다. 더욱이 해리 자신이 잠깐잠깐 찾아드는 통증으로 안절부절못한다는 사실을 위즐리 가족 모두가 알게 되는 건 싫었다. 위즐리 부인은 헤르미온느보다 심하게 소란을 떨 것이고, 열여섯 살인 론의 쌍둥이 형 프레드와 조지는 해리가 겁쟁이가 되어 간다고 생각할지도 모른다. 위즐리 가족은 해리가 세상에서 가장 좋아하는 사람들이었다. 해리는 그들이 지금 당장에라도 자신을 초대해 주기를 바라고 있었는데(론이 퀴디치 월드컵 얘기를 한 적이 있었기 때문이다), 그 집에서 지내는 시간이 흉터에 관한 불안한 질문들로 뚝뚝 끊기는 게 왠지 싫었다.

해리는 손가락으로 이마를 문질렀다. (스스로 인정하는 것도 부끄러웠지만) 그가 정말로 원하는 것은 누군가……부모 같은 사람이었다. 한심해진 기분을 느끼지 않고도 조언을 구할 수 있는 성인 마법사, 그를 아껴 주는 누군가, 어둠의 마법을 경험해 본 사람…….

그때 답이 떠올랐다. 너무나 단순하고 뻔한 답이었다. 그 사람을 떠올리기까지 이렇게 오래 걸렸다는 게 믿기지 않았다. *시리우스.*

해리는 침대에서 뛰어내려 얼른 책상 앞에 앉았다. 그는 양피지를 끌어당겨 놓고 독수리 깃펜에 잉크를 채운 뒤 '시리우스에게'라고 썼다가 잠깐 멈추고 이 일을 어떻게 설명하는 게 가장 좋을지 고민했다. 곧바로 시리우스를 떠올리지 못했다는 사실이 아직도 놀라웠다. 하긴, 그렇게 놀랄 일은 아닐지도 몰랐다. 어쨌거나 그는 시리우스가 자신의 대부라는 사실을 겨우 두 달 전에 알게 됐으니까.

그때까지 해리의 인생에서 시리우스가 완전히 빠져 있었던 이유는 단순했다. 시리우스는 아즈카반에 갇혀 있었다. 디멘터라는 존재가 지키는 무시무시한 마법사 감옥에. 디멘터는 사람의 영혼을 빨아내는 눈먼 악마들로, 시리우스가 탈옥하자 그를 잡으러 호그와트까지 왔다. 그렇지만 시리우스는 결백했다. 시리우스가 유죄판결을 받았던 살인 사건은 사실 볼드모트의 추종자인 웜테일이 저지른 짓이었다. 다들 웜테일이 죽었다고 생각했지만 해리, 론, 헤르미온느는 지난번 웜테일과 직접 마주치면서 그게 사실이 아니었다는 것을 알게 되었다. 그러나 그들의 말을 믿어 준 사람은 덤블도어 교수뿐이었다.

시리우스가 누명을 벗으면 바로 함께 살자고 제안했기 때문에, 해리는 짧게나마 이제야 더즐리네를 떠나게 됐다고 믿으며 가슴 벅찬 시간을 보냈다. 하지만 그 기대는 물거품이 되고 말았다. 진실을 밝히기 위해 마법 정부로 데려가기 직전 웜테일이 쥐로 변신해서 달아나 버렸기 때문이었다. 시리우스는 살기 위해 어쩔 수 없이 도망쳐야 했다. 해리는 시리우스가 벅빅이라는 히포그리프를 타고 도망치도록 도와주었고, 그 뒤로 시리우스는 계속 숨어 지내고 있었다. 웜테일이 달아나지 않았다면 집이 생겼을지도 모른다는 생각이 여름방학 내내 해리를 괴롭혔다. 더즐리 가족에게서 영원히 벗어날 기회를 코앞에서 놓쳤다고 생각하니 그들에게 돌아가기가 두 배는 더 힘들어졌다.

그러나 함께할 수 없는 처지임에도 시리우스는 어느 정도 도움이 되었다. 해리가 지금 학교 물건들을 모두 침실에 둘 수 있게 된 건 시리우스 덕분이었다. 예전에 더즐리 부부는 이런 일을 결코 용납하지 않았다. 언제나처럼 해리를 되도록 비참하게 만들려는 소망과 그의 능력에 대한 두려움이 맞물리면서 그들은 작년까지 매년 여름방학 때마다 해리의 학교 짐을 계단 밑 벽장에 넣고 문을 잠가 버렸다. 하지만 해리에게 위험한 살인자 대부가 있다는 사실을 알게 된 뒤로는 태도가 돌변했다. 해리는 시리우스가 결백하다는 사실을 그들에게 굳이 말해 주지 않았다.

해리는 프리빗가에 돌아온 이후 시리우스에게서 두 통의 편지를 받았다. 두 편지 모두 (마법사들이 흔히 하는 것처럼) 부엉이가 아니라, 현란한 색깔의 커다란 열대지방의 새들이 배달해 주었다. 헤드위그는 이 화려한 침입자들을 탐탁잖게 여겼다. 그 새들이 다시 날아가기 전 물통에서 물을 마시도록 해 주는 것도 아주 못마땅한 듯했다. 반면 해리는 그 새들이 마음에 들었다. 그 새들을 보면 야자수와 백사장이 생각났고, 시리우스가 어디에 있든(시리우스는 누가 편지를 가로챌 것에 대비해 자기가 어디에 있는지 절대 말해 주지 않았다) 즐거운 시간을 보내고 있기를 바랐다. 어째서인지 디멘터들은 밝은 햇빛 아래 오래 있지 못할 것 같았다. 그래서 시리우스가 남쪽으로 간 것인지도 몰랐다. 지금 해리의 침대 밑 꽤 쓸모 있는 헐거운 마룻바닥 아래 숨겨져 있는 시리우스의 편지들은 즐거운 기분으로 쓴 것인 듯했다. 두 편지 모두 도움이 필요할 때면 언제든지 연락하라는 당부를 담고 있었다. 그래, 지금이 바로 시리우스의 도움이 필요한 때였다. 분명히…….

일출 전의 차가운 회색빛이 천천히 방으로 새어 들어 오면서 해리가 켜 놓은 등불은 조금씩 흐릿해지는 것처럼 보였다. 마침내 해가 떠오르면서 침실 벽이 황금빛으로 물들고 버넌 이모부와 피튜니아 이모의 방에서 움직이는 소리가 들렸을 때쯤, 해리는 책상 위에서 구겨진 양피지를 치우고 완성한 편지를 읽어 보았다.

시리우스에게.

지난번 편지 감사합니다. 새가 진짜 크더라고요. 하마터면 창문으로 못 들어올 뻔했어요.

여긴 평소랑 똑같아요. 더들리는 다이어트가 잘 안 되나 봐요. 어제는 방으로 몰래 도넛을 가져가다가 이모한테 들켰어요. 이모랑 이모부가 계속 그러면 용돈을 줄일 거라니까 엄청 성질을 부리면서 플레이스테이션을 창밖으로 던져 버리더라고요. 플레이스테이션은 게임을 할 수 있는 컴퓨터 같은 거예요. 솔직히 좀 멍청한 짓이죠. 이젠 먹을 것 생각을 덜어 줄 〈대 파괴〉 3탄도 없어진 거잖아요.

전 잘 지내요. 제가 부탁하면 아저씨가 나타나서 자기들을 전부 박쥐로 만들어 버릴까 봐 더즐리 가족이 겁먹은 덕분이지만요.

근데 오늘 아침에는 이상한 일이 있었어요. 흉터가 다시 아프더라고요. 지난번에는 볼드모트가 호그와트에 있어서 아팠던 거거든요. 하지만 지금 볼드모트가 근처에 있을 리 없잖아요. 저주 때문에 생긴 흉터가 몇 년이 지나서까지 아프기도 하나요?

헤드위그가 돌아오면 편지를 부칠게요. 지금 사냥 나갔거든요. 벅빅한테 안부 전해 주세요.

해리

그래, 괜찮네, 하고 해리는 생각했다. 꿈 얘기를 할 필요는 없었다. 너무 걱정하는 것처럼 보이기는 싫었다. 그는 헤드위그가 돌아오면 보내려고 양피지를 접은 다음 책상 한쪽에 올려놓았다. 그런 다음 자리에서 일어나 기지개를 켜고 다시 한 번 옷장을 열었다. 그는 거울 속 모습에는 눈길도 주지 않고 옷을 챙겨 입은 다음 아침 식사를 하러 내려갔다.

3장

초대

해리가 부엌에 도착했을 때 더즐리 세 식구는 이미 식탁에 둘러앉아 있었다. 해리가 부엌에 들어오건 식탁 앞에 앉건 누구도 눈길을 주지 않았다. 버넌 이모부는 크고 불그죽죽한 얼굴을 그날 아침 《데일리메일》 신문으로 가리고 있었고, 피튜니아 이모는 입술을 꽉 다물어 말처럼 툭 튀어나온 치아를 가린 채 자몽을 네 조각 내고 있었다.

더들리는 화나고 부루퉁한 표정이었다. 왠지 평소보다 더 많은 공간을 차지하고 있는 것처럼 보였는데, 항상 혼자서 정사각형 식탁 한 면을 다 차지한다는 것을 생각하면 대단한 일이 아닐 수 없었다. 피튜니아 이모가 살짝 떨리는 목소리로 "여기 있단다, 더디 아가야"라고 말하며 네 등분한 무설탕 자몽 한 조각을 더들리의 접시에 올려놓았다. 더들리가 그녀를 쏘아보았다. 여름방학이 되어 기말 성적표를 들고 집으로 돌아온 뒤로 더들리의 인생은 최고로 불쾌한 전환기를 맞았다.

버넌 이모부와 피튜니아 이모는 언제나처럼 더들리가 받아 온 형편없는 성적에 대한 변명거리를 찾아냈다. 피튜니아 이모는 늘 더들리가 선생들이 이해하지 못하는 뛰어난 재능을 가진 아이라고 우겼고, 버넌 이모부는 '어쨌든 내 아들이 공부만 하는 계집애 같은 아이가 되는 건 바라지 않는다'는 입장을 유지했다. 그들은 또한 성적표에 더들리가 다른 애들을 괴롭힌다고 적혀 있는 것도 외면했다. "활기가 좀 넘치긴 하지만 파리 한 마리도 해치지 못할 애란 말이에요!" 피튜니아 이모가 울먹이며 부르짖었다.

그러나 성적표 맨 밑에 양호교사가 조심스럽게 단어를 골라 적어 둔 의견에는 버넌 이모부와 피튜니아 이모도 뭐라고 반박할 수가 없었다. 피튜니아 이모가 더들리는 원체 체격이 우람하고, 몸무게가 많이 나가는 건 젖살 때문이며, 충분한 음식을 섭취해야 하는 성장기 소년이라고 아무리 울부짖어도, 교복점에 더 이상 더들리의 몸에 맞는 니커보커스가 없다는 것은 엄연한 사실이었다. 양호교사는 반들거리는 벽에 묻은 지문을 발견하거나 이웃들의 일거수일투족을 관찰할 때는 그토록 예리한 피튜니아 이모의 눈이 무작정 보지 않으려 들던 사실, 즉 더들리가 영양분을 더 섭취해야 하기는커녕 덩치에서나 몸무게에서 어린 범고래에 육박한다는 사실을 간파한 것이다.

그리하여, 더들리가 수도 없이 성질을 부리고 해리의 침실 바닥마저 흔들릴 정도로 소리를 지르고 피튜니아 이모의 눈에서 눈물이 줄줄 흐른 끝에, 새로운 나날이 시작되었다. 스멜팅스 양호교사가 보내온 다이어트 식단이 냉장고에 붙었다. 탄산음료와 케이크, 초콜릿바, 햄버거 등 더들리가 좋아하는 음식들이 죄다 냉장고에서 비워지고 대신 과일과 채소, 버넌 이모부가 '토끼 밥'이라고 부르는 것들이 채워졌다. 피튜니아 이모는 이러한 상황에서 더들리의 기분이 조금이라도 더 나아지도록 온 가족이 같은 식단을 따라야 한다고 우겼다. 그녀는 해리에게도 자몽 조각을 건넸다. 해리는 자기 몫의 자몽이 더들리 것보다 훨씬 작다는 사실을 눈치챘다. 피튜니아 이모는 더들리의 사기를 높이는 가장 좋은 방법은 적어도 해리보다는 많이 먹게 해 주는 것이라고 생각하는 것 같았다.

그러나 피튜니아 이모는 2층의 느슨한 마룻바닥 아래 무엇이 숨겨져 있는지 알지 못했다. 그녀는 해리가 다이어트 식단을 전혀 따르지 않고 있다는 사실을 까맣게 몰랐다. 여름 내내 당근 쪼가리를 먹으며 생존해야 할 판국이라는 낌새를 채자마자 해리는 헤드위그를 보내 친구들에게 구조 요청을 했고, 그들은 참으로 감명 깊은 수완을 발휘해 주었다. 헤드위그는 헤르미온느의 집에서 무설탕 간식(헤르미온느의 부모님은 치과 의사였다)이 잔뜩 들어 있는 커다란 상자를 갖고 돌아왔다. 호그와트 숲지기인 해그리드는 직접 만든 수제 록케이크가 가득 담긴 자루를 보냈다(해그리드의 요리라면 충분히 겪어 봤기에 해리는 여기에 손도 대지 않았다). 한편 위즐리 부인은 가족 올빼미인 에롤을 통해 큼직한 과일 케이크와 갖가지 고기 파이를 보내 주었다. 나이가 많고 비실비실한 가엾은 에롤이 여행으로 소진된 체력을 회복하는 데는 꼬박 닷새가 걸렸다. 그리고 (더즐리 가족이 완전히 무시하고 넘어간) 그의 생일에는 론과 헤르미온느와 해그리드와 시리우스에게서 각각 하나씩, 모두 네 개의 멋진 생일 케이크를 받았다. 그중 두 개가 아직 남아 있었기에, 해리는 2층으로 올라가서 먹을 진짜 아침 식사를 기대하며 아무런 불평 없이 자몽을 먹기 시작했다.

버넌 이모부는 못마땅하다는 듯 세차게 콧방귀를 뀌더

니 신문을 옆으로 밀쳐놓고 자기 몫의 자몽 조각을 내려다 보았다.

"이게 다야?" 그가 언짢은 듯 피튜니아 이모에게 말했다.

피튜니아 이모가 매서운 눈으로 그를 흘겨보더니 고갯짓으로 날카롭게 더들리 쪽을 가리켰다. 더들리는 자기 몫의 자몽 조각을 벌써 먹어 치운 뒤 무척 뚱한 기색을 띠고 돼지 같은 조그만 눈으로 해리 몫의 자몽을 노려보고 있었다.

버넌 이모부가 크고 덥수룩한 콧수염이 흔들릴 정도로 크게 한숨을 내쉬고는 숟가락을 집어 들었다.

초인종이 울렸다. 버넌 이모부는 의자에서 무거운 몸을 일으켜 복도로 나갔다. 어머니가 주전자에 정신이 팔린 사이, 더들리는 번개처럼 빠른 움직임으로 버넌 이모부의 자몽을 슬쩍했다.

현관에서 이야기 나누는 소리가 들려왔다. 누군가가 웃음을 터뜨렸고 버넌 이모부는 퉁명스럽게 대꾸하고 있었다. 이윽고 현관문이 닫히고 복도에서 종이 뜯는 소리가 들려왔다.

피튜니아 이모는 찻주전자를 식탁에 내려놓고 호기심 어린 얼굴로 복도 쪽으로 고개를 돌렸다. 그녀가 무슨 영문인지 알기까지는 별로 오래 걸리지 않았다. 약 1분 뒤 버넌 이모부가 몹시 화난 표정으로 돌아왔던 것이다.

"너." 그가 해리에게 버럭 소리쳤다. "거실로 와. 당장."

당황한 해리는 이번에는 대체 뭘 잘못한 건지 궁금해하며 자리에서 일어났다. 그는 버넌 이모부를 따라 부엌을 나가 옆에 있는 거실로 들어갔다. 버넌 이모부가 같이 들어오더니 문을 쾅 닫았다.

"그러니까." 그가 벽난로로 성큼성큼 걸어가더니 체포 선언이라도 하려는 듯 몸을 돌려 해리를 마주 보았다. "그*러니까*."

해리는 "그러니까 뭐요?"라고 묻고 싶은 마음이 굴뚝같았지만 이렇게 이른 아침부터 버넌 이모부의 성질을 건드려서는 안 될 것 같다는 생각이 들었다. 이모부가 음식 부족으로 이미 심한 스트레스를 받는 상황에서는 특히 그랬다. 그래서 해리는 예의 바르게 어리둥절한 표정을 짓는 것으로 만족했다.

"방금 이게 도착했다." 버넌 이모부가 말했다. 그는 자주색 편지지를 해리 앞에서 마구 휘둘렀다. "편지다. 네 일과 관련된."

해리는 더욱 혼란스러웠다. 누가 버넌 이모부에게 해리와 관련된 일로 편지를 쓴단 말인가? 그가 아는 사람 가운데 집배원을 통해 편지를 보낼 사람이 있던가?

버넌 이모부는 해리를 노려보더니 큰 소리로 편지를 읽어 내려갔다.

더즐리 부부께.

정식으로 인사를 나눈 적은 없지만 해리한테서 제 아들 론 얘기는 아주 많이 들으셨을 거예요.

해리가 말했을지도 모르지만 다음 주 월요일 밤에 퀴디치 월드컵 결승전이 열리는데, 제 남편 아서가 방금 마법 스포츠부의 아는 사람을 통해 1등석 티켓을 얻어 왔답니다.

저희가 해리를 그 경기에 데려가도록 허락해 주셨으면 해요. 이건 정말 평생 단 한 번 있을까 말까 한 기회거든요. 영국에서 30년 만에 열리는 월드컵이라 표를 얻기가 아주 힘들어요. 물론 남은 여름방학 동안 해리를 저희 집에서 지내게 해 주시고, 학교로 돌아가는 기차에 안전하게 태워 보내게 해 주신다면 더 좋겠지요.

해리가 되도록 빨리 정상적인 방법으로 두 분의 대답을 전해 주길 바라겠습니다. 머글 집배원은 저희 집에 배달을 온 적이 한 번도 없는 데다 저희 집 위치를 아는지조차 모르겠거든요.

곧 해리를 만날 수 있었으면 좋겠네요.

몰리 위즐리 드림

추신: 우표를 충분히 붙인 것이어야 할 텐데요.

버넌 이모부는 읽기를 마치고 손을 다시 주머니에 넣더니 뭔가를 또 꺼냈다.

"봐라." 그가 으르렁거렸다.

그가 위즐리 부인의 편지가 들어 있던 봉투를 들어 올리자 해리는 터져 나오는 웃음을 억누르려고 애써야 했다. 위즐리 부인이 깨알 같은 글씨로 더즐리네 집 주소를 적어 놓은 작고 네모난 공간을 제외하면 봉투 앞면이 우표로 온통 뒤덮여 있었던 것이다.

"우표를 충분히 붙이시긴 했네요." 위즐리 부인의 실수는 누구든 저지를 수 있는 것이라는 투로 해리가 말했다. 버넌 이모부가 눈을 번뜩였다.

"집배원이 관심을 보였단 말이다." 그가 악다문 이 사이로 내뱉었다. "이 편지가 어디에서 온 건지 굉장히 궁금해했어. 그래서 초인종을 누른 거다. *웃기다고* 생각한 거지."

해리는 아무 말도 하지 않았다. 다른 사람들은 버넌 이모부가 우표 좀 많이 붙인 걸 갖고 왜 이렇게까지 야단인지 이해하지 못할 것이다. 그러나 더즐리 가족과 이미 오랫동안 함께 지낸 해리는 그들이 평범함에서 조금이라도 벗어난 것에 대해 얼마나 민감하게 구는지 너무도 잘 알고 있었다. 더즐리 가족이 가장 두려워하는 일은 그들이 위즐리 부인 같은 사람들과 (멀게나마) 연결되어 있다는 사실을 누군가가 알아 버리는 것이었다.

버넌 이모부는 여전히 해리를 향해 눈을 부라리고 있었다. 해리는 애써 아무렇지 않은 표정을 지어 보였다. 바보 같은 말이나 행동만 하지 않으면 일생일대의 선물을 받을 수 있는 상황이었다. 그는 버넌 이모부가 입을 열기를 기다렸지만 이모부는 계속 노려보기만 했다. 해리는 마침내 침묵을 깨기로 결심했다.

"그러니까…… 가도 되는 거죠, 그럼?" 그가 물었다.

버넌 이모부의 커다란 자줏빛 얼굴에 미세한 경련이 일었다. 콧수염이 곤두섰다. 해리는 그 콧수염 뒤에서 무슨 일이 벌어지고 있는지 알 것 같았다. 버넌 이모부의 가장 원초적인 두 가지 본능이 충돌하면서 격렬한 전투를 벌이고 있었다. 허락하면 해리가 행복해질 텐데 그건 버넌 이모부가 지난 13년 동안 부득부득 막아 온 일이었다. 하지만 해리를 남은 여름방학 동안 위즐리네 집으로 보낸다면 예상한 것보다 두 주나 빨리 그를 치워 버릴 수 있었다. 버넌 이모부는 해리가 집에 있는 것을 굉장히 싫어했다. 그는 생각할 시간을 벌려는 듯 위즐리 부인의 편지를 다시 한 번 내려다보았다.

"이 여자는 누구냐?" 그가 불쾌한 기색을 담아 서명을 쏘아보며 물었다.

"이모부도 보신 적 있어요." 해리가 말했다. "제 친구 론의 어머니예요. 지난 학기가 끝나고 호그…… 아니, 학교 기차가 도착했을 때 론을 마중 나오셨어요."

그는 하마터면 '호그와트 급행열차'라고 말할 뻔했다. 그것은 이모부의 성질을 돋우는 확실한 방법이었다. 더즐리네 집에서는 누구도 해리가 다니는 학교 이름을 입에 올리지 않았다.

버넌 이모부는 엄청나게 불쾌한 기억을 떠올리려고 애쓰는 듯 큼직한 얼굴을 잔뜩 찡그렸다.

"그 땅딸막한 여자 말이냐?" 그가 마침내 투덜거리듯 말했다. "빨간 머리 애들을 잔뜩 데리고 있던?"

해리는 눈썹을 찌푸렸다. 아들인 더들리가 세 살 때부터 그럴 듯 말 듯 조짐을 보이다가 마침내 키보다 몸 둘레가 더 커져 버린 마당에 버넌 이모부가 누군가를 '땅딸막하다'고 표현하는 게 조금 어처구니없었던 것이다.

버넌 이모부는 편지를 다시 한 번 꼼꼼하게 읽었다.

"퀴디치?" 그가 목소리를 잔뜩 낮추고 중얼거렸다. "*퀴디치*라니…… 이 쓰레기 같은 건 뭐냐?"

해리는 또다시 짜증이 솟구치는 것을 느꼈다.

"스포츠예요." 그가 짤막하게 대답했다. "빗자루를 타고 하……."

"됐다, 됐어!" 버넌 이모부가 큰 소리로 해리의 말을 끊었다. 해리는 이모부가 희미하게나마 겁에 질리는 모습을 조금 만족스러운 마음으로 바라보았다. 자기 집 거실에서 버젓이 '빗자루'라는 말이 들리는 것을 견딜 수 없는 게 분명했다. 버넌 이모부는 도망치듯 다시 편지에 집중했다. 그의 입술이 '정상적인 방법으로 두 분의 대답을 전해 주길'이라는 말을 중얼거렸다. 버넌 이모부가 눈을 부라렸다.

"*정상적인 방법*이라니, 이게 무슨 뜻이냐?" 그가 내뱉듯 물었다.

"저희한테 정상적이라는 뜻이에요." 해리는 그렇게 말하고, 버넌 이모부에게 말을 끊을 틈을 주지 않기 위해 얼른 덧붙였다. "그러니까, 부엉이 우편요. 마법사들한테는 그게 정상적인 방법이거든요."

버넌 이모부는 해리가 방금 더러운 욕설이라도 내뱉은 것처럼 격분한 표정을 지었다. 그는 분노로 몸을 떨면서,

이웃 사람들이 창문에 귀를 대고 듣고 있기라도 한 것처럼 창밖으로 불안한 시선을 던졌다.

"내 집에서 그런 비정상적인 말은 꺼낼 생각 말라고 대체 몇 번을 말해야 하는 거냐?" 그가 식식댔다. 그의 얼굴은 이제 짙은 자두 색깔을 띠고 있었다. "피튜니아랑 내가 입혀 준 옷을 입고 내 눈앞에 서서 고마운 줄도 모르고……."

"어차피 더들리가 입었던 옷이잖아요." 해리가 차갑게 말했다. 실제로 그가 입은 셔츠는 너무 커서 손을 움직이려면 소매를 다섯 번은 접어 올려야 했고, 옷자락은 지나치게 헐렁한 청바지 무릎까지 늘어져 있었다.

"그딴 소리를 하다니!" 버넌 이모부가 화가 나서 부들부들 떨며 말했다.

하지만 해리도 참고만 있을 생각은 없었다. 더즐리 가족의 멍청한 규칙 하나하나를 어쩔 수 없이 받아들여야 했던 나날은 지났다. 그는 더들리의 다이어트 식단을 따르지 않았고, 버넌 이모부가 퀴디치 월드컵에 못 가게 한다면 웬만해서는 가만있지 않을 작정이었다.

해리는 마음을 진정시키려고 심호흡을 한 뒤 말했다. "알겠어요. 월드컵 못 간다는 거죠? 그럼 이제 가도 돼요? 시리우스한테 쓰던 편지를 마무리해야 해서요. 제 대부 말이에요.”

해 버렸다. 마법의 말을 내뱉고 말았다. 이제 그는 자줏빛이었던 버넌 이모부의 얼굴이 아무렇게나 섞은 블랙베리 아이스크림 색깔로 변하는 모습을 보았다.

“펴, 편지를 쓰고 있었다고?” 버넌 이모부가 평정심을 가장한 목소리로 말했다. 하지만 해리는 그의 조그만 두 눈에서 동공이 갑작스러운 공포로 수축하는 것을 보았다.

“뭐…… 네.” 해리가 아무렇지도 않게 말했다. “소식을 전한 지 좀 됐거든요. 제 소식을 듣지 못하면 뭔가 잘못됐다고 생각하실 거예요.”

그는 잠시 멈춰서 그 말이 가져다주는 효과를 즐겼다. 깔끔하게 가르마를 탄 버넌 이모부의 숱 많은 검은색 머리카락 아래서 톱니바퀴가 이리저리 돌아가고 있을 게 뻔했다. 시리우스에게 편지를 보내지 못하게 한다면 시리우스는 해리가 학대를 당하고 있다고 생각할 것이다. 퀴디치 월드컵에 가지 못하게 하면 해리가 시리우스에게 편지로 그 소식을 전할 테고 그러면 시리우스는 해리가 학대당하고 있다는 것을 *알게* 된다. 버넌 이모부가 할 일은 하나뿐이었다. 무성한 콧수염이 달린 그 얼굴이 투명해지기라도 한 것처럼, 버넌 이모부의 머릿속에서 결론이 만들어지는 모양이 빤히 보였다. 해리는 웃음을 눌러 참았다. 되도록 무표정한 얼굴을 유지하려고 애썼다. 그때……

"뭐, 그럼 좋다. 그 망할…… 멍청한…… 월드컵인지 뭔지에 가도 좋다고. 이…… 이 *위즐리*인지 뭔지한테 편지를 써서 널 데려가라고 해라. 난 온 나라 이곳저곳에 너를 데려다줄 시간 따위 없어. 남은 여름방학은 거기서 보내도 좋다. 그리고 네, 네 대부…… 그놈…… 그 사람한테도 그 집에 간다고 말해라."

"알겠어요." 해리가 밝은 목소리로 말했다.

그는 펄쩍 뛰면서 환호성을 지르고 싶은 마음을 억누르고 몸을 돌려 거실 문으로 걸어갔다. 간다……. 위즐리네로, 퀴디치 월드컵을 보러 간다!

해리는 복도에서 그가 야단맞는 소리를 듣고 싶어서 문 뒤에 숨어 있던 더들리와 부딪칠 뻔했다. 더들리는 활짝 웃는 해리를 보고 깜짝 놀란 것 같았다.

"*훌륭한* 아침 식사였어. 그치?" 해리가 말했다. "난 진짜 배부르던데, 넌?"

해리는 경악으로 가득한 더들리의 얼굴을 보고 웃으며, 한 번에 세 칸씩 계단을 올라 침실로 뛰어들어 갔다.

가장 먼저 눈에 들어온 건 어느새 돌아온 헤드위그였다.

헤드위그는 새장 안에 앉아 커다란 호박색 눈으로 해리를 뚫어지게 바라보면서, 뭔가에 짜증이 난 듯 부리를 딱딱거리고 있었다. 헤드위그가 정확히 무엇 때문에 화를 내는지는 곧 밝혀졌다.

"아얏!" 해리가 소리쳤다.

깃털 달린 조그만 회색 테니스공처럼 보이는 뭔가가 막 해리의 머리에 날아와 부딪쳤다. 해리는 머리를 세게 문지르며, 뭐가 와서 부딪쳤는지 보려고 고개를 들었다. 해리의 한 손에 쏙 들어올 만큼 작은 부엉이가 발사된 폭죽처럼 방 안을 신나게 쌩쌩 날아다니는 모습이 보였다. 해리는 그제야 그 부엉이가 그의 발밑에 편지 한 통을 떨어뜨렸다는 사실을 알아차렸다. 해리는 허리를 구부려 편지를 집어 든 다음 론의 글씨를 알아보고 봉투를 뜯었다. 안에는 다급하게 휘갈겨 쓴 편지가 들어 있었다.

해리, 아빠가 표를 구했어. 월요일 밤, 아일랜드 대 불가리아의 경기야. 엄마가 널 보내 달라고 머글들한테 편지를 쓰고 있어. 벌써 받았으려나? 머글 우편이 얼마나 빠른지 모르겠네. 아무튼 이 편지는 피그 편에 보내는 게 좋을 것 같았어.

해리는 '피그', 즉 돼지라는 단어를 응시하다가, 고개를 들어 이제는 천장 전등갓 주위를 쌩쌩 날아다니는 작디작은 부엉이를 바라보았다. 어딜 봐도 돼지와 닮은 구석은 없었다. 어쩌면 론의 글씨를 잘못 읽은 것일지도 몰랐다. 그는 다시 편지를 읽어 내려갔다.

머글들이 어떻게 생각하든 우린 널 데리러 갈 거야. 월드컵을 놓칠 수는 없잖아. 엄마 아빠는 일단 허락을 구하는 시늉이라도 하는 게 낫다고 생각하신 거고. 머글들이 가도 된다고 하면 곧바로 피그 편에 답장을 보내. 그럼 일요일 오후 5시에 데리러 갈게. 안 된다고 해도 곧바로 피그 편에 답장을 보내. 우린 어쨌든 일요일 5시에 널 데리러 갈 거야.

헤르미온느는 오늘 오후에 도착한대. 퍼시는 국제 마법 협력부에 취직했어. 우리 집에 있는 동안 외국에 대한 얘기는 절대 꺼내지 마. 안 그랬다간 지겨워서 죽을지도 몰라.

곧 보자.

론

"진정해!" 해리가 말했다. 조그만 부엉이는 미친 듯이 지저귀며 그의 머리 위를 낮게 날아다니고 있었다. 해리는 그 부엉이가 편지를 받을 사람에게 제대로 배달했다는 자부

심에 저러는 거라고 추측할 뿐이었다. "이리 와. 답장을 가져가야지!"

부엉이가 퍼덕거리며 헤드위그의 새장 꼭대기에 내려앉았다. 헤드위그는 어디 올 테면 와 보라는 듯 싸늘한 눈길로 녀석을 올려다보았다.

해리는 다시 한 번 독수리 깃펜을 들고 새 양피지를 가져다가 답장을 썼다.

론, 잘됐어. 머글들이 가도 된대. 내일 5시에 보자. 정말 기대된다.

해리

그는 편지를 아주 작게 접어, 흥분해서 제자리에서 폴짝폴짝 뛰는 조그만 부엉이의 다리에 어렵사리 묶었다. 편지가 단단히 묶인 것을 확인한 순간 부엉이는 다시 창밖으로 날아가 시야에서 사라졌다.

해리는 헤드위그에게 고개를 돌렸다.

"긴 여행이 될 텐데, 괜찮겠어?" 그가 헤드위그에게 물었다.

헤드위그는 제법 위엄 있게 부엉부엉 울었다.

"이걸 시리우스한테 가져다줄래?" 그가 편지를 집어 들며 말했다. "잠깐만…… 마무리를 좀 해야 돼."

그는 접었던 양피지를 다시 펼쳐 추신을 적었다.

저한테 연락하실 일이 있을까 봐 말씀드려요. 저는 남은 여름 방학을 제 친구 론 위즐리네 집에서 보낼 거예요. 걔네 아빠가 퀴디치 월드컵 표를 구하셨대요!

해리는 편지를 마무리하고 헤드위그의 다리에 묶었다. 진정한 우편 부엉이라면 어떻게 행동해야 하는지 보여 주려고 결심이라도 한 듯 헤드위그는 평소보다 더 얌전했다.

"네가 돌아올 때쯤엔 난 론네 집에 있을 거야. 알았지?" 해리가 헤드위그에게 말했다.

헤드위그는 다정스레 해리의 손가락을 살짝 깨물더니 부드럽게 휙 소리를 내며 커다란 날개를 펼치고 열린 창밖으로 날아올랐다.

해리는 헤드위그가 시야에서 사라질 때까지 지켜보다가 침대 밑으로 들어가 헐거운 마룻바닥을 열고 큼직한 생일 케이크 한 덩이를 꺼냈다. 그는 바닥에 앉아 케이크를 먹으며 온몸에 넘치는 행복감을 만끽했다. 그에게는 케이크가 있고 더들리에게는 자몽뿐이었다. 오늘은 눈부신 여름

날이고 내일 그는 프리빗가를 떠날 예정이었다. 이마의 흉터도 완벽히 멀쩡한 상태로 돌아온 것 같았다. 그는 퀴디치 월드컵을 보러 갈 것이다. 지금 당장은 걱정할 게 아무것도 없었다. 심지어 볼드모트 경조차도.

4장

다시 버로로

이튿날 12시쯤 되자, 해리의 짐 가방은 학교 물품들과 그가 가장 아끼는 모든 물건들, 그러니까 아버지에게 물려받은 투명 망토와 시리우스에게 받은 빗자루, 작년에 프레드와 조지 위즐리가 준 호그와트 도둑 지도 등으로 가득 차 있었다. 그는 이미 헐거운 마룻바닥 밑에 숨겨 두었던 음식을 모조리 먹어 치우고, 빠뜨린 마법 책이나 깃펜이 있는지 침실 구석구석을 여러 번 확인한 다음, 9월 1일까지 남은 날을 헤아리며 끼적이던 표도 벽에서 떼어 냈다. 그는 여태껏 호그와트로 돌아갈 때까지 남은 날들을 기꺼운 마음으로 하루하루 지워 오고 있었다.

프리빗가 4번지의 분위기는 극도로 긴장되어 있었다. 한 무리의 마법사가 곧 집에 들이닥친다는 사실이 더즐리 가족을 초조하고 예민하게 만들었다. 위즐리 가족이 다음 날 5시에 도착할 거라고 해리가 알렸을 때 버넌 이모부는 완전히 겁에 질린 것처럼 보였다.

"그 인간들한테 옷이나 제대로 입으라고 말해 줬길 바란다." 그가 곧이어 으르렁거렸다. "너 같은 족속들이 걸치고 다니는 옷을 본 적이 있어. 정상적인 옷을 입을 만큼의 염치는 있는 게 좋을 거야. 내가 할 말은 그것뿐이다."

해리는 조금 불길한 예감이 들었다. 위즐리 부부는 더즐리 가족이 '정상적'이라고 부를 만한 옷을 입은 적이 거의 없었던 것이다. 아이들은 방학 동안 머글 옷을 입을지 몰라도 위즐리 부부는 주로 허름한 각양각색의 긴 로브를 입었다. 이웃들이 뭐라고 생각하든 상관없었지만, 위즐리 가족이 더즐리네가 생각하는 최악의 마법사 차림으로 나타날 경우 더즐리 가족이 그들을 얼마나 무례하게 대할지 벌써부터 걱정되었다.

버넌 이모부는 가장 좋은 정장을 차려 입었다. 어떤 사람한테는 이것이 환영의 표시로 보이겠지만, 해리는 버넌 이모부가 위압감을 주고 싶어서 그런 차림을 했다는 사실을 알고 있었다. 반면 더들리는 왠지 위축되어 보였다. 다이어트가 마침내 효과를 발휘해서가 아니라 겁에 질렸기 때문이었다. 지난번 한 성인 마법사와 맞닥뜨렸을 때는 더들리의 엉덩이에서 꼬불꼬불한 돼지 꼬리가 튀어나오는 바람에 피튜니아 이모와 버넌 이모부가 그를 런던의 개인 병원으로 데려가 그 꼬리를 제거해야 했다. 더들리가 계속 초조하게 엉덩이 쪽을 만지작거리며 적들에게 같은 표적을 노출하지 않으려고 이 방 저 방으로 옆걸음질 치는 것도 전혀 놀라운 일은 아니었다.

침묵에 가까운 점심 식사가 이어졌다. 더들리는 심지어 음식 투정도 하지 않았다(메뉴는 코티지치즈와 강판에 간 셀러리였다). 피튜니아 이모는 아예 아무것도 먹지 않았다. 그녀는 팔짱을 끼고 입술을 꽉 다문 채 혀를 씹고 있는 것처럼 보였다. 마치 해리에게 던지고 싶은 분노 어린 비난의 말을 씹어 삼키고 있는 듯했다.

“당연히 차를 타고 오겠지?” 버넌 이모부가 식탁 건너편에서 큰 소리로 말했다.

“어…….” 해리가 입을 열었다.

그 생각은 해 본 적이 없었다. 위즐리 가족은 그를 어떻게 데려갈 *생각*일까? 한때 낡은 포드 앵글리아가 있긴 했지만 그 차는 지금 호그와트의 금지된 숲을 멋대로 돌아다니고 있었으므로 이제 그들에게는 차가 없었다. 하지만 위즐리 씨는 작년에도 마법 정부의 자동차를 빌린 적이 있었다. 아마 오늘도 그렇게 하지 않을까?

"아마 그럴 거예요." 해리가 말했다.

버넌 이모부가 콧수염이 들썩일 정도로 세게 콧방귀를 뀌었다. 평소라면 그는 위즐리 씨가 어떤 차를 모는지 물었을 것이다. 버넌 이모부는 자동차가 얼마나 크고 비싸냐에 따라 사람을 평가하곤 했다. 설령 위즐리 씨가 페라리를 몬다 해도 버넌 이모부가 그에게 호감을 느낄지는 의문이었지만.

해리는 오후 시간 대부분을 자신의 방에서 보냈다. 피튜니아 이모가 코뿔소 탈출 경보라도 들은 사람처럼 몇 초에 한 번씩 레이스 커튼 사이로 밖을 내다보는 모습을 보고 있기가 힘들었던 것이다. 마침내 5시 15분 전이 되자 해리는 다시 거실로 내려갔다.

피튜니아 이모는 강박적으로 쿠션들의 주름을 펴고 있었다. 버넌 이모부는 신문을 읽는 척했지만 작은 두 눈은 움직이지 않았다. 실은 다가오는 자동차 소리에 열심히 귀를 기울이고 있는 게 틀림없었다. 더들리는 안락의자에 푹 파묻힌 채, 깔고 앉은 투실투실한 손으로 엉덩이를 꽉 쥐고 있었다. 해리는 그 긴장감을 견디지 못하고 거실을 나와 복도 계단에 앉았다. 눈은 손목시계에 고정되어 있었고 심장은 흥분과 긴장 탓에 두근거렸다.

그러나 5시는 왔다가 그냥 지나가 버렸다. 버넌 이모부는 정장 차림으로 땀을 비질비질 흘리며 현관문을 열고 거리 이쪽저쪽을 살핀 다음 재빨리 머리를 들여놓았다.

"늦잖아!" 그가 해리에게 버럭 소리쳤다.

"그러게요." 해리가 말했다. "어쩌면…… 어…… 길이 막힌다거나 뭐 그럴 거예요."

5시 10분…… 5시 15분……. 이제는 해리도 슬슬 불안해졌다. 30분이 지나자 버넌 이모부와 피튜니아 이모가 거실에서 퉁명스럽게 웅얼웅얼 이야기를 주고받는 소리가 들렸다.

"배려라곤 눈곱만큼도 없는 사람들이네."

"우리한테 다른 약속이 있을 수도 있는데."

"늦게 오면 저녁 식사에라도 초대받을 줄 아나 보죠."

"흥, 어림도 없는 소리." 버넌 이모부가 말했다. 해리는 그가 자리에서 일어나 거실을 왔다 갔다 하기 시작하는 소리를 들었다. "애만 데리고 바로 떠나게 해야지. 어딜 어슬렁거려? 하긴, 그것도 그자들이 올 때의 얘기지만. 아마 날짜를 잘못 알았겠지. 그 족속들은 시간 약속 같은 건 별로 중요하게 생각하지 않을 테니까. 아니면 웬 싸구려 자동차를 끌고 오다가 고장…… **아아아아아아아아아아아악!**"

해리는 깜짝 놀라 그 자리에서 벌떡 일어났다. 거실 문 안쪽에서 더즐리 세 식구가 어쩔 줄 모르고 허둥지둥 방을 가로지르는 소리가 들렸다. 다음 순간, 더들리가 잔뜩 겁에 질린 얼굴을 하고 복도로 뛰쳐나왔다.

"무슨 일이야?" 해리가 물었다. "왜 그래?"

하지만 더들리는 대답할 수 있는 상태가 아니었다. 그는 여전히 양손으로 엉덩이를 감싼 채 있는 힘을 다해 부엌으로 뒤뚱뒤뚱 뛰어들어 갔다. 해리는 서둘러 거실로 향했다.

거실에는 가짜 석탄이 타오르고 있는 벽난로가 있었는데, 널빤지로 막아 놓은 벽난로 안쪽에서 요란하게 쿵쾅대는 소리와 판자 긁는 소리가 들려오고 있었다.

"뭐야?" 피튜니아 이모가 숨을 헉 들이켰다. 그녀는 벽으로 물러나 잔뜩 겁먹은 표정으로 벽난로를 바라보고 있었다. "뭐예요, 버넌?"

하지만 그 의혹은 1초도 지나지 않아 풀렸다. 가로막힌 벽난로 안쪽에서 목소리들이 들렸던 것이다.

"아얏! 프레드, 아냐, 돌아가라, 돌아가. 무슨 실수가 있었나 보다. 조지한테도 오지 말…… **아얏!** 조지, 아니, 거긴 공간이 없어. 얼른 돌아가서 론한테…….”

“어쩌면 해리가 우리 소리를 들었을지도 몰라요, 아빠. 우리를 꺼내 줄지도…….”

전기 벽난로 뒤에서 여러 개의 주먹이 시끄럽게 널빤지를 두드려 댔다.

“해리? 해리, 우리 소리 들려?”

더즐리 부부가 한 쌍의 성난 족제비처럼 해리를 홱 돌아보았다.

“이게 뭐냐?” 버넌 이모부가 으르렁거렸다. “대체 무슨 일이야?”

“그게…… 플루 가루로 여기에 오려고 하셨나 봐요.” 해리는 미치도록 웃고 싶은 마음을 억누르며 말했다. “저분들은 벽난로를 통해서 이동할 수 있거든요. 이모부가 벽난로를 막아 놓지만 않았어도……. 잠깐만요.”

그는 벽난로로 다가가 널빤지 너머로 소리쳤다.

“위즐리 아저씨? 들리세요?”

두드리는 소리가 멈췄다. 벽난로 선반 안쪽에서 누군가가 말했다. “쉿!”

“위즐리 아저씨, 저 해리인데요……. 벽난로가 막혀 있어요. 그리로는 못 나와요."

"젠장!" 위즐리 씨의 목소리가 들렸다. "대체 왜 벽난로를 막아 놓는 거야?"

"전기로 불을 피울 수 있거든요." 해리가 설명했다.

"정말?" 잔뜩 흥분한 위즐리 씨의 목소리가 말했다. "'청기'라고? *플러그*도 달려 있니? 세상에, 그건 꼭 봐야겠는데……. 생각 좀 해 보자…… 아얏, 론!"

이제는 다른 사람들의 목소리에 론의 목소리까지 더해졌다.

"우리 여기서 뭐 하는 거예요? 무슨 문제 있어요?"

"응, 아냐, 론." 프레드의 목소리가 잔뜩 비꼬는 투로 말했다. "문제 있을 리가. 여기만큼 오고 싶었던 데가 또 있겠냐?"

"그래, 우린 여기서 최고의 시간을 보내고 있어." 조지가 말했다. 벽에 짓눌리기라도 한 것처럼 꽉 막힌 목소리였다.

"얘들아, 얘들아……." 위즐리 씨가 얼떨떨한 투로 말했다. "아빠가 어떡해야 할지 생각 중이니…… 그래…… 이 방법뿐이구나……. 물러서거라, 해리."

해리는 소파로 물러섰다. 그러나 버넌 이모부는 앞으로 나섰다.

"잠깐 기다리쇼!" 그가 벽난로에 대고 소리쳤다. "당신들 대체 뭘 하려는……?"

쾅.

널빤지로 막혀 있던 벽난로가 터지면서 전기 벽난로가 방 저편으로 날아갔다. 위즐리 씨, 프레드, 조지, 론이 돌조각과 흩어진 파편 들의 구름을 헤치고 나타났다. 피튜니아 이모는 비명을 지르다가 등 뒤 커피 탁자에 걸려 뒤로 벌렁 넘어갔지만 바닥에 쓰러지기 전에 버넌 이모부가 그녀를 붙잡아 주었다. 버넌 이모부는 아무 말도 하지 못하고 입을 쩍 벌린 채, 주근깨 하나까지 똑같은 프레드와 조지를 비롯해 모두가 밝은 빨간색 머리카락을 갖고 있는 위즐리 가족을 바라보았다.

"좀 낫구나." 위즐리 씨가 긴 초록색 로브에서 먼지를 털어 내고 안경을 바로잡으며 헐떡거렸다. "아, 해리의 이모와 이모부시군요!"

큰 키에 마른 체격, 머리가 벗어져 가는 그가 손을 뻗으며 다가갔지만 버넌 이모부는 피튜니아 이모를 끌고 뒤로 몇 걸음 물러났다. 버넌 이모부는 아무 말도 하지 못했다. 그의 가장 좋은 정장은 뽀얀 먼지로 뒤덮여 있었다. 머리카락과 콧수염에도 먼지가 내려앉아 그를 30년은 더 늙어 보이게 만들었다.

“어, 네…… 저건 미안합니다.” 위즐리 씨가 손을 내리고 폭발한 벽난로를 돌아보며 말했다. “다 제 잘못이에요. 벽난로로 나갈 수 없을 거라고는 생각 못 했거든요. 선생님 댁 벽난로를 플루 네트워크에 연결했습니다. 그러니까, 오늘 오후에만, 해리를 데려갈 수 있게 말이죠. 엄밀히 따지면 머글 벽난로는 연결해선 안 되지만…… 플루 규제 위원회에 아는 사람이 있어서 그 친구가 처리해 줬어요. 그래도 눈 깜짝할 사이에 고칠 수 있으니까 걱정 마세요. 불을 피워서 애들을 먼저 보낸 다음 벽난로를 고쳐 드리겠습니다. 순간이동 하기 전에 말이죠.”

해리는 더즐리 부부가 이 얘기를 한 마디도 이해하지 못했다고 장담할 수 있었다. 그들은 벼락이라도 맞은 것처럼 여전히 입을 떡 벌린 채 위즐리 씨를 바라보고 있었다. 피튜니아 이모가 비틀거리며 몸을 일으키더니 버넌 이모부 뒤에 숨었다.

“안녕, 해리!” 위즐리 씨가 밝은 목소리로 말했다. “짐 가방은 다 챙겼니?”

“2층에 있어요.” 해리가 마주 미소 지으며 말했다.

“우리가 가져올게.” 프레드가 곧바로 말했다. 그와 조지는 해리에게 눈을 찡긋하더니 거실을 나섰다. 그들은 해리의 침실이 어디에 있는지 알고 있었다. 그 방에서 해리를 한 번 구출한 적이 있었기 때문이다. 해리에게서 더들리 얘기를 많이 들었던 만큼 더들리를 슬쩍 한번 보고 싶어 하는지도 몰랐다.

"뭐." 위즐리 씨가 어색한 침묵을 깰 말을 찾느라 양팔을 살짝 흔들며 말했다. "집이, 어…… 집이 아주 좋네요."

평소에 얼룩 한 점 없는 거실이 지금은 먼지와 벽돌 부스러기로 뒤덮여 있었으니 그 말이 더즐리 부부에게 먹힐 리는 없었다. 버넌 이모부의 얼굴이 또 한 번 붉으락푸르락했고 피튜니아 이모는 다시 혀를 씹기 시작했지만, 둘 다 너무 겁을 먹어 실제로 무슨 말을 내뱉지는 못하는 듯했다.

위즐리 씨는 주위를 둘러보았다. 그는 머글들과 관련된 물건이라면 무엇이든 아주 좋아했다. 해리가 보니 그의 얼굴에는 텔레비전과 비디오카메라를 가까이서 살펴보고 싶어 안달 난 기색이 역력했다.

"저게 청기로 작동되는 거군요?" 그가 알은체하며 말했다. "아 역시, 플러그가 보이네요. 전 플러그를 수집하거든요." 그가 버넌 이모부에게 덧붙였다. "배터리도요. 배터리는 아주 많이 모았죠. 아내는 제가 미쳤다고 생각하지만,

어쩔 수가 없어요."

버넌 이모부도 위즐리 씨가 미쳤다고 생각하는 게 틀림없었다. 그는 오른쪽으로 아주 살짝 움직여 피튜니아 이모를 가렸다. 위즐리 씨가 갑자기 달려들어 공격할지도 모른다고 생각하는 것 같았다.

갑자기 더들리가 다시 거실에 나타났다. 계단에서 짐 가방이 덜컹거리는 소리가 들리자 그 소리에 놀란 더들리가 부엌에서 뛰쳐나온 것이다. 더들리는 겁에 질린 눈으로 위즐리 씨를 뚫어지게 쳐다보며 벽에 붙은 채 어머니와 아버지 뒤로 조금씩 조금씩 이동했다. 불행하게도 버넌 이모부의 몸집은 빼빼 마른 피튜니아 이모를 숨기기엔 충분했으나 더들리를 가리기엔 턱없이 부족했다.

"아, 얘가 네 사촌이구나. 그치, 해리?" 위즐리 씨가 또 한 번 용감하게 대화를 시도했다.

"네." 해리가 말했다. "쟤가 더들리예요."

그와 론은 눈짓을 주고받은 다음 얼른 시선을 돌렸다. 그들은 당장에라도 터질 것 같은 웃음을 가까스로 참았다. 더들리는 엉덩이가 떨어져 나가기라도 할까 봐 두려운지 아직도 꽉 붙들고 있었다. 한편 위즐리 씨는 더들리의 이상한 행동이 진심으로 걱정되는 모양이었다. 솔직히 위즐리 씨가 다시 입을 열었을 때 그의 목소리에 깃든 어조를 들으면, 더즐리 부부가 위즐리 씨를 미쳤다고 생각하는 것만큼이나 위즐리 씨 역시 더들리를 미쳤다고 생각하는 게 분명했다. 다만 위즐리 씨는 더들리에게 두려움보다는 연민을 느낀다는 게 다를 뿐이었다.

"방학 잘 보내고 있니, 더들리?" 그가 상냥하게 물었다.

더들리가 훌쩍거렸다. 두 손으로 거대한 궁둥이를 더욱 꽉 움켜쥐는 모습이 보였다.

프레드와 조지가 해리의 학교 짐을 들고 거실로 돌아왔다. 들어오면서 주위를 힐끗 둘러보던 그들은 더들리를 발견했다. 두 사람의 얼굴에 서로를 꼭 닮은 사악한 미소가 번졌다.

"아, 그래." 위즐리 씨가 말했다. "그럼, 시작해야겠군요."

그는 로브 소매를 걷어 올리고 마법 지팡이를 꺼냈다. 더즐리 가족이 일제히 벽으로 물러났다.

"*인센디오!*" 위즐리 씨가 마법 지팡이로 벽에 뚫린 구멍을 겨누며 말했다.

벽난로에서 금방 불길이 치솟아 몇 시간째 타고 있었던 것처럼 즐겁게 타닥거렸다. 위즐리 씨는 주머니에서 졸라매는 끈이 달린 조그만 자루를 꺼내 풀고는 안에 들어 있던 가루를 조금 집어 불 속에 던졌다. 불길은 에메랄드빛 녹색으로 변하며 어느 때보다 높게 타올랐다.

"자, 너 먼저 가라, 프레드." 위즐리 씨가 말했다.

"알았어요." 프레드가 말했다. "아, 이런, 잠깐만요……."

프레드의 주머니에서 사탕 한 봉지가 떨어지더니 내용물이 사방으로 흩어져 굴러갔다. 현란한 색깔의 포장지에 싸인 큼직하고 통통한 토피 사탕들이었다.

프레드는 허둥지둥 뛰어다니며 사탕들을 도로 주머니에 주워 담았다. 그러고는 더즐리 가족을 향해 유쾌하게 손을 흔들고 앞으로 나아가 곧장 불길 속으로 걸어들어 가면서 "버로!"라고 소리쳤다. 피튜니아 이모가 몸서리를 치면서 헉하고 숨을 들이켰다. 휙 소리와 함께 프레드의 모습이 사라졌다.

"좋아, 그럼. 조지." 위즐리 씨가 말했다. "네가 짐 가방을 가져가거라."

해리는 조지를 도와 가방을 불 속으로 옮기고 조지가 잡기 쉽게 돌려놓았다. 곧이어 조지가 "버로!" 하고 외쳤고 그와 동시에 또다시 휙 소리가 나더니 그 역시 사라졌다.

"론, 다음은 너다." 위즐리 씨가 말했다.

"또 만나요." 론이 더즐리 가족을 향해 밝은 목소리로 말했다. 그는 해리에게 활짝 웃어 보인 뒤 불 속으로 들어가 "버로!"라고 외치고 사라졌다.

이제 해리와 위즐리 씨만 남았다.

"뭐 그럼⋯⋯ 안녕히 계세요." 해리가 더즐리 부부에게 말했다.

그들은 아무런 대꾸도 하지 않았다. 해리는 불 쪽으로 걸어갔지만 벽난로 앞에 도착하기 무섭게 위즐리 씨가 손을 뻗어 그를 붙잡았다. 위즐리 씨는 놀란 얼굴로 더즐리 부부를 바라보았다.

"해리가 작별 인사를 하잖아요." 그가 말했다. "못 들으셨나요?"

"괜찮아요." 해리가 위즐리 씨에게 중얼거렸다. "솔직히, 상관없어요."

그러나 위즐리 씨는 해리의 어깨에서 손을 떼지 않았다.

"내년 여름까지 조카를 못 본다고요." 그가 조금 화난 목소리로 버넌 이모부에게 말했다. "작별 인사 정도는 당연히 하시겠죠?"

버넌 이모부의 얼굴이 격렬하게 실룩거렸다. 방금 자기 집 거실 벽을 반쯤 날려 버린 사람에게서 배려에 관한 가르침을 받는다는 생각이 엄청난 고통을 일으키는 듯했다.

그러나 위즐리 씨는 여전히 마법 지팡이를 들고 있었다. 버넌 이모부가 조그만 눈으로 지팡이 쪽을 슬쩍 보는가 싶더니 매우 분한 어조로 말했다. "잘 가라."

"또 봬요." 해리가 한 발을 녹색 불길 속에 내디디며 말했다. 불길은 따뜻한 숨결처럼 기분 좋게 느껴졌다. 그런데 그 순간, 뒤에서 구토를 하는 듯 끔찍한 소리가 터져 나왔다. 피튜니아 이모가 비명을 지르기 시작했다.

해리는 홱 돌아보았다. 더들리는 더 이상 부모님 뒤에 서 있지 않았다. 그는 커피 탁자 옆에 무릎을 꿇은 채 구역질을 하면서 캑캑거리고 있었다. 입에서 약 30센티미터 길이의 푸르죽죽하고 미끌미끌한 무언가가 튀어나와 있는 것이 보였다. 해리는 한순간 당황했지만 그 30센티미터짜리 무언가가 더들리의 혀라는 것, 그리고 더들리 앞에 현란한 색깔의 토피 사탕 포장지가 놓여 있는 것을 눈치챘다.

피튜니아 이모가 더들리 옆으로 달려가더니 불어난 혀끝을 잡고 입에서 뽑아내려 했다. 당연히 더들리는 비명을 지르고 조금 전보다 더 심하게 캑캑거리며 피튜니아 이모를 떨쳐 내려고 발버둥 쳤다. 버넌 이모부가 고함을 지르며 팔을 마구 휘젓고 있었기에 위즐리 씨는 자기 말이 들리도록 소리를 질러야 했다.

"걱정할 일 아닙니다. 제가 고칠 수 있어요!" 그가 마법 지팡이를 들고 더들리에게 다가가며 외쳤지만 피튜니아 이모는 더 요란한 비명을 지르며 더들리 위로 몸을 날려 위즐리 씨에게서 그를 보호했다.

"아뇨, 정말입니다!" 위즐리 씨가 절박하게 말했다. "간단해요. 토피 사탕 때문에 그런 건데…… 제 아들 프레드가 좀 짓궂어서요. 하지만 그냥 부풀리기 마법일 뿐이에요. 적어도 제 생각엔 그렇습니다만…… 부탁드립니다, 제가 고칠 수 있어요."

하지만 더즐리 가족은 안심하기는커녕 더욱더 겁에 질렸다. 피튜니아 이모가 신경질적으로 흐느끼며, 뽑아 버리기로 결심이라도 한 듯 더들리의 혀를 잡아당겼다. 더들리는 어머니와 혀의 압박 탓에 질식할 것처럼 보였고, 완전히 이성을 잃은 버넌 이모부는 서랍장 위에 있던 도자기 인형 장식품을 집어 위즐리 씨를 향해 힘껏 던졌다. 위즐리 씨가 피하는 바람에 인형은 폭발한 벽난로에 부딪혀 박살 나고 말았다.

"저기, 이봐요!" 위즐리 씨가 화가 나서 마법 지팡이를 휘두르며 소리쳤다. "*도와주겠다*니까요!"

버넌 이모부가 상처 입은 하마처럼 소리를 지르며 또 다른 장식품을 집어 들었다.

"해리, 가라! 그냥 가!" 위즐리 씨가 버넌 이모부에게 마법 지팡이를 겨눈 채 소리쳤다. "여긴 내가 해결하마!"

해리는 그 재미있는 광경을 놓치고 싶지 않았지만 버넌 이모부가 또 한 번 던진 장식품이 왼쪽 귀를 가까스로 비켜 가자, 모든 것을 감안할 때 상황을 위즐리 씨에게 맡기는 게 최선이라는 생각이 들었다. 그는 "버로!"라고 외치면서 어깨 너머를 돌아보며 불 속으로 들어갔다. 마지막으로 거실을 힐끗 봤을 때 그의 눈에 들어온 광경은, 위즐리 씨가 마법 지팡이로 버넌 이모부 손에 들린 세 번째 장식품을 날려 버리는 모습과 피튜니아 이모가 더들리 위에 엎드려 비명을 지르는 모습, 더들리의 혀가 거대하고 미끌미끌한 구렁이처럼 축 늘어진 모습이었다. 하지만 다음 순간 해리가 아주 빠른 속도로 빙글빙글 돌기 시작하자 더즐리네 거실은 솟구치는 에메랄드색 불길 속에서 빠르게 사라졌다.

5장

위즐리 형제의 위대하고 위험한 장난감

해리는 옆구리에 팔꿈치를 딱 붙인 채 점점 더 빠르게 빙글빙글 돌았다. 흐릿한 벽난로 여러 개가 휙휙 지나쳐 갔다. 급기야 멀미가 나기 시작하자 그는 눈을 질끈 감았다. 잠시 후 마침내 속도가 느려지기 시작했다. 그는 제때 손을 뻗은 덕분에 위즐리네 부엌 벽난로 바깥으로 나왔을 때 바닥에 얼굴을 처박고 넘어지는 꼴을 면했다.

"먹었어?" 프레드가 손을 내밀어 해리를 일으켜 세우며 신이 난 목소리로 물었다.

"응." 해리가 몸을 똑바로 펴면서 말했다. "그게 *뭐였어?*"

"1톤 혓바닥 토피." 프레드가 유쾌한 목소리로 대답했다. "조지랑 내가 발명한 거야. 여름 내내 그걸 시험해 볼 사람을 찾고 있었는데……."

조그만 부엉이 웃음소리로 떠나갈 듯했다. 해리는 주위를 둘러보았다. 론과 조지가 두 명의 또 다른 빨간 머리와 함께 반들반들한 나무 식탁 앞에 앉아 있는 모습이 보였다. 한 번도 본 적 없는 사람들이었지만 해리는 단번에 그들이 누구인지 알아차렸다. 위즐리 형제 가운데 첫째인 빌과 둘째인 찰리가 틀림없었다.

"안녕, 해리?" 둘 중 해리와 좀 더 가까운 곳에 앉아 있던 사람이 씩 웃으며 큼직한 손을 내밀자 해리는 그 손을 잡고 흔들었다. 손가락에서 굳은살과 물집이 만져졌다. 루마니아에서 용을 연구하는 찰리가 틀림없었다. 쌍둥이와 마찬가지로 찰리 역시 키가 껑충했다. 호리호리한 퍼시나 론보다는 작지만 다부진 체격이었다. 넓적하고 성격 좋아 보이는 얼굴은 햇볕에 그을리고 주근깨가 너무 많아 선탠을 한 것처럼 보였다. 팔은 근육질이었으며, 한쪽 팔에 크고 반들반들한 화상 자국이 있었다.

빌도 미소를 머금고 일어나 해리와 악수했다. 빌의 첫인상은 상당히 놀라웠다. 해리는 빌이 마법사들의 은행인 그린고츠에서 일하고 있으며 호그와트 시절 남학생 회장이었다는 것을 알았기에 그가 나이 든 퍼시, 즉 규칙을 조금이라도 어기면 야단법석을 떨고 모두에게 이래라저래라 하는 사람일 거라고 늘 상상해 왔다. 그러나 빌은 '멋있다' 고밖에는 달리 표현할 말이 없는 사람이었다. 그는 키가 컸고 긴 머리를 하나로 묶고 있었다. 귀에는 송곳니 같은 것이 달랑거리는 귀고리가 달려 있었다. 일반 가죽이 아닌 용가죽으로 만들어진 부츠가 눈에 띄기는 했지만 록 콘서트장에 있어도 어색하지 않을 차림새였다.

누가 무슨 말을 더 할 새도 없이 희미한 펑 소리가 나더니 위즐리 씨가 조지 옆 허공에서 갑자기 나타났다. 해리는 그렇게 화가 난 위즐리 씨의 모습은 처음 보았다.

"*무슨 뚱딴지같은 짓이냐*, 프레드!" 그가 소리쳤다. "대체 그 머글 아이에게 뭘 준 거야?"

"준 게 아니에요." 프레드가 또 한 번 사악한 미소를 지으며 말했다. "그냥 *떨어뜨린* 거지……. 굳이 가서 집어 먹은 게 잘못이죠. 전 그러라고 한 적 없어요."

"일부러 떨어뜨린 거잖아!" 위즐리 씨가 고함을 질렀다. "그 애가 먹을 줄 알았겠지. 그 애가 다이어트 중이라는 걸 알고 있었잖아."

"혀가 얼마나 커졌는데요?" 조지가 기대에 찬 말투로 물었다.

"1미터 넘게 늘어나고서야 걔 부모가 혀를 줄이게 해 주더구나!"

해리와 위즐리 형제들이 다시 웃음을 터뜨렸다.

"*웃을 일이 아니라니까!*" 위즐리 씨가 소리쳤다. "그런 행동은 마법사와 머글의 관계를 심각하게 손상시킬 수 있어! 내 인생의 반을 머글 학대에 반대하는 캠페인을 벌이면서 보냈는데, 다른 사람도 아니고 내 아들들이……."

"걔가 머글이라서 준 게 아니에요!" 프레드가 억울하다는 듯 말했다.

"맞아요. 다른 사람을 괴롭히는 얼간이라서 준 거죠." 조지가 말했다. "그렇지, 해리?"

"네, 맞아요, 위즐리 아저씨." 해리가 진지하게 말했다.

"그게 중요한 게 아니야!" 위즐리 씨가 화를 냈다. "기다려라. 너희 엄마한테 얘기할 테니……."

"뭘?" 등 뒤에서 어떤 목소리가 물었다.

위즐리 부인이 막 부엌에 들어온 것이다. 그녀는 작고 통통한 체구에 상냥한 인상을 지닌 여성이었지만 지금은 의심으로 눈을 가느다랗게 뜨고 있었다.

"아, 해리. 잘 있었니?" 그녀가 해리를 발견하고 미소를 머금으며 말했다. 잠시 후 그녀의 눈이 다시 남편에게로 휙 돌아갔다. "나한테 *뭘* 얘기할 건데, 아서?"

위즐리 씨는 망설였다. 프레드와 조지에게 화가 나긴 했지만, 무슨 일이 있었는지 위즐리 부인에게 정말로 얘기할 생각은 없었던 게 분명했다. 침묵이 흐르는 가운데 그는 초조하게 아내를 바라보았다. 그때 위즐리 부인 뒤에 있는 부엌문에서 두 소녀가 모습을 드러냈다. 숱이 풍성한 갈색 머리에 앞니가 조금 큰 소녀는 해리와 론의 친구인 헤르미온느 그레인저였다. 작고 머리카락이 빨간 또 다른 소녀는 론의 여동생 지니였다. 둘 다 해리를 보며 미소 지었다. 해리가 마주 씩 웃어 주자 지니의 얼굴이 빨개졌다. 그녀는 해리가 처음 버로에 왔을 때부터 그에게 푹 빠져 있었다.

"나한테 *뭘* 얘기하냐니까, 아서?" 위즐리 부인이 조금 위협적으로 들리는 목소리로 다시 물었다.

"아무것도 아냐, 몰리." 위즐리 씨가 어물거렸다. "그냥 프레드랑 조지가…… 근데 내가 야단을 쳤으니까……."

"이번엔 또 무슨 짓을 했는데?" 위즐리 부인이 말했다. "혹시 '위즐리 형제의 위대하고 위험한 장난감'이랑 조금이라도 관련이 있다면……."

"해리가 지낼 방을 보여 주지 그래, 론?" 헤르미온느가 문 앞에 서서 말했다.

"해리는 이미 그 방을 알아." 론이 말했다. "작년에도 내 방에서……."

"우리 다 같이 가 보자." 헤르미온느가 날카롭게 그의 말을 잘랐다.

"아." 론이 눈치를 채고 말했다. "그래."

"그래, 우리도 가야지." 조지가 말했지만……

"*넌 거기 가만히 있어!*" 위즐리 부인이 으르렁거렸다.

해리와 론은 살금살금 부엌을 빠져나갔다. 그리고 헤르미온느, 지니와 함께 좁은 복도를 지나 집 안을 지그재그로 뻗어 올라가는 곧 무너질 듯한 계단을 올랐다.

"'위즐리 형제의 위대하고 위험한 장난감'이 뭐야?" 해리가 계단을 오르며 물었다.

론과 지니 모두 웃음을 터뜨렸지만 헤르미온느는 웃지 않았다.

"엄마가 프레드랑 조지 방을 청소하다가 주문서 한 무더기를 찾아냈어." 론이 목소리를 낮추고 말했다. "형들이 발명한 물건들의 가격이 적힌 엄청나게 긴 목록이었지. 장난감 같은 것 말이야. 속임수 마법 지팡이에 속임수 사탕, 뭐 그런 게 엄청 많았어. 끝내주더라. 그런 걸 다 만들고 있을 줄은 꿈에도 몰랐어……."

"예전부터 오빠들 방에서 뭐가 터지는 소리가 들리긴 했지만 실제로 뭘 만들고 있을 거라고는 전혀 생각 못 했어." 지니가 말했다. "그냥 시끄러운 걸 좋아하는 줄 알았지."

"다만 문제는 그 물건들이 대부분…… 아니지, 사실은 하나같이 조금 위험하다는 거야." 론이 말했다. "뭐랄까, 형들은 호그와트에서 그 물건들을 팔아서 돈 벌 계획을 세우고 있었어. 엄마가 엄청 화를 냈고 다시는 만들지 말라면서 주문서를 몽땅 태워 버렸어……. 그게 아니라도 형들한테 엄청 화가 나시긴 했지만. 엄마가 기대한 만큼 O.W.L.을 받지 못했거든."

O.W.L.이란 보통 마법사 등급으로, 호그와트 학생들이 열다섯 살에 치르는 시험이었다.

"그러고 나서 엄청난 말다툼이 벌어졌어." 지니가 말을 받았다. "엄마는 오빠들이 아빠처럼 마법 정부에 들어가기를 바라는데, 오빠들은 엄마한테 장난감 가게를 여는 것 말고는 아무것도 하고 싶지 않다고 했거든."

바로 그때 두 번째 층계참에 있는 방문이 열리더니 뿔테 안경을 쓴 얼굴이 불쑥 나왔다. 심히 짜증이 나 있는 얼굴이었다.

"안녕, 퍼시." 해리가 말했다.

"아아, 안녕, 해리." 퍼시가 말했다. "누가 이렇게 시끄럽게 구나 했네. 저기, 내가 지금 일하는 중이라서…… 회사에 제출해야 하는 보고서가 있거든. 계속 쿵쾅대면서 계단을 오르내리면 집중하기가 좀 힘들어."

"*쿵쾅댄* 적 없는데." 론이 화가 나서 비꼬듯 말했다. "그냥 걸어가고 있었어. 마법 정부의 일급 기밀 업무를 방해했다니 미안해서 몸 둘 바를 모르겠네."

"무슨 일을 하는데?" 해리가 물었다.

"국제 마법 협력부에 제출할 보고서를 쓰고 있어." 퍼시가 잘난 척 말했다. "솥 두께를 표준화하려는 중이야. 외국에서 수입해 오는 것 가운데 몇 개가 너무 얇아서…… 누출률이 1년에 대략 3퍼센트씩 증가하고 있는데……."

"아주 세상을 바꿔 놓겠네, 그 보고서가." 론이 이죽거렸다. "《예언자일보》 1면에 실리겠어. 솥단지 누출률이니 뭐니 하면서."

퍼시의 얼굴이 살짝 붉어졌다.

"그래, 론. 실컷 비웃어." 그가 열을 내며 말했다. "하지만 그런 국제법들을 적용하지 않으면 바닥이 얇은 조잡한 제품들이 시장에 넘쳐날 거고 그러면 심각한 위험이……."

"그래, 그래, 알았어." 론은 그렇게 말하고 다시 계단을 오르기 시작했다. 퍼시가 방문을 쾅 닫았다. 해리, 헤르미온느, 지니가 론을 따라 세 층을 더 올라갔을 때 저 아래 부엌에서 고함 지르는 소리가 그들이 있는 곳까지 울려 퍼졌다. 위즐리 씨가 위즐리 부인에게 토피 사탕 얘기를 한 것 같았다.

론이 잠을 자는 꼭대기 방은 해리가 지난번 와서 지냈을 때와 거의 달라진 게 없었다. 벽과 기울어진 천장에 붙은 포스터에서는 론이 가장 좋아하는 퀴디치 팀인 처들리 캐넌스의 선수들이 전처럼 빙글빙글 돌며 손을 흔들어 댔고, 개구리 알이 들어 있던 창턱의 어항에는 이제 엄청나게 큰 개구리가 들어 있었다. 론의 늙은 쥐 스캐버스는 이제 없었지만, 대신 프리빗가에 있는 해리에게 론의 편지를 배달해 주었던 조그만 회색 부엉이가 있었다. 녀석은 작은 새장 안에서 팔짝팔짝 뛰면서 미친 듯이 지저귀고 있었다.

"*시끄러워*, 피그." 론이 방에 욱여넣은 네 개의 침대 중 두 개 사이로 옆걸음질 하며 말했다. "프레드랑 조지가 여기서 같이 잘 거야. 빌이랑 찰리가 그 두 사람 방을 쓰고 있거든." 그가 해리에게 말했다. "퍼시는 일을 해야 해서 방을 혼자 쓰셔야겠대."

"어…… 근데 저 부엉이를 왜 피그라고 부르는 거야?" 해리가 론에게 물었다.

"론이 멍청하게 구는 거야." 지니가 말했다. "원래 이름은 피그위전이거든. 아주 작다는 뜻이야."

"그래, 피그위전이라니 전혀 멍청해 보이지 않는 이름이네." 론이 빈정대듯 말했다. "지니가 지은 이름이야." 그가 해리에게 설명했다. "그게 귀엽대. 내가 바꿔 보려고 했는데 이미 늦었어. 다른 이름으로는 아무리 불러도 대꾸를 안 해. 그래서 이젠 피그가 돼 버렸지. 저 녀석이 에롤이랑 헤르메스를 귀찮게 해서 여기 둘 수밖에 없었어. 그렇게 따지면 나도 귀찮긴 하지만."

피그위전은 큰 소리로 부엉부엉 울면서 기분 좋은 듯 새장 안을 붕붕 날아다녔다. 론을 잘 아는 해리는 그 말을 진지하게 받아들이지 않았다. 론은 예전에 키우던 쥐 스캐버스에 대해서도 잔뜩 불평을 늘어놨지만 헤르미온느의 고양이인 크룩생스가 스캐버스를 잡아먹은 줄 알았을 때는 매우 속상해했다.

"크룩생스는 어디 있어?" 문득 생각났는지 해리가 헤르미온느에게 물었다.

"아마 정원에 있을 거야." 그녀가 말했다. "땅요정 쫓아다니는 게 재밌나 봐. 그런 건 한 번도 본 적이 없으니까."

"그럼 퍼시는 일을 재미있어하는 건가?" 해리가 침대에 앉아 처들리 캐넌스 선수들이 천장에 붙은 포스터를 쌩쌩 드나드는 모습을 바라보며 말했다.

"재미있어하냐고?" 론이 험악한 어조로 되물었다. "아빠가 부르지 않았다면 집에도 안 왔을걸. 일에 푹 빠졌어. 퍼시가 상사 얘기를 꺼내지 않게 조심해. '크라우치 장관님에 따르면…… 내가 크라우치 장관님께도 말씀드렸지만…… 크라우치 장관님 의견은…… 크라우치 장관님이 나한테 말씀하시길…….' 당장 약혼 발표라도 할 기세야."

"여름방학은 어땠어, 해리?" 헤르미온느가 물었다. "우리가 보낸 음식 소포랑 다 받았어?"

"응, 정말 고마워." 해리가 말했다. "그 케이크들 덕분에 살았어."

"소식은 들었어? 시리……." 론은 말을 꺼냈다가 헤르미온느의 눈총에 입을 다물었다. 해리는 론이 시리우스에 관해 물어보려고 했다는 것을 알았다. 시리우스가 마법 정부로부터 도망치는 것을 돕는 데 크게 한몫한 론과 헤르미온느 역시 해리만큼이나 그의 대부를 걱정하고 있었다. 하지만 지니 앞에서 시리우스 얘기를 꺼내는 건 좋은 생각이 아니었다. 시리우스가 어떻게 탈출했는지를 알고 있고 그의 결백을 믿어 주는 사람은 그들과 덤블도어 교수뿐이었다.

"싸움이 끝났나 봐." 헤르미온느가 어색한 순간을 무마하려고 입을 열었다. 지니가 호기심 어린 눈으로 론뿐만 아니라 해리까지 바라보고 있었기 때문이다. "내려가서 너희 엄마가 저녁 차리시는 거 도와드릴까?"

"그래, 좋아." 론이 말했다. 네 사람은 론의 방을 나와 아래층으로 내려갔다. 부엌에서는 위즐리 부인이 매우 언짢은 표정을 짓고 있었다.

"저녁은 정원에서 먹을 거란다." 그들이 들어오자 그녀가 말했다. "여기에는 열한 명이 앉을 자리가 없거든. 지니랑 헤르미온느가 접시를 날라 줄래? 빌이랑 찰리가 식탁을 준비하고 있단다. 너희 둘은 칼이랑 포크를 가져가거라." 그녀가 론과 해리에게 말하고는 싱크대 위에 있는 감자 더미를 가리켰다. 그런데 의도했던 것보다 힘이 들어갔는지, 껍질이 정신없이 마구 벗겨지면서 감자들이 벽과 천장에 부딪혀 튕겨 나왔다.

"아, 진짜 *미치겠네.*" 그녀는 그렇게 내뱉고 이제는 쓰레받기 쪽으로 마법 지팡이를 돌렸다. 쓰레받기가 옆으로 폴짝 뛰더니 바닥을 스르르 미끄러져 다니며 감자들을 쓸어 담기 시작했다. "저 두 녀석 때문에!" 이제 그녀는 찬장에서 냄비와 프라이팬을 꺼내며 거칠게 소리쳤다. 해리는 그녀가 말하는 사람이 프레드와 조지라는 사실을 눈치챘다. "애들이 도대체 뭐가 되려고 저러나 몰라. 야심도 없고. 부릴 수 있는 말썽은 모두 부리겠다는 마음도 야심이라 할 수 있다면 또 모르겠지만……."

그녀는 큼직한 구리 냄비를 부엌 식탁에 쾅 내려놓고 마법 지팡이를 집어넣더니 휘휘 젓기 시작했다. 휘젓는 족족 지팡이 끝에서 크림 같은 소스가 쏟아져 나왔다.

"머리나 나쁘면 말도 안 해." 그녀가 냄비를 레인지 위로 가져가 또 한 번 마법 지팡이로 쿡 찔러 불을 켜면서 화난 목소리로 말을 이었다. "그 좋은 머리를 엉뚱한 데 쓰고 있으니. 빨리 정신 차리지 않으면 큰일 날 거야. 쟤들 때문에 호그와트에서 날아온 부엉이가 다른 애들 걸 다 합친 것보다 많다니까. 계속 저러다간 결국 마법 부당 사용 관리과에 불려 가고 말 텐데."

위즐리 부인이 다시 마법 지팡이를 들어 포크와 나이프 등이 들어 있는 서랍을 쿡 찌르자 서랍이 활짝 열렸다. 해리와 론은 펄쩍펄쩍 뛰면서 서랍 안에서 솟구쳐 날아오는 칼들을 피했다. 칼들은 부엌을 가로질러 날아가 쓰레받기가 싱크대에 쏟아 놓은 감자를 썰기 시작했다.

"대체 우리가 어떻게 키웠길래 애들이 저 모양이지?" 위즐리 부인이 마법 지팡이를 내려놓고 냄비를 더 꺼내며 말했다. "매년 이런 식이야. 산 넘어 산이지. 말을 잘 듣는 것도 아니고…… ***아, 또야!***"

위즐리 부인이 식탁에서 집어 든 마법 지팡이가 시끄럽게 찍찍거리면서 거대한 고무 쥐로 변해 버린 것이다.

"또 저 녀석들이 만든 속임수 마법 지팡이야!" 그녀가 소리쳤다. "아무 데나 놔두지 말라고 그렇게 얘기했는데!"

그녀는 진짜 마법 지팡이를 들고 돌아섰다. 레인지에 올려놓은 소스에서 연기가 피어오르고 있었다.

"가자." 론이 서랍에서 포크와 나이프를 한 움큼 집으며 얼른 해리에게 말했다. "가서 빌이랑 찰리나 도와주자."

그들은 위즐리 부인을 뒤로하고 뒷문을 통해 정원으로 나갔다.

겨우 몇 발짝 걸어갔을 때 헤르미온느의 안짱다리 적갈색 고양이 크룩생스가 정원에서 튀어나왔다. 크룩생스는 병 닦는 솔처럼 생긴 꼬리를 높이 쳐든 채, 다리 달린 진흙투성이 감자처럼 생긴 무언가를 쫓아 다니고 있었다. 해리는 곧 그것이 땅요정이라는 것을 알아보았다. 키가 겨우 25센티미터쯤 되는 땅요정은 딱딱하고 거친 작은 발을 빠르게 타닥거리며 정원을 가로지르더니 문 주위에 흩어져 있던 장화 속으로 머리부터 뛰어들었다. 크룩섕스가 장화 속으로 앞발을 집어넣어 녀석을 잡으려고 애쓰자 땅요정이 미친 듯이 낄낄대는 소리가 들렸다. 한편 집 반대편에서도 뭔가 쾅쾅대는 아주 시끄러운 소리가 들려왔다. 소동의 원인은 정원에 들어섰을 때 밝혀졌다. 빌과 찰리가 각각 마법 지팡이를 꺼내 들고 오래된 낡은 식탁 두 개를 잔디밭 위로 높이 띄워 올려 서로 충돌시키면서 상대방의 식탁을 공격하고 있었다. 프레드와 조지가 환호성을 질러 댔고, 지니는 웃음을 터뜨렸으며, 헤르미온느는 분명 즐거움과 걱정 사이에서 어찌할 바를 모르는 얼굴로 산울타리 주위를 맴돌고 있었다.

빌의 식탁이 커다란 쿵 소리를 내며 찰리의 식탁에 부딪쳐 다리 하나를 부러뜨렸다. 머리 위에서 덜컥 소리가 나자 모두가 고개를 들었다. 3층 창문 밖으로 머리를 삐죽 내밀고 있는 퍼시의 모습이 보였다.

"조용히 좀 해 줄래?" 그가 소리쳤다.

"미안, 퍼스." 빌이 씩 웃으며 말했다. "솥 바닥 일은 어떻게 되어 가?"

"엉망진창이야." 퍼시가 성마르게 말하더니 창문을 쾅

닫았다. 빌과 찰리는 킥킥 웃으며 식탁들을 잔디밭으로 무사히 내려오게 한 다음 한 줄로 붙였다. 이어 빌이 마법 지팡이를 한 번 탁 튕겨 식탁 다리를 다시 붙이고 공중에서 식탁보를 만들어 냈다.

7시가 되자 두 개의 식탁은 위즐리 부인의 훌륭한 요리를 담은 그릇들로 휘청거릴 정도였다. 아홉 명의 위즐리 가족과 해리와 헤르미온느는 맑고 짙푸른 하늘 아래 앉아 있었다. 여름 내내 조금씩 상해 가는 케이크를 먹고 살았던 누군가에게 이곳은 천국과도 같았다. 처음에 해리는 닭고기와 햄이 들어간 파이, 삶은 감자, 샐러드를 먹느라 묵묵히 귀만 기울였다.

식탁 저 끝에서는 퍼시가 아버지에게 솥 바닥 보고서에 관한 이야기를 잔뜩 늘어놓고 있었다.

"크라우치 장관님께 화요일까지 준비해 놓겠다고 말씀드렸어요." 퍼시가 젠체하며 말했다. "크라우치 장관님이 예상하셨던 것보다는 조금 빠르긴 하지만 저는 모든 일에서 최고이고 싶어요. 제가 일을 미리 마치면 크라우치 장관님도 고마워하시겠죠. 제 말은 그러니까, 지금 저희 부서가 굉장히 바쁘거든요. 월드컵 때문에 온갖 준비를 해야 해서요. 마법 스포츠부에서 필요한 지원을 받지 못하고 있어요.

루도 배그먼이…….”

“나는 루도 좋던데.” 위즐리 씨가 부드럽게 말했다. “우리한테 그런 좋은 좌석 티켓을 구해 준 사람이 바로 루도란다. 내가 힘을 좀 써 준 적이 있거든. 루도의 동생 오토가 약간 곤란한 지경에 처한 적이 있는데…… 초자연적인 힘이 깃든 잔디깎이 문제랄까…… 아빠가 다 수습해 줬지.”

“아, 물론 배그먼 씨가 *호감 가*는 사람이긴 하죠.” 퍼시가 도도한 말투로 말했다. “하지만 저는 그 사람이 어떻게 한 부서의 수장이 됐는지 모르겠어요……. 크라우치 장관님이랑 비교해 보세요! 우리 부서 사람이 실종됐는데 크라우치 장관님이 무슨 일인지 알아보려고 노력도 하지 않는다는 건 상상도 안 가요. 버사 조킨스가 실종된 지 한 달이 넘었다는 건 아시죠? 알바니아로 휴가를 갔다가 돌아오지 않았다는 것 말이에요.”

“그래, 나도 루도한테 물어봤단다.” 위즐리 씨가 이마를 찌푸리며 말했다. “루도 말로는 버사가 전에도 여러 번 사라진 적이 있었다는구나. 그래도 버사가 우리 부서 사람이었다면 난 정말이지 걱정됐을 테지만…….”

“아, 버사는 정말 *구제 불능*이에요.” 퍼시가 말했다. “오랫동안 이 부서 저 부서로 옮겨 다녔다고도 들었어요. 능력이 있어서가 아니라 자꾸 문제를 일으켜서요……. 하지만 그렇더라도 배그먼 씨 입장에서는 버사를 찾으려고 노력해야죠. 크라우치 장관님은 이 일에 개인적으로 관심을 기울이고 계세요. 예전에 버사가 우리 부서에서도 일한 적이 있다면서요. 장관님께서 버사를 꽤 마음에 들어 하셨던 것 같아요. 그런데 정작 배그먼 씨는 그저 껄껄 웃기만 하면서 버사가 지도를 잘못 보고 알바니아가 아니라 오스트레일리아에 갔을 거라는 얘기만 하고 있잖아요. 아무튼…….” 퍼시는 과장되게 한숨을 푹 내쉬더니 딱총나무 꽃 와인을 길게 한 모금 들이켰다. “우리 국제 마법 협력부는 다른 부서 사람들을 찾으러 다니는 업무가 아니어도 이미 일이 산더미 같아요. 월드컵 직후에 열리는 또 다른 큰 행사를 준비해야 하잖아요.”

그는 의미심장하게 목을 가다듬고 해리, 론, 헤르미온느가 앉아 있는 쪽을 바라보았다. “*아버지*는 제가 무슨 말을 하는지 아실 거예요.” 그가 목소리를 조금 높였다. “일급비밀에 해당하는 그 행사 말이에요.”

론이 눈을 흘기며 해리와 헤르미온느에게 중얼거렸다. “마법 정부 일을 시작하고부터 퍼시는 우리가 무슨 행사인지 물어보게 만들려고 애쓰는 중이야. 뭐, 바닥이 두꺼운 솥단지 전시회라도 하나 보지."

식탁 한가운데서는 위즐리 부인이 귀고리 문제로 빌과 말다툼을 벌이고 있었다. 빌이 최근에 장만한 물건인 모양이었다.

"……그렇게 크고 끔찍한 송곳니까지 달려 있고. 정말이지, 빌, 은행에서 뭐라고 안 하던?"

"엄마, 은행 사람들은 보물만 많이 가져다주면 제가 옷을 어떻게 입고 다니든 전혀 신경 안 써요." 빌이 참을성 있게 말했다.

"게다가 머리 모양도 점점 이상해지는구나, 얘야." 위즐리 부인이 애정이 담긴 손길로 마법 지팡이를 만지작거리며 말했다. "내가 좀 다듬어 줬으면 하는데……."

"난 마음에 드는데?" 빌 옆에 앉아 있던 지니가 말했다. "엄마가 너무 구식인 거예요. 어쨌든 덤블도어 교수님이랑 비교하면 별로 긴 것도 아니잖아요……."

위즐리 부인 옆에서는 프레드, 조지, 찰리가 신이 나서 월드컵 얘기를 하고 있었다.

"아일랜드가 우승할 거야." 찰리가 감자를 입에 가득 물고 웅얼거렸다. "준결승에서 페루를 밟아 버렸잖아."

"그래도 불가리아에는 빅토르 크룸이 있다고."

"크룸도 괜찮은 선수지. 아일랜드엔 그런 선수가 일곱 명이나 있지만." 찰리가 딱 잘라 말했다. "그래도 잉글랜드가 결승에 갔으면 했는데. 그게 웬 망신이냐."

"무슨 일이 있었는데?" 해리가 기대에 찬 어조로 물었다. 프리빗가에 틀어박혀 있느라 마법사 세계에서 단절됐던 게 지금처럼 안타까웠던 적이 없었다. 퀴디치는 해리가 정말 좋아하는 스포츠였다. 그는 호그와트 1학년 때부터 그리핀도르 기숙사 퀴디치 팀 수색꾼으로 활약해 왔으며, 세계 최고의 경주용 빗자루 가운데 하나인 파이어볼트를 갖고 있었다.

"트란실바니아한테 깨졌어. 390 대 10으로." 찰리가 우울하게 말했다. "충격적인 결과지. 웨일스는 우간다한테 지고, 스코틀랜드는 룩셈부르크한테 무너졌어."

모두가 후식(수제 딸기 아이스크림)을 먹기 전, 위즐리 씨가 마법으로 양초 여러 개를 만들어 어둠이 내리고 있는 정원을 밝혔다. 식사를 마쳤을 무렵에는 나방들이 식탁 위를 낮게 날아다녔고 따뜻한 공기에는 풀과 인동덩굴 내음이 배어 있었다. 해리는 푸짐하게 잘 먹은 기분을 느끼며, 땅요정들이 장미 덤불 사이로 전력 질주하는 광경을 세상 편안한 마음으로 지켜보았다. 크룩생스가 미친 듯이 웃음을 터뜨리는 땅요정들을 바짝 뒤쫓고 있었다.

론은 조심스럽게 식탁을 훑어보며 다른 가족들이 모두 대화에 정신이 팔려 있는지 확인한 다음 아주 작은 목소리로 해리에게 물었다. "그래서…… 최근에 시리우스 소식 들은 적 *있어?*"

헤르미온느도 주위를 두리번거리며 바짝 귀를 기울였다.

"응." 해리가 조용히 말했다. "두 번. 잘 지내는 것 같았어. 그저께 시리우스한테 편지를 한 통 보냈는데 여기서 지내는 동안 답장이 올지도 몰라."

그는 문득 시리우스에게 편지를 쓴 이유를 떠올렸다. 한순간 론과 헤르미온느에게 흉터가 다시 아프기 시작한 것이나 그의 잠을 깨운 꿈 이야기를 할 뻔했다……. 하지만 지금 당장은 그들을 걱정시키고 싶은 마음이 조금도 들지 않았다. 해리 자신이 이토록 행복하고 평화로운 기분이 들 때는 더더욱.

"벌써 시간이 이렇게 됐네." 위즐리 부인이 손목시계를 확인하더니 불쑥 말했다. "이제 정말로 자야겠다. 너희 모두. 월드컵에 가려면 새벽에 일어나야 해. 해리, 학용품 목록 두고 가면 아줌마가 내일 다이애건 앨리에 가서 사다 주마. 다른 애들 것도 사 와야 하니까. 월드컵 이후에는 시간이 없을지도 몰라. 지난번에는 경기가 닷새 동안이나 계속 됐거든."

"와, 이번에도 그랬으면 좋겠네요!" 해리가 신이 나서 말했다.

"글쎄, 난 안 그랬으면 좋겠는데." 퍼시가 점잔을 빼며 말했다. "닷새나 자리를 비우면 내 미결 서류함 상태가 어떻게 될지 생각만 해도 몸이 *떨린다.*"

"그래, 누가 또 그 안에다 용 똥을 집어넣으면 어떡해. 안 그래, 퍼스?" 프레드가 말했다.

"그건 노르웨이에서 온 비료 견본이었어!" 퍼시가 얼굴을 새빨갛게 물들이면서 말했다. "*개인적인* 감정으로 보낸 게 절대 아니라고!"

"개인적인 감정으로 보낸 거 맞아." 프레드가 식탁에서 일어서며 해리에게 속삭였다. "우리가 보냈거든."

6장

포트키

론의 방에 누워 겨우 잠들었나 싶었는데 어느새 위즐리 부인이 해리를 흔들어 깨우고 있었다.

"출발할 시간이다, 해리." 그녀가 론을 깨우러 가면서 속삭였다.

해리는 주위를 더듬어 안경을 찾아서 쓰고 몸을 일으켰다. 바깥은 아직 어두웠다. 어머니가 깨우자 론은 알아들을 수 없는 소리를 웅얼거렸다. 해리는 맞은편 침대에서 크고 부스스한 두 형체가 담요 뭉치에서 기어 나오는 모습을 보았다.

"벌써 갈 시간 됐어?" 프레드가 비몽사몽간에 입을 열어 물었다.

네 사람은 너무 졸린 나머지 아무런 말 없이 옷을 갈아입은 다음 하품을 하고 기지개를 켜면서 부엌으로 내려갔다.

위즐리 부인은 레인지에 올려놓은 커다란 냄비를 휘젓고 있었고, 위즐리 씨는 식탁에 앉아 커다란 양피지 티켓 다발을 확인하고 있었다. 아이들이 들어오자 그는 고개를 들더니, 입고 있는 옷이 확실히 보이도록 두 팔을 벌렸다. 그는 골프 점퍼처럼 보이는 상의에 꽤 낡은 청바지를 입고 있었는데, 바지가 살짝 커서 두꺼운 가죽 허리띠로 고정한 모습이었다.

"어떠니?" 그가 불안한 듯 물었다. "눈에 안 띄고 가야 하는데……. 머글처럼 보이니, 해리?"

"네." 해리가 미소 지으며 말했다. "정말로요."

"빌이랑 찰리랑 퍼, 퍼, 퍼시는 어디 있어요?" 조지가 늘어지게 하품을 하면서 말했다.

"뭐, 순간이동으로 가지 않겠니?" 위즐리 부인이 커다란 포리지 냄비를 식탁으로 들고 와 그릇 여러 개에 나눠 담으며 말했다. "그래서 조금 늦게 일어나도 된단다."

해리는 한 장소에서 사라져 곧바로 다른 장소에 나타나는 순간이동이 굉장히 어렵다는 것을 잘 알고 있었다.

"그럼 여태 자는 거예요?" 프레드가 포리지 한 그릇을 끌어당기면서 투덜거렸다. "왜 우린 순간이동으로 갈 수 없는 거죠?"

"너흰 나이도 안 됐고 시험도 안 봤잖아." 위즐리 부인이 쏘아붙였다. "그런데 여자애들은 어디 갔지?"

위즐리 부인이 부산스럽게 부엌을 나가더니 잠시 후 계단을 오르는 소리가 들렸다.

"순간이동을 하려면 시험을 통과해야 하나요?" 해리가 물었다.

"아, 그렇고말고." 위즐리 씨가 청바지 뒷주머니에 티켓을 안전하게 밀어 넣으며 말했다. "일전에 마법 교통부가 면허증 없이 순간이동 한 사람 두 명에게 벌금을 물린 적이 있었지. 순간이동은 쉬운 일이 아니거든. 제대로 하지 않으면 끔찍한 일이 벌어질 수 있어. 좀 전에 말했던 그 두 사람은 분할돼 버렸단다."

해리를 제외하고 식탁에 앉은 모두가 몸서리를 쳤다.

"어…… *분할됐다뇨?*" 해리가 물었다.

"몸의 반쪽만 이동했단 얘기야." 위즐리 씨가 숟가락으로 엄청난 양의 당밀을 떠서 포리지에 넣으며 말했다. "그러니까 당연히 옴짝달싹 못 하게 됐지. 어느 곳으로도 이동할 수 없었어. 마법 사고 복구반이 문제를 해결할 때까지 기다려야 했단다. 다시 말하면 상당량의 서류 작업을 해야 했다는 뜻이지. 그들이 두고 간 신체 일부를 발견한 머글들도 처리해야 했고……."

문득 해리의 머릿속에 프리빗가의 포장도로에 다리 한 쌍과 눈알 하나가 굴러다니는 장면이 떠올랐다.

"그 사람들은 괜찮았어요?" 해리가 깜짝 놀라 물었다.

"물론이지." 위즐리 씨가 사무적인 투로 말했다. "하지만 막대한 벌금을 물어야 했어. 그런 일을 금방 다시 시도할 것 같지는 않구나. 순간이동을 갖고 장난쳐서는 안 된다. 성인 마법사들 중에는 순간이동을 아예 거들떠보지도 않는 사람들도 많아. 빗자루를 선호하는 거지. 느리긴 해도 안전하니까."

"근데 빌이랑 찰리랑 퍼시 모두 순간이동을 할 수 있는 거예요?"

"찰리는 시험을 두 번 봐야 했어." 프레드가 씩 웃으며 말했다. "처음에는 떨어졌거든. 목적지에서 남쪽으로 8킬로미터 떨어진 지점에, 쇼핑을 하고 있던 어떤 불쌍한 사람 머리 바로 위에 나타났어. 기억나지?"

"그래. 하지만 두 번째에는 통과했단다." 다들 쾌활하게 킬킬거리는 가운데 위즐리 부인이 부엌으로 성큼성큼 다시 걸어 들어왔다.

"퍼시는 겨우 2주 전에 통과했어." 조지가 말했다. "그때부터 매일 아침 아래층으로 순간이동을 해. 그냥 할 줄 안다는 걸 증명하려고."

복도를 걸어오는 발소리가 들리더니 헤르미온느와 지니가 졸음에 겨워 하얗게 질린 얼굴로 부엌에 들어왔다.

"왜 이렇게 일찍 일어나야 돼요?" 지니가 눈을 비비며 식탁에 앉아 물었다.

"좀 걸어야 하거든." 위즐리 씨가 말했다.

"걸어요?" 해리가 물었다. "아니, 월드컵 경기장까지 걸어간다고요?"

"아니, 아니. 거긴 몇 킬로미터나 떨어져 있어." 위즐리 씨가 미소를 머금고 말했다. "조금만 걸으면 된다. 머글들의 관심을 끌지 않고 그 많은 마법사들이 모이는 건 굉장히 어려운 일이거든. 상황이 좋을 때도 여행 방법에 대해서는 아주 신중해야 하는데, 하물며 퀴디치 월드컵 같은 대규모 행사에서는……."

"조지!" 갑작스럽게 터져 나온 위즐리 부인의 날카로운 외침에 모두 화들짝 놀랐다.

"왜요?" 조지가 누구도 속지 않을 순진무구한 말투로 대꾸했다.

"네 주머니에 들어 있는 거, 그거 뭐야?"

"아무것도 아닌데요!"

"어디서 거짓말을 해!"

위즐리 부인이 조지의 주머니를 향해 마법 지팡이를 겨누고 외쳤다. "*아씨오!*"

조지의 주머니에서 현란한 색깔의 조그만 물건들이 빠져나와 쌩 날아갔다. 조지는 그 물건들을 붙잡으려다가 놓쳤다. 그것들은 곧장 위즐리 부인이 내민 손으로 빠르게 날아들어 갔다.

"분명히 없애라고 했을 텐데!" 위즐리 부인이 머리끝까지 화가 나서 소리쳤다. 그녀의 손에는 1톤 혓바닥 토피가 잔뜩 들려 있었다. "싹 버리랬잖아! 주머니에 있는 거 다 꺼내. 어서, 둘 다!"

그리 기분 좋은 광경은 아니었다. 쌍둥이들은 토피 사탕들을 가능한 한 많이 집 밖으로 몰래 가지고 나가려던 게 틀림없었다. 위즐리 부인은 소환 마법으로 그 토피 사탕들을 모두 찾아냈다.

"*아씨오! 아씨오! 아씨오!*" 그녀가 소리를 지르자 조지의 재킷 안감과 프레드의 청바지 밑단을 비롯해 도저히 있을

법하지 않은 온갖 곳에서 토피 사탕들이 튀어나와 붕붕 날아갔다.

"그거 개발하는 데 여섯 달이나 걸렸단 말이에요!" 어머니가 토피 사탕들을 몽땅 내버리자 프레드가 소리쳤다.

"아, 그래. 아주 보람 찬 여섯 달을 보냈구나!" 그녀가 빽 소리 질렀다. "O.W.L.을 그것밖에 못 받은 것도 이상할 게 없네!"

출발할 때의 분위기도 대체로 화기애애함과는 거리가 멀었다. 위즐리 부인은 위즐리 씨의 뺨에 입을 맞추면서도 여전히 눈에 쌍심지를 켜고 있었고, 심지어 쌍둥이들은 배낭을 하나씩 둘러멘 채 어머니에게 한 마디도 하지 않고 쌩하니 걸어 나갔다.

"그래, 즐거운 시간 보내라." 위즐리 부인이 말했다. "*얌전히 굴고.*" 그녀가 멀어지는 쌍둥이의 등 뒤에 대고 소리쳤지만 그들은 뒤돌아보지도 않고 대답도 하지 않았다. "정오 무렵에 빌, 찰리, 퍼시를 보낼게." 프레드와 조지에 뒤이어 위즐리 씨가 해리, 론, 헤르미온느, 지니를 데리고 어두운 마당을 가로지를 때 위즐리 부인이 말했다.

날은 싸늘했고 아직 달이 떠 있었다. 오른쪽 지평선의 우중충한 초록빛만이 새벽이 다가오고 있음을 알려 주었다.

퀴디치 월드컵을 보러 발걸음을 서두르는 수천 명의 마법사를 생각하던 해리는 발걸음을 빨리해 위즐리 씨와 나란히 걸었다.

"*어떻게* 머글들 눈에 띄지 않고 거기 다 모일 수 있어요?" 그가 물었다.

"준비하기 엄청나게 까다로웠지." 위즐리 씨가 한숨을 쉬었다. "문제는, 대략 10만 명의 마법사가 월드컵을 보러 오는데 당연히 그들을 모두 수용할 만큼 큰 마법 공간이 없다는 거였단다. 머글들이 뚫고 들어오지 못하는 장소들이 있긴 하지만, 10만 명이나 되는 마법사가 다이애건 앨리나 9와 4분의 3번 승강장에 몰려든다고 생각해 보거라. 그래서 사람이 살지 않는 괜찮은 황무지를 찾아서 가능한 한 많은 머글 방지 조치를 취해야 했단다. 마법 정부 전체가 몇 달씩 그 일에 매달렸지. 물론 가장 먼저 해결해야 할 문제는 도착 시간에 차이를 두는 거였어. 더 저렴한 티켓을 산 사람들은 2주 전에 미리 가 있어야 했어. 한정된 수의 마법사들이 머글 이동 수단을 이용하는 건 괜찮지만, 너무 많은 수가 머글 버스나 기차로 몰려들어서는 안 되잖니? 전 세계의 마법사들이 몰려온다는 것을 기억하렴. 물론 일부는 순간이동을 하지. 하지만 머글들 눈에 띄지 않고 나타날 수 있도록 안전한 지점들을 설정해야 해. 아마 순간이동 지점으로 쓰기 알맞은 숲이 있을 거다. 순간이동을 하고 싶지 않거나 할 수 없는 사람들은 포트키를 사용한단다. 포트키는 마법사들을 미리 정해진 시간에 한 장소에서 다른 장소로 이동시키는 데 쓰는 물건이야. 경우에 따라 한 번에 아주 여러 명을 이동시킬 수도 있지. 영국 전역의 요충지에 대략 200개의 포트키가 설치되어 있는데, 여기서 가장 가까운 포트키는 스토츠헤드산 꼭대기에 있단다. 그래서 우린 지금 거기로 가고 있어."

위즐리 씨가 저 앞 세인트 캐치폴 너머로 치솟아 있는 검은 산등성이를 가리켰다.

"포트키는 어떤 물건인가요?" 해리가 궁금한 듯 물었다.

"음, 어떤 물건이든 될 수 있지." 위즐리 씨가 말했다. "눈에 띄지 않는 물건이어야 하는 건 분명하고. 그래야 머글들의 관심을 끌지 않을 테니까……. 머글들은 그냥 쓰레기라고 생각할 만한 물건들이야……."

그들은 어둡고 축축한 길을 터벅터벅 걸으며 마을로 향했다. 오직 그들의 발소리만이 정적을 깨뜨렸다. 마을을 가로지르는 동안 하늘이 매우 천천히 밝아 왔고, 칠흑 같던 검은색은 옅어져서 진한 푸른색이 되었다. 해리의 손발이

꽁꽁 얼었다. 위즐리 씨는 계속 시계를 확인했다.

스토츠헤드산을 오르기 시작하자 말을 할 여유도 없었다. 이따금 숨겨진 토끼 굴에 발이 걸렸고, 풀이 무성한 어두운 둔덕을 밟고 미끄러지기도 했다. 숨 쉴 때마다 가슴이 아렸고, 마침내 평지에 다다랐을 때에는 다리가 움직이지 않을 지경이었다.

“휴.” 위즐리 씨가 안경을 벗어 스웨터에 닦으며 헐떡거렸다. “제때 도착했구나. 10분쯤 남았어…….”

마지막으로 헤르미온느가 결리는 옆구리를 부여잡고 산꼭대기에 도착했다.

“이젠 포트키만 있으면 된다.” 위즐리 씨가 다시 안경을 쓰더니 눈을 가늘게 뜨고 땅을 둘러보며 말했다. “그렇게 크지는 않을 거야……. 어디 보자…….”

그들은 포트키를 찾아 흩어졌다. 그런데 몇 분이 채 지나지 않아 고요를 깨뜨리는 외침이 들려왔다.

“여기일세, 아서! 여기라니까, 친구. 우리가 찾아 놨어!”

맞은편에서 키가 훤칠한 두 형체가 별이 총총한 하늘을 배경으로 윤곽을 드러냈다.

“에이머스!” 위즐리 씨가 조금 전 소리친 남자에게 성큼성큼 다가가며 미소 지었다. 나머지 일행도 위즐리 씨의 뒤를 따랐다.

위즐리 씨는 불그레한 얼굴에 갈색 턱수염이 무성한 마법사와 악수를 나누었다. 그 마법사는 한 손에 곰팡이가 슨 듯한 낡은 부츠 한 짝을 들고 있었다.

"얘들아, 이 아저씨는 에이머스 디고리란다." 위즐리 씨가 말했다. "마법 생명체 통제 관리부에서 일하지. 이 친구 아들인 세드릭은 알지?"

세드릭 디고리는 열일곱 살가량의 굉장히 잘생긴 소년이었다. 호그와트에서는 후플푸프 기숙사 퀴디치 팀의 주장이자 수색꾼이기도 했다.

"안녕." 세드릭이 그들 모두를 둘러보며 말했다.

모두가 "안녕" 하고 답했지만 프레드와 조지는 고개만 살짝 까닥일 뿐이었다. 둘은 작년에 열린 첫 퀴디치 경기에서 그들의 팀인 그리핀도르를 꺾은 세드릭을 아직 용서하지 않았다.

"많이 걸었나 보지, 아서?" 세드릭의 아버지가 물었다.

"그렇게 많이 걷진 않았어." 위즐리 씨가 말했다. "우린 저 마을 바로 건너에 살거든. 자넨?"

"2시에 일어나야 했어. 그렇지, 세드? 저 애가 순간이동 시험을 통과하면 정말 기쁠 거야. 하지만…… 불평할 일이 아니지……. 퀴디치 월드컵이라니, 갈레온 한 부대를 준다 해도 놓칠 수 없어. 하긴 표 값이 그 정도는 되겠군. 거 참, 말하고 보니 배부른 소리 같은데…….” 에이머스 디고리가 부드러운 눈길로 위즐리 형제 셋과 해리, 헤르미온느, 지니를 바라보았다. “전부 자네 아이들인가, 아서?”

“아, 아니야. 빨간 머리 애들만일세.” 위즐리 씨가 자기 자식들을 가리키며 말했다. “이쪽은 론의 친구인 헤르미온느야. 그리고 이 아이는 해리…….”

“멀린의 턱수염 같으니.” 에이머스 디고리가 눈을 휘둥그레 뜨고 말했다. “해리? 해리 *포터?*”

“아…… 네.” 해리가 대답했다.

해리는 처음 만난 사람들이 그를 호기심 어린 눈으로 바라보는 일이나 한순간 그들의 눈길이 그의 이마의 번개 모양 흉터로 향하는 일에 이미 익숙해져 있었지만 불편한 기분이 드는 건 여전했다.

“당연한 말이지만 세드가 네 얘기를 했단다.” 에이머스 디고리가 말했다. “작년에 너와 시합에서 맞붙었던 얘기를 전부 해 줬지……. 나는 세드한테 이렇게 말했어. 세드, 그건 자손 대대로 들려 줄 만한 얘기구나. ……*네가 해리 포터를 이기다니!*”

해리는 뭐라고 대꾸해야 할지 몰라 그저 침묵을 지켰다. 프레드와 조지가 또 한 번 눈을 부라렸다. 세드릭은 살짝 당황한 표정이었다.

"해리는 빗자루에서 떨어졌어요, 아빠." 그가 중얼거렸다. "말씀드렸잖아요…… 사고가 있었다고……."

"그래, 하지만 *너*는 떨어지지 않았잖아?" 에이머스가 큰 소리로 쾌활하게 말하며 아들의 등을 찰싹 쳤다. "늘 겸손하다니까, 우리 세드는. 항상 신사답지……. 어쨌든 최고가 이기는 거야. 해리도 그렇게 생각할걸? 안 그러냐, 해리? 한 사람은 빗자루에서 떨어지고 다른 사람은 안 떨어졌다면, 누가 더 비행을 잘하는지는 꼭 천재가 아니어도 알겠지!"

"시간이 거의 다 됐겠는데." 위즐리 씨가 재빨리 말하며 다시 시계를 꺼냈다. "누구 더 올 사람이 있나, 에이머스?"

"아니, 러브굿네 가족은 벌써 1주일 전부터 거기 있었고 포셋네는 티켓을 구하지 못했대." 디고리 씨가 말했다. "이 지역에는 마법사들이 더 없지 않나?"

"내가 알기로도 없어." 위즐리 씨가 말했다. "그래, 1분 남았군……. 준비하는 게 좋겠어……."

그가 해리와 헤르미온느를 돌아보았다. "포트키를 건드

리기만 하면 된단다. 손가락 하나만 대도 될 거야…….”

그들 아홉 명은 빵빵한 배낭 때문에 조금은 힘겹게 에이머스 디고리가 들고 있는 낡은 부츠 주위로 모여들었다.

모두가 둥글게 붙어 섰을 때 서늘한 산들바람이 산꼭대기를 쓸고 지나갔다. 아무도 입을 열지 않았다. 해리는 문득 생각했다. 어떤 머글이 지금 여기로 걸어 올라온다면 이 광경이 얼마나 이상하게 보일까? 어른 두 명이 포함된 아홉 사람이 어스레한 시간에 이런 지저분하고 낡은 부츠 하나를 꽉 붙들고 서 있는 꼴이라니…….

“셋…….” 위즐리 씨가 한 눈은 여전히 손목시계에 둔 채 중얼거렸다. “둘…… 하나…….”

그 일은 곧바로 일어났다. 해리는 배꼽 바로 안쪽에 있는 고리가 걷잡을 수 없이 앞으로 확 당겨지는 느낌을 받았다. 발이 땅에서 떨어졌다. 론과 헤르미온느의 어깨가 해리의 어깨에 자꾸 부딪쳤기에 양옆에 그들이 있다는 것을 느낌으로 알 수 있었다. 그들 모두 울부짖는 바람과 색깔의 소용돌이 속에서 앞으로 빠르게 나아가고 있었다. 마치 자석에 계속 끌어당겨지는 것처럼 그의 집게손가락이 부츠에 딱 달라붙었다. 그러더니……

발이 땅바닥을 쿵 디뎠다. 론이 부딪치는 바람에 해리는 땅바닥에 넘어지고 말았다. 포트키가 육중한 소리를 내며 해리의 머리 근처에 떨어졌다.

해리는 고개를 들었다. 위즐리 씨와 디고리 씨, 세드릭은 여전히 서 있었지만 강풍에 잔뜩 시달린 듯한 모습이었다. 다른 사람은 모두 바닥에 쓰러져 있었다.

"스토츠헤드산에서 출발, 5시 7분 도착." 어떤 목소리가 말했다.

7장

배그먼과 크라우치

해리는 론과 한데 엉킨 몸을 떨어뜨리고 일어섰다. 그들은 아무도 없는 안개 자욱한 황무지 같은 곳에 와 있었다. 눈앞에는 지치고 성마른 표정의 남자 마법사 둘이 서 있었는데, 그중 한 명은 커다란 황금 시계를 들었고 다른 사람은 묵직한 양피지 두루마리와 깃펜을 들고 있었다. 둘 다 머글 옷을 입기는 했지만 차림새는 형편없었다. 시계를 든 남자는 허벅지까지 올라오는 긴 방수용 덧신에 트위드 정장 차림이었고 그의 동료는 킬트에 판초를 걸치고 있었다.

"좋은 아침, 바질." 위즐리 씨가 부츠를 집어 킬트 차림의 마법사에게 건네며 말했다. 바질은 쓰고 난 포트키들을 넣어 놓은 큰 상자에 부츠를 던져 넣었다. 상자에는 오래된 신문, 빈 음료수 캔, 바람 빠진 축구공이 들어 있었다.

"안녕한가, 아서." 바질이 지친 목소리로 말했다. "비번인가 보지? 팔자 좋은 사람들이 꼭 있다니까……. 우린 밤새 여기 있었네……. 비키는 게 좋을 거야. 5시 15분에 블랙 포레스트에서 대부대가 도착하기로 돼 있거든. 잠깐, 야영장을 찾아 주지……. 위즐리…… 위즐리……." 그는 양피지 목록을 들여다보았다. "저쪽으로 400미터쯤 가다가 처음 나오는 야영장일세. 야영장 관리인 이름은 로버츠 씨고. 디고리는…… 두 번째 야영장일세. 페인 씨를 찾게나."

"고맙네, 바질." 위즐리 씨가 말하더니 모두에게 따라오라고 손짓했다.

그들은 인적 없는 황무지를 걸어가기 시작했다. 안개 때문에 앞이 잘 보이지 않았다. 20분쯤 걸어가자 야영장 입구에 있는 조그만 돌 오두막이 천천히 시야에 들어왔다. 오두막 뒤로 엄청난 수의 텐트가 설치되어 있는 광경이 흐릿하게 엿보였다. 지평선에 걸린 어두운 숲을 향해 드넓고 완만한 경사지가 뻗어 있고, 텐트들은 그 위로 삐죽삐죽 솟아 있었다. 그들은 디고리 가족에게 작별 인사를 하고 오두막으로 다가갔다.

한 남자가 오두막 문 앞에 서서 텐트들을 바라보고 있었다. 해리는 한눈에 이 사람이 사방 수천 제곱미터 안에 유일하게 존재하는 진짜 머글이라는 사실을 알아차렸다. 남자가 발소리를 듣고 고개를 돌려 그들을 바라보았다.

"안녕하세요!" 위즐리 씨가 밝은 목소리로 말했다.

"안녕하세요." 머글이 답했다.

"로버츠 씨, 맞으시죠?"

"네, 맞습니다." 로버츠 씨가 말했다. "이름이 어떻게 되시죠?"

"위즐리입니다. 며칠 전에 텐트 두 개를 예약했는데요."

"네." 로버츠 씨가 문에 붙여 둔 목록을 살펴보며 말했다. "저 나무 옆에 있는 야영장이네요. 하룻밤만 묵으시는 거죠?"

"맞습니다." 위즐리 씨가 대답했다.

"그럼 계산은 지금 하실 겁니까?" 로버츠 씨가 물었다.

"아, 그렇지. 물론이죠……." 위즐리 씨가 말했다. 그는 오두막에서 조금 물러나 해리를 손짓해 불렀다. "아저씨 좀 도와다오, 해리." 그가 주머니에서 돌돌 말아 놓은 머글 돈을 꺼내 지폐를 한 장씩 빼내며 중얼거렸다. "이게 어…… 어…… 10짜리인가? 아, 그래. 이제 보니 숫자가 작게 써 있네……. 그럼 이게 5짜리고?"

"20파운드예요." 로버츠 씨가 말 한 마디 한 마디를 모두 들으려고 귀를 쫑긋 세우자 해리는 불편한 듯 나지막한 목소리로 정정해 주었다.

"아, 그래. 그렇구나……. 모르겠네, 이 작은 종잇조각이……."

"외국인이세요?" 위즐리 씨가 맞는 액수를 챙겨서 돌아오자 로버츠 씨가 물었다.

"외국인요?" 위즐리 씨가 어리둥절한 얼굴로 되물었다.

"돈 세는 걸 어려워한 분이 그쪽이 처음은 아니라서요." 로버츠 씨가 위즐리 씨를 빤히 훑어보며 말했다. "10분 전에 온 두 분은 자동차 타이어만 한 금화를 내려고 합디다."

"정말 그랬습니까?" 위즐리 씨가 불안한 듯 물었다.

로버츠 씨가 거스름돈을 꺼내려고 깡통을 뒤적거렸다.

"이렇게 사람이 몰린 적이 없었는데." 그가 불쑥 말하며 안개 낀 야영장을 다시 바라보았다. "사전 예약이 수백 건이나 됐어요. 보통은 예약 없이 그냥 오는데……."

"정말요?" 위즐리 씨가 말하며 거스름돈을 받으려고 손을 내밀었지만 로버츠 씨는 거스름돈을 주지 않았다.

"네." 로버츠 씨가 생각에 잠긴 듯 말했다. "전 세계에서 왔더라고요. 외국인들이 엄청 많더군요. 단순한 외국인이 아니었어요. 뭐랄까, 이상한 사람들이었죠. 킬트에 판초를 입고 돌아다니는 얼간이도 하나 있고."

"그러면 안 되나요?" 위즐리 씨가 불안한 듯 물었다.

"그게 뭐랄까…… 모르겠네요……. 무슨 집회 같은 건지." 로버츠 씨가 말했다. "서로 다 아는 것 같더군요. 무슨 큰 파티라도 하나 봐요."

그 순간, 플러스포스(니커보커스의 별칭—옮긴이) 바지를 입은 웬 마법사가 난데없이 로버츠 씨의 오두막 문 앞에 나타났다.

"*오블리비아테!*" 그가 마법 지팡이로 로버츠 씨를 가리키며 날카롭게 외쳤다.

로버츠 씨의 눈에서 곧바로 초점이 사라졌다. 찌푸린 미간이 펴지는가 싶더니 그의 얼굴에 꿈꾸는 듯한 무심함이 떠올랐다. 해리는 그것이 막 기억이 조작된 사람에게 나타나는 증상이라는 것을 알아챘다.

"이건 야영장 지도입니다." 로버츠 씨가 차분한 목소리로 위즐리 씨에게 말했다. "거스름돈 여깄습니다."

"정말 고맙습니다." 위즐리 씨가 말했다.

플러스포스 바지를 입은 마법사가 그들을 데리고 야영장 입구로 향했다. 그는 매우 지쳐 보였다. 턱수염을 깎은 자리가 파르스름했고 눈 밑에는 짙푸른 그림자가 드리워져 있었다. 로버츠 씨에게서 멀리 떨어진 곳에 이르자 그 마법사가 위즐리 씨에게 중얼거렸다. "저 사람 때문에 이만저만 곤란한 게 아니야. 기분 좋게 해 주려면 하루에도 열 번은 망각 마법을 걸어야 한다니까. 게다가 루도 배그먼은 전혀 도움이 안 되고. 블러저니 쿼플이니, 큰 소리로 떠들어 대며 돌아다니고 있어. 머글 상대 보안 수칙 같은 건 조금도 신경 쓰지 않더군. 제기랄, 빨리 좀 끝나면 좋겠네. 나중에 보세, 아서."

그는 순간이동으로 사라졌다.

"배그먼 씨는 마법 스포츠부 장관이잖아요." 지니가 놀란 표정으로 말했다. "머글 앞에서 블러저 얘기를 해선 안 된다는 것쯤은 알아야 하는 거 아니에요?"

"그래야지." 위즐리 씨가 싱긋 웃으며 말하고는 일행을 야영장으로 데리고 들어갔다. "하지만 루도는 보안 문제에는 항상…… 뭐랄까…… 느슨했어. 그래도 루도만큼 열정적인 스포츠부 장관도 없을 거다. 그 사람부터가 잉글랜드 퀴디치 국가 대표였잖니. 윔본 와스프스 역대 최고의 몰이꾼이었단다."

그들은 길게 늘어선 텐트 사이로 안개 낀 들판을 터덜터

덜 걸어갔다. 텐트들은 대부분 매우 평범해 보였다. 텐트 주인들 입장에서는 가능한 한 머글 텐트처럼 보이려고 애를 쓴 게 분명했지만 간혹 굴뚝이나 초인종, 풍향계를 다는 실수를 저지르기도 했다. 하지만 마법을 건 게 너무 뻔해 보이는 텐트들도 군데군데 있어서 로버츠 씨가 의심을 품는 것도 그다지 놀랍지 않았다. 야영장을 걸어가다 보니 화려하고 정교한 디저트 같기도 한, 줄무늬 비단으로 된 작은 궁전 모양 텐트가 나왔다. 그 텐트 입구에는 살아 있는 공작새 몇 마리가 묶여 있었다. 좀 더 가다가는 꼭대기에 작은 탑 여러 개가 달린 3층짜리 텐트를 지나치기도 했다. 거기서 조금 떨어진 곳에는 앞에 정원이 딸린 텐트가 있었는데, 새들이 멱을 감는 물통과 해시계, 분수까지 완벽하게 갖춰져 있었다.

"늘 이렇다니까." 위즐리 씨가 미소를 머금으며 말했다. "한데 모이면 자랑하고 싶은 마음을 이기질 못하지. 아, 다 왔다. 자, 여기가 우리 자리야."

그들은 야영장 가장 높은 지대에 있는 숲 가장자리에 다다랐다. 공터에 '위즐리'라고 적힌 작은 팻말이 땅에 박혀 있었다.

"이만한 자리도 없지!" 위즐리 씨가 기분 좋게 말했다.

"경기장은 바로 저 숲 맞은편에 있단다. 이만큼 가까울 수가 없어." 그가 어깨에 메고 있던 배낭을 내려놨다. "좋아." 그가 신이 나서 다시 입을 열었다. "엄밀히 말하면, 이렇게 여럿이서 머글 영토에 나왔을 때는 마법을 쓸 수 없어. 우리 손으로 직접 텐트를 설치할 거란다! 그렇게 어렵진 않을 거야……. 머글들은 항상 하는 일이니까……. 자, 해리. 어디부터 시작하면 좋겠니?"

해리는 야영을 해 본 적이 없었다. 더즐리 가족은 휴가를 가면서 해리를 데려간 적이 단 한 번도 없었다. 그들은 그를 이웃 노인 피그 부인과 남겨 두는 쪽을 더 선호했다. 하지만 그와 헤르미온느는 폴대와 말뚝을 어디에 설치해야 하는지 대부분 알아냈다. 비록 나무망치를 쓸 때가 되자 위즐리 씨가 너무 흥분하는 바람에 도움이 되기보다는 오히려 방해가 됐지만 그들은 결국 초라한 2인용 텐트 두 개를 설치할 수 있었다.

그들은 모두 물러서서 자신들이 손수 해낸 일을 감탄하며 바라보았다. 이 텐트를 보는 사람은 누구도 이것을 마법사들의 텐트라고 생각하지 못할 것 같았다. 문제는 빌, 찰리, 퍼시가 도착하면 그들 일행이 열 명이 될 거라는 사실이었다. 헤르미온느도 이 문제를 알아차린 것 같았다. 위즐리 씨가 손을 짚고 무릎걸음으로 첫 번째 텐트에 들어가자 그녀는 영문을 모르겠다는 얼굴로 해리를 바라보았다.

"좀 비좁겠는데." 위즐리 씨가 소리쳤다. "하지만 어떻게든 끼어서 들어갈 수는 있을 것 같다. 다들 들어와서 한 번 봐라."

해리는 허리를 구부리고 텐트 차양 아래로 들어갔다. 그리고 자기도 모르게 입을 떡 벌렸다. 들어가 보니 텐트 안은 조금 구식이긴 해도 욕실과 부엌까지 완벽하게 갖춘 방 세 개짜리 공동주택처럼 되어 있었다. 희한하게도 그곳은 피그 부인의 집과 똑같은 스타일로 꾸며져 있었다. 이 공간에 어울리지 않는 의자 몇 개에 뜨개질로 뜬 덮개가 씌워져 있는 데다 고양이 냄새가 심하게 났다.

"뭐, 오래 있을 건 아니니까." 위즐리 씨가 손수건으로 벗어진 머리를 훔치고 침실에 있는 2층 침대 네 개를 바라보면서 말했다. "같은 사무실의 퍼킨스한테 빌려 온 거란다. 그 사람은 이제 야영을 잘 다니지 않거든. 불쌍하게도, 허리가 아프대."

그는 먼지로 뒤덮인 주전자를 들어 안을 들여다보았다. "물이 있어야겠는데……."

"그 머글이 준 지도에 수돗가가 표시되어 있어요." 해리를 따라 텐트 안으로 들어온 론이 말했다. 그는 놀라운 내부 크기에도 전혀 감명받지 않은 얼굴이었다. "야영장 맞은편이에요."

"그래. 그럼 해리, 헤르미온느랑 같이 가서 물을 좀 받아 올래?" 위즐리 씨가 주전자와 냄비 몇 개를 건네주었다. "그리고 나머지는 불 피울 나무를 모아 오자."

"하지만 오븐이 있잖아요." 론이 말했다. "그냥 그걸 쓰면……."

"론, 머글 상대 보안 수칙 명심해라!" 위즐리 씨가 말했다. 그의 얼굴이 기대감으로 환하게 빛났다. "실제로 머글들은 야영할 때 야외에 불을 피워 요리를 한단다. 그렇게 하는 걸 봤어!"

해리, 론, 헤르미온느는 고양이 냄새는 나지 않지만 남자들 텐트보다는 조금 작은 여자들 텐트를 빠르게 둘러본 뒤 주전자와 냄비 들을 들고 야영장 맞은편으로 출발했다.

이제는 아침 해가 뜨고 안개가 걷히면서 사방으로 펼쳐진 텐트촌이 보였다. 그들은 사방을 열심히 둘러보면서 줄지은 텐트 사이를 천천히 나아갔다. 해리는 전 세계에 얼마나 많은 마법사가 있는지 그제야 비로소 실감했다. 사실 그는 다른 나라의 마법사들에 대해서는 별로 생각해 본 적이 없었다.

다른 야영객들이 깨어나기 시작했다. 가장 먼저 소란스러워진 건 어린아이가 포함된 가족들이었다. 해리는 이토록 어린 마법사들은 한 번도 본 적이 없었다. 많아 봐야 두 살 정도로 보이는 조그만 남자아이가 커다란 피라미드 모양 텐트 앞에 웅크린 채 마법 지팡이로 풀밭에 있는 민달팽이를 즐겁게 쿡쿡 찌르고 있었다. 마법에 걸린 민달팽이가 살라미 소시지 크기로 천천히 부풀어 올랐다. 세 사람이 아이가 있는 곳까지 다가갔을 때 아이 어머니가 허겁지겁 텐트에서 나왔다.

"대체 몇 번을 말하니, 케빈? *아빠, 마법 지팡이는, 만지면, 안 된다니까!* 윽!"

그녀는 그만 거대 민달팽이를 밟아 터뜨리고 말았다. 그녀의 꾸지람 소리가 아이의 울부짖는 소리와 뒤섞여 고요한 공기를 가르며 그들을 뒤따랐다. "엄마가 달팽이 터뜨렸쪄! 엄마가 달팽이 터뜨렸쪄!"

좀 더 걸어가자 케빈과 비슷한 또래의 어린 여자아이 마법사 둘이 보였다. 그 애들은 이슬 맺힌 풀에 발이 스칠 만큼만 날아오르는 장난감 빗자루를 타고 있었다. 마법 정부에서 나온 마법사가 이미 그들을 보고 해리, 론, 헤르미온느를 빠르게 지나쳐 가면서 심란한 듯 투덜거렸다. “해가 훤하게 떴는데 저러면 어쩐담! 부모들은 아직 안 일어났나 보네.”

여기저기에서 성인 마법사들이 텐트 밖으로 나와 아침을 짓기 시작했다. 몇몇은 몰래 주위를 두리번거리며 마법 지팡이로 불을 피웠다. 몇몇 사람들은 이런 걸로 불을 피울 수 있을 리가 없다는 듯 미심쩍은 표정으로 성냥을 그어 댔다. 아프리카에서 온 남자 마법사 세 사람은 긴 하얀색 로브를 걸치고 밝은 자주색 불로 토끼처럼 보이는 것을 구우며 앉아서 진지한 대화를 나누고 있었다. 한편 미국에서 온 중년 여자 마법사 무리는 텐트 사이에 걸린 성조기 무늬 현수막 아래에서 기분 좋게 수다를 떨고 있었다. 현수막에는 ‘세일럼 마녀 협회’(미국의 세일럼은 마녀 사냥이 벌어졌던 곳으로 유명하다—옮긴이)라고 적혀 있었다. 그들이 지나쳐 가는 텐트들에서 저마다 자기 나라 말로 이야기 나누는 소리들이 간간이 들려왔다. 한 마디도 알아들을 수 없었지만 다들 흥분된 목소리였다.

“어…… 내 눈이 이상한 거야, 아니면 모든 게 초록색으로 변한 거야?” 론이 물었다.

론의 눈은 잘못되지 않았다. 그들이 들어선 구역의 텐트들은 모두 무성하게 자란 토끼풀(아일랜드의 상징—옮긴이)로 뒤덮여 있어, 희한하게 생긴 작은 언덕들이 땅에서 불쑥불쑥 솟아난 것처럼 보였다. 차양을 걷어 올린 텐트 아래로 씩 웃는 얼굴들이 보이는가 싶더니 그 안에서 세 사람을 부르는 소리가 들렸다.

"해리! 론! 헤르미온느!"

그리핀도르 4학년 동급생인 셰이머스 피니건이었다. 셰이머스는 토끼풀로 뒤덮인 텐트 앞에 그의 어머니가 틀림없어 보이는 모래색 머리카락의 여성, 그리고 같은 그리핀도르 학생이자 그의 가장 친한 친구인 딘 토머스와 함께 앉아 있었다.

"장식 마음에 들어?" 해리, 론, 헤르미온느가 인사하러 다가가자 셰이머스가 씩 웃으며 말했다. "마법 정부 사람들은 별로 마음에 안 들어 하던데."

"나 참, 우리 색깔을 보이면 안 되는 이유가 뭐야?" 피니건 부인이 말했다. "불가리아 사람들이 *자기*들 텐트에 뭘 매달아 놨는지 봤어야 해. 너희는 당연히 아일랜드를 응원하겠지?" 그녀가 반짝반짝 눈을 빛내며 해리, 론, 헤르미온느를 바라보았다.

그들은 그녀에게 정말로 아일랜드를 응원한다는 확신을

심어 준 다음에야 다시 길을 나설 수 있었다. 론이 말했다. "저 사람들 앞에서 어떻게 다른 말을 할 수 있겠어?"

"불가리아 사람들이 텐트에 뭘 매달아 놨는지 궁금한데?" 헤르미온느가 말했다.

"가서 한번 보자." 해리가 야영장 반대편, 빨간색과 초록색과 하얀색으로 이루어진 불가리아 국기가 바람에 펄럭이고 있는 넓은 구역을 가리키며 말했다.

그곳의 텐트들은 식물로 꾸며져 있진 않았지만 하나같이 똑같은 포스터가 붙어 있었다. 짙은 검은색 눈썹에 꽤 무뚝뚝한 얼굴이 실려 있는 포스터였다. 사진은 물론 움직이고 있었지만 그저 눈을 깜박이거나 부라리는 게 다였다.

"크룸이다." 론이 나직한 목소리로 말했다.

"뭐?" 헤르미온느가 물었다.

"크룸!" 론이 말했다. "빅토르 크룸 말이야. 불가리아의 수색꾼!"

"성격 정말 안 좋아 보인다." 눈을 깜빡이거나 그들을 노려보는 수많은 크룸을 둘러보며 헤르미온느가 말했다.

"'성격 정말 안 좋아 보인다'고?" 론이 눈썹을 치켜올렸다. "생긴 게 무슨 상관이야? 크룸은 굉장한 선수야. 엄청 어리기도 하고. 열여덟 살밖에 안 됐을걸? 크룸은 *천재*야.

오늘 밤이 지나면 너도 알게 될 거야."

야영장 한구석에 있는 수돗가에는 이미 짧은 줄이 서 있었다. 해리, 론, 헤르미온느는 열띤 말다툼을 벌이고 있는 두 남자 뒤에 줄을 섰다. 둘 중 한 명은 긴 꽃무늬 슬립(소매 없는 원피스 모양의 여성용 잠옷—옮긴이)을 입은 나이 든 남자 마법사였고 다른 사람은 정부에서 나온 마법사가 틀림없었다. 정부 마법사는 가느다란 세로줄무늬가 들어간 바지를 들고 있었는데, 화가 나서 거의 울 것 같은 표정이었다.

"그냥 좀 입어요, 아치. 자, 착하죠? 그러고 돌아다니면 안 돼요. 정문에 있는 머글이 벌써 의심하기 시작했단 말이에요."

"이건 머글 가게에서 산 거야." 나이 든 마법사가 고집스럽게 말했다. "머글들이 입는 거라고."

"머글 *여자*들이 입는 거라니까요, 아치. 남자들이 입는 게 아니에요. 남자들은 *이걸* 입어요." 정부 마법사가 그렇게 말하며 세로줄무늬 바지를 흔들었다.

"그런 건 안 입어." 늙은 아치가 화를 내며 말했다. "사타구니에 상쾌하게 바람이 통하는 게 좋거든. 그럼 이만."

헤르미온느는 이 시점에서 터진 웃음을 참지 못하고 줄

에서 벗어나야만 했다. 그녀는 아치가 물을 받아 간 뒤에야 돌아왔다.

그들은 물의 무게 때문에 더욱 느려진 걸음으로 야영장을 되짚어 갔다. 여기저기서 익숙한 얼굴들이 더 많이 보였다. 가족과 함께 온 다른 호그와트 학생들이었다. 얼마 전 호그와트를 졸업한 해리의 기숙사 퀴디치 팀 옛 주장 올리버 우드는 해리를 부모님의 텐트로 끌고 가서 소개하고, 자신이 방금 퍼들미어 유나이티드 2군 선수 계약을 마쳤다고 신이 나서 말해 주었다. 다음에는 후플푸프 4학년생 어니 맥밀런이 와서 인사했다. 좀 더 걸어가자 래번클로 팀에서 수색꾼으로 활약하고 있는 아주 예쁜 소녀, 초 챙이 보였다. 그녀가 해리를 보며 손을 흔들고 미소 지었다. 해리는 마주 손을 흔들다가 엄청난 양의 물을 쏟고 말았다. 해리는 무엇보다도 론이 더 이상 히죽거리지 못하게 하려고 한 번도 본 적 없는 10대 청소년 무리를 재빨리 가리켰다.

"쟤들은 누굴까?" 해리가 물었다. "호그와트 애들은 아니겠지?"

"무슨 외국 학교에 다니는 애들 같은데." 론이 말했다. "다른 학교에 다니는 애들을 만난 적은 한 번도 없지만 그런 학교들이 있다는 건 알고 있어. 빌이 브라질 학교에 다니는 친구랑 펜팔을 한 적이 있거든……. 아주 오래전 일인데…… 빌과 그 친구는 서로의 집을 방문하고 싶어 했지만 엄마 아빠한테는 그렇게 해 줄 여유가 없었지. 빌이 안 간다고 하니까 그 펜팔 친구는 기분이 상했는지 저주가 걸려 있는 모자를 보냈어. 빌이 그 모자를 쓰니까 귀가 쪼글쪼글해지더라."

해리는 웃음을 터뜨리면서도 다른 마법사 학교들이 있다는 얘기를 듣고 놀란 티는 내지 않았다. 이토록 다양한 국적을 대표하는 사람들이 야영장에 모여 있는 것을 보니 호그와트가 유일한 학교일 리 없다는 사실을 진작 깨닫지 못했다는 게 바보처럼 느껴졌다. 헤르미온느를 힐끗 보니 그녀는 그 말에 전혀 놀라지 않은 표정이었다. 틀림없이 무슨 책에선가 다른 마법사 학교에 관한 이야기를 읽었을 것이다.

"목 빠질 뻔했다." 그들이 마침내 위즐리 가족의 텐트에 도착하자 조지가 말했다.

"사람들 좀 만나느라고." 론이 물통을 내려놓으며 말했다. "아직 불 안 피웠어?"

"아빠가 성냥으로 장난을 치고 계셔." 프레드가 말했다.

위즐리 씨는 불을 피우는 데 전혀 성공하지 못했지만 그것은 노력이 모자라서가 아니었다. 부러진 성냥개비가 위즐리 씨 주위에 어지럽게 흩어져 있었다. 위즐리 씨는 그의 평생 가장 즐거운 시간을 보내고 있는 것처럼 보였다.

"아이고!" 그는 간신히 불을 켜는 데 성공했지만 깜짝 놀라 곧바로 성냥을 떨어뜨리고 말았다.

"이쪽으로 오세요, 위즐리 아저씨." 헤르미온느가 친절하게 말하더니 그에게서 성냥 상자를 받아 들고 불을 제대로 켜는 방법을 가르쳐 주었다.

요리를 할 만큼 타오르기까지 적어도 한 시간은 더 걸렸지만 마침내 그들은 불을 피웠다. 그래도 기다리는 동안 볼거리는 많았다. 그들이 텐트를 친 곳이 경기장으로 향하는 길 바로 옆이었는지, 마법 정부 직원들이 그 길을 다급히 오가면서 위즐리 씨를 향해 반갑게 인사했던 것이다. 위즐리 씨는 계속해서 실황 중계를 해 주었다. 대체로 해리와 헤르미온느를 위해서였다. 위즐리 씨의 자식들은 정부 사람들을 너무나 잘 알고 있어서 그다지 큰 관심을 보이지 않았다.

"방금 지나간 사람은 고블린 교섭과장 커스버트 모크리지란다. ……저기 길버트 윔플이 오는구나. 저 사람은 실험 마법 위원회 소속이야. 저런 뿔이 돋은 지 좀 됐지……. 안녕하세요, 아니. ……아널드 피즈굿, 망각 마법사지. 마법 사고 복구반 소속이란다……. 그리고 저 사람은 보드랑 크로커고……. '입에 담지 말아야 할 자들'이란다…….”

“어떤 자들이라고요?”

“미스터리부 소속으로 최고 기밀을 다뤄. 무슨 일을 하는지는 나도 도통 모르겠다…….”

마침내 불이 적당히 피어올랐다. 막 달걀과 소시지를 요리하기 시작했을 때 빌, 찰리, 퍼시가 숲에서 천천히 걸어 나왔다.

“방금 순간이동으로 도착했어요, 아버지.” 퍼시가 큰 소리로 말했다. “아, 좋네요. 점심이군요!”

접시에 담긴 소시지와 달걀을 먹던 도중 위즐리 씨가 벌떡 일어나, 그들을 향해 성큼성큼 다가오는 남자에게 환하게 웃으며 손을 흔들었다. “아하!” 그가 말했다. “주인공이 오는군! 루도!”

루도 배그먼은 해리가 지금까지 본 누구보다도 눈에 띄는 사람이었다. 여성용 꽃무늬 슬립을 입은 늙은 아치를 포함하더라도 그랬다. 그는 밝은 노란색과 검은색의 굵은 가로줄무늬가 들어간 기다란 퀴디치 로브를 입고 있었다. 로브 가슴팍에는 거대한 말벌 그림이 그려져 있었다. 그는 한

창 나이를 살짝 지난 건장한 남자로, 잉글랜드 퀴디치 대표팀에서 활약할 때는 없었을 게 분명한 불룩한 배 때문에 로브가 팽팽하게 당겨져 있었다. 코는 납작하게 찌부러져 있었다(해리는 아마 갑자기 날아온 블러저에 맞아 부러진 게 아닐까 생각했다). 하지만 동그란 푸른 눈과 짧은 금발, 발그레한 얼굴빛 때문에 마치 겉늙은 학생처럼 보였다.

"여어!" 배그먼이 기분 좋게 소리쳤다. 그는 발바닥에 용수철이라도 달린 것처럼 걷고 있었고 분명 잔뜩 흥분한 얼굴이었다.

"아서, 이 친구." 그가 모닥불 앞에 다다라 숨을 헐떡거리며 말했다. "정말 멋진 날 아닌가? 이 얼마나 멋진 날이야! 이보다 더 완벽한 날씨가 있을까? 구름 한 점 없는 밤이 다가오고 있어……. 준비에도 전혀 문제가 없고……. 내가 할 일은 별로 없군!"

배그먼의 등 뒤로 초췌한 모습의 정부 소속 마법사들이 다급한 발걸음을 옮기며 지나갔다. 그들은 저 멀리 공중으로 5미터 이상 보라색 불똥을 튀기는 어떤 마법 불 같은 것을 가리키고 있었다.

퍼시가 손을 쭉 뻗으며 얼른 앞으로 나섰다. 루도 배그먼의 부서 운영 방식이 마음에 들지 않는다고 해서 그에게 좋은 인상을 남기고 싶은 마음까지 없는 것은 아닌 듯했다.

"아, 그러게 말입니다." 위즐리 씨가 씩 웃으며 말했다. "이쪽은 내 아들 퍼시예요. 이제 막 마법 정부 일을 시작했습니다. 그리고 얘는 프레드……가 아니라 조지군요. 죄송합니다. *쟤*가 프레드예요. 빌, 찰리, 론…… 내 딸 지니…… 그리고 론의 친구인 헤르미온느 그레인저와 해리 포터입니다."

배그먼은 해리의 이름을 듣고 뒤늦게 살짝 놀란 표정을 지어 보였다. 다른 사람들이 그러듯 그 또한 해리 이마의 흉터로 시선을 돌렸다.

"얘들아." 위즐리 씨가 말을 이었다. "이분이 루도 배그먼 장관님이란다. 우리가 그렇게 좋은 자리에서 경기를 볼 수 있게 된 건 이분 덕분이야."

배그먼이 활짝 웃으며 별일 아니라는 듯 손을 내저었다.

"경기 결과를 두고 내기를 하는 건 어때, 아서?" 그가 노란색과 검은색이 섞인 로브 주머니에 두둑이 들어 있는 듯한 금화를 짤랑거리며 기대감에 차서 말했다. "난 이미 로디 폰트너랑 내기했네. 로디는 불가리아가 선제골을 넣는다는 데 걸었어. 아일랜드의 최전방 공격수 세 명이 내가 몇 년 동안 본 선수들 중 가장 뛰어나다는 걸 고려해서 판돈을 올렸지. 애거서 팀스 녀석은 경기가 1주일 동안 이어질 거라는 데 뱀장어 농장 지분의 반을 걸었고."

"아…… 그럼 나도 해 볼까요?" 위즐리 씨가 말했다. "가만있자…… 아일랜드가 이기는 쪽에 1갈레온?"

"1갈레온?" 루도 배그먼은 조금 실망한 표정을 지어 보였지만 곧 자세를 가다듬었다. "좋지, 아주 좋아……. 또 내기할 사람?"

"이 아이들은 도박을 하기엔 아직 어려요." 위즐리 씨가 말했다. "몰리가 알면……."

"37갈레온 15시클 3크넛 걸게요." 프레드가 말했다. 그와 조지는 가진 돈 전부를 얼른 내놓았다. "아일랜드가 이기겠지만 스니치를 잡는 건 빅토르 크룸일 거예요. 아, 그리고 속임수 마법 지팡이도 쾌척하겠습니다."

"배그먼 장관님께 그런 쓰레기를 보여 드리다니……." 퍼시가 식식댔지만, 배그먼은 그 마법 지팡이를 전혀 쓰레기라고 생각하지 않는 것 같았다. 프레드에게서 지팡이를 받아 든 그의 소년 같은 얼굴이 오히려 흥분으로 환하게 빛났다. 지팡이가 시끄럽게 꽥 소리를 내며 고무 닭으로 변하자 배그먼은 큰 소리로 웃음을 터뜨렸다.

"멋진걸! 이렇게 그럴싸한 건 오랜만에 본다! 이걸 5갈레온에 사마!"

퍼시는 못마땅한 기색이 역력한 얼굴을 하고 가만히 서 있었다.

"얘들아." 위즐리 씨가 작은 소리로 말했다. "아빠는 너희가 내기를 하지 않았으면 좋겠다……. 그건 너희가 저금한 돈 전부잖니……. 엄마가……."

"흥 좀 깨지 말라고, 아서!" 루도 배그먼이 신이 나서 주머니를 짤랑거리며 큰 소리로 말했다. "얘들도 자기가 뭘 하고 싶은지 정도는 알 나이잖나! 아일랜드가 이기겠지만 스니치를 잡는 건 크룸일 거라는 말이지? 어림없다, 이 녀석들. 어림없고말고……. 판돈을 크게 올려 주마……. 저 재밌는 마법 지팡이 값으로 5갈레온을 더해야겠고. 그럼…… 그러면……."

위즐리 씨는 루도 배그먼이 수표책과 깃펜을 꺼내 쌍둥이의 이름을 휘갈겨 쓰는 모습을 그저 바라볼 뿐이었다.

"그럼 거래된 거예요." 배그먼이 건넨 양피지 전표를 받아 조심스럽게 챙기며 조지가 말했다.

배그먼이 한껏 기분 좋아진 얼굴로 위즐리 씨를 돌아보았다. "차 한잔 주지 않겠어? 나는 계속 바티 크라우치를 찾고 있었네. 불가리아 쪽 관계자 때문에 골치가 아파서 말이야. 그 사람이 뭐라고 하는지 한 마디도 못 알아듣겠거든. 바티가 해결해 줄 거야. 바티는 150개 언어를 구사하니까."

"크라우치 장관님이요?" 퍼시가 갑자기 못마땅한 듯 굳어 있던 표정을 버리고 흥분으로 몸을 배배 꼬며 말했다. "장관님은 200개 넘는 언어를 구사하세요! 인어어, 고블린어, 트롤어……."

"트롤어는 아무나 해." 프레드가 무시하듯 말했다. "손가락질을 하면서 그르렁대기만 하면 되잖아."

퍼시는 아주 심술 사나운 눈길로 프레드를 흘겨보더니 세차게 불을 쑤석여 주전자가 다시 끓어오르도록 했다.

"버사 조킨스 소식은 아직 없나요, 루도?" 배그먼이 그들 곁 풀밭 위에 앉자 위즐리 씨가 물었다.

"전혀." 배그먼이 아무렇지도 않게 말했다. "하지만 곧 나타날 거야. 불쌍한 버사…… 기억력은 새는 솥단지 같지, 방향감각이라곤 전혀 없지. 길을 잃은 게 확실해. 정처 없이 헤매다가 10월쯤 돼서 사무실로 어슬렁어슬렁 돌아오겠지, 아직 7월이라고 생각하면서."

"이제는 사람을 보내서 찾아봐야 하는 것 아닐까요?" 위즐리 씨가 잠깐 망설이다가 입을 열었다. 배그먼은 퍼시가 건넨 차를 받아 들었다.

"바티 크라우치도 계속 그런 말을 하더군." 배그먼이 말했다. 그는 동그란 눈을 천진스레 떴다. "하지만 당장은 인원 한 명 뺄 수가 없어. 아, 호랑이도 제 말 하면 온다더니! 바티!"

마법사 한 명이 순간이동으로 지금 막 모닥불 근처에 나타났다. 그의 모습은 낡은 윔본 와스프스 로브를 입고 풀밭에 퍼져 앉아 있는 루도 배그먼과는 완전히 대조적이었다. 바티 크라우치는 뻣뻣하고 꼿꼿한 자세의 나이 든 남자로, 주름 하나 없는 정장에 넥타이 차림이었다. 짧은 회색 머리카락은 부자연스러울 만큼 곧게 가르마를 탔고, 칫솔 같은 얇은 콧수염은 자를 대고 다듬은 것처럼 보였다. 신발은 유난히 반짝거렸다. 해리는 퍼시가 왜 크라우치를 존경하다 못해 숭배하는지 단번에 알 수 있었다. 퍼시는 규칙을 엄수해야 한다고 굳게 믿는 사람이었는데, 크라우치 장관은 은행 지점장이라고 해도 손색이 없을 만큼 머글식 옷차림을 철저히 따르고 있었다. 해리가 보기에는 버넌 이모부라도 그의 정체를 알아채지 못할 것 같았다.

"좀 쉬었다 가요, 바티." 루도가 땅바닥을 툭툭 치며 밝은 목소리로 말했다.

"괜찮네, 루도." 크라우치가 말했다. 목소리에 살짝 조바심하는 기색이 어려 있었다. "자네를 찾으려고 사방을 돌아다녔네. 불가리아 측에서 탑박스 1등석 열두 개를 더 내달라고 요구하고 있어."

"아, 그자들이 요구하던 게 *그거*였어요?" 배그먼이 말했다. "나는 좌석 열두 개를 달라는 게 아니라, 좌석을 두고 혈투하게 해 달라는 줄 알았네. 억양이 좀 세던데요."

"크라우치 장관님!" 퍼시가 꼽추처럼 보일 만큼 허리를 90도 각도로 깊숙이 숙이면서 숨 가쁜 목소리로 말했다. "차 한잔 드시겠습니까?"

"아." 크라우치 장관이 살짝 놀란 듯 퍼시를 바라보며 말했다. "그래, 고맙네, 웨더비."

프레드와 조지는 그만 사레가 들려 버렸다. 퍼시는 귀가 새빨개진 채 주전자를 들고 수선을 떨었다.

"아서, 자네한테도 할 말이 있네." 크라우치 장관이 날카로운 눈길을 위즐리 씨에게 돌리며 말했다. "알리 바시르가 잔뜩 성이 났더군. 날아다니는 양탄자 수출을 금지한 일로 자네와 이야기하고 싶다던데."

위즐리 씨가 긴 한숨을 내쉬었다. "바로 지난주에 그 문제로 부엉이를 보냈습니다. 한 번만 더 하면 백 번째 말하는 거예요. 양탄자는 마법 금지 물품 등록부에 등재된 머글 물건입니다. 도대체가 말을 들어야 말이지요."

"글쎄." 크라우치 장관이 퍼시에게서 찻잔을 받아 들며 말했다. "영국으로 수출하고 싶어 안달하던데."

"뭐, 영국에서 양탄자가 빗자루를 대체할 일은 없지 않겠어요?" 배그먼이 말했다.

"알리는 가족용 운송 수단으로서 틈새시장을 노려볼 만하다고 생각하더군." 크라우치 장관이 말했다. "우리 조부께서 열두 명이 올라탈 수 있는 액스민스터 양탄자를 갖고 계셨던 게 기억나네. 물론 그때는 양탄자가 금지되기 전이었지."

그는 자신의 조상 모두가 법을 엄격하게 지켰다는 점을 아무도 의심하지 않기를 바란다는 투로 말했다.

"그런데 그간 바빴어요, 바티?" 배그먼이 경쾌한 어조로 물었다.

"꽤 바빴네." 크라우치 씨가 무미건조하게 말했다. "다섯 개 대륙에 포트키를 설치하는 건 결코 쉬운 일이 아니지, 루도."

"두 분 다 이번 일이 끝나기만을 바라시겠군요." 위즐리 씨가 말했다.

루도 배그먼은 충격을 받은 표정이었다. "끝나기를 바란다고! 난 지금처럼 즐거웠던 적이 없었는데……. 그래도, 기대할 일이 없지는 않지. 안 그래요, 바티? 그렇죠? 준비할 게 많잖아요."

크라우치 씨가 배그먼을 향해 눈썹을 치켜올렸다. "세부 사항 하나까지 모두 확정되기 전에는 공개하지 않기로 합의했네만."

"아, 세부 사항 같은 소리!" 배그먼은 그 말이 각다귀 떼라도 되는 것처럼 손을 내저었다. "사인 끝났잖아요. 합의했잖아요. 이 아이들도 어쨌든 곧 알게 될 텐데요, 뭐. 그러니까, 호그와트에서 무슨 일이 일어나는지……."

"루도, 우린 불가리아 사람들을 만나야 하네." 크라우치 장관이 배그먼의 말을 자르며 날카롭게 말했다. "차 잘 마셨네, 웨더비."

그는 입도 안 댄 찻잔을 퍼시에게 돌려주고 루도가 일어나기를 기다렸다. 배그먼은 남은 차를 벌컥벌컥 들이켜고 힘겹게 일어났다. 주머니 속 금화가 기분 좋게 짤랑거리는 소리를 냈다.

"다들 나중에 보자!" 그가 말했다. "1등석에서 다시 보게 될 거야. 내가 중계를 맡았거든!" 그는 손을 흔들었고 바티 크라우치는 짧게 고개를 끄덕였다. 두 사람 다 순간이동으로 사라졌다.

"호그와트에서 무슨 일이 일어나는데요, 아빠?" 프레드가 대번에 물었다. "무슨 얘기를 한 거예요?"

"곧 알게 될 거다." 위즐리 씨가 미소 지으며 말했다.

"정부에서 발표하기로 한 시간까지는 기밀이야." 퍼시가 뻣뻣하게 말했다. "크라우치 장관님이 그걸 공개하지 않은 건 옳은 행동이야."

"아, 시끄러워, 웨더비." 프레드가 면박을 주었다.

오후가 되면서 흥분된 분위기가 마치 손에 만져질 듯 야영장 위로 피어올랐다. 해 질 녘에는 잔잔하던 여름 공기가 기대감으로 떨리는 듯했고, 경기가 시작되기를 기다리는 수천 명의 마법사 위로 어둠의 장막이 드리우자 머글인 척하려는 최소한의 시도조차 사라졌다. 마법 정부도 어쩔 수 없이 무릎을 꿇고, 이제는 사방에서 노골적으로 터져 나오는 마법의 조짐들과 싸우기를 포기한 듯했다.

곳곳마다 외판원들이 특별한 상품으로 가득 찬 상자며 손수레와 함께 펑펑 모습을 드러냈다. 높은 소리로 선수들의 이름을 외쳐 대는 야광 장미 장식(아일랜드는 초록색, 불가리아는 빨간색)과 춤추는 토끼풀로 꾸며진 초록색 뾰족 모자, 실제로 포효하는 사자가 그려진 불가리아 스카프, 흔들면 국가를 연주하는 두 나라의 국기가 있었다. 진짜로 공중을 날아다니는 조그만 파이어볼트 모형도 있었다. 유명 선수들을 본뜬 수집용 피규어도 있었는데, 이 모형들은 우쭐거리며 사람들의 손바닥 위를 걸어 다녔다.

"이것 때문에 올 여름 내내 용돈을 모았어." 론이 해리에게 말했다. 세 사람은 외판원들 사이를 돌아다니며 기념품을 샀다. 론은 춤추는 토끼풀 모자와 커다란 초록색 장미 장식을 샀고 불가리아 수색꾼 빅토르 크룸의 작은 피규어도 하나 샀다. 크룸 모형은 론의 머리 위 초록색 장미 장식을 노려보면서 그의 손바닥 위를 왔다 갔다 했다.

"우아, 여기 좀 봐!" 해리가 놋쇠 쌍안경처럼 생긴 물건이 잔뜩 쌓여 있는 손수레로 얼른 다가가며 소리쳤다. 그 쌍안경에는 온갖 종류의 이상한 손잡이와 다이얼이 달려 있었다.

"옴니오큘러스란다." 외판원 마법사가 열띤 목소리로 말했다. "지나간 움직임을 다시 볼 수 있지……. 속도를 늦춰서 볼 수도 있고…… 필요하면 전술 분석 화면도 띄워 준단다. 할인 행사 중이야. 한 개에 10갈레온."

"이걸 사지 말 걸 그랬나 봐." 론이 춤추는 토끼풀 모자를 가리키면서 갈망하는 듯한 눈으로 옴니오큘러스를 바라보았다.

"세 개 주세요." 해리가 외판원 마법사에게 단호하게 말했다.

"아냐, 굳이 그럴 거 없어." 론이 얼굴을 붉히며 만류했다. 그는 해리가 부모님에게서 상당한 재산을 물려받아 자기보다 훨씬 돈이 많다는 사실에 항상 민감하게 굴었다.

"대신 크리스마스 선물은 안 줄 거야." 해리가 그와 헤르미온느의 손에 옴니오큘러스를 쥐여 주면서 론에게 말했다. "뭐, 한 10년쯤."

"괜찮네." 론이 씩 웃으며 말했다.

"와아, 고마워, 해리." 헤르미온느가 말했다. "그럼 내가 경기 일정표를 좀 가져올게, 있어 봐."

그들은 주머니가 한결 가벼워진 채 텐트로 돌아갔다. 빌, 찰리, 지니 모두 초록색 장미 장식을 자랑스럽게 내보이고 있었다. 위즐리 씨는 아일랜드 국기를 들고 있었다. 프레드와 조지는 가진 돈을 모두 배그먼에게 줘 버렸기 때문에 기념품을 살 수가 없었다.

그때 숲 너머 어딘가에서 깊고 우렁찬 징 소리가 들렸다. 동시에 나무숲 속에서 녹색과 붉은색 등불들이 일제히 타오르며 경기장으로 가는 길을 밝혔다.

"시간 됐다!" 위즐리 씨가 다른 일행만큼 신이 난 표정으로 외쳤다. "자, 가자!"

8장

퀴디치 월드컵

그들은 앞장선 위즐리 씨를 따라 각자 산 물건을 꽉 움켜쥐고 불이 밝혀진 길을 따라 서둘러 숲으로 들어갔다. 주위에서 수천 명이 웃고 소리 지르고 간간이 노래하면서 이동하는 소리가 들렸다. 과열된 흥분의 분위기는 매우 전염성이 높았다. 해리는 얼굴에서 웃음을 지울 수가 없었다. 그들은 왁자지껄 떠들고 농담을 주고받으며 20분 동안 걸어간 끝에 숲 반대편에 다다라 어느새 거대한 경기장의 그늘 속에 들어와 있었다. 경기장을 둘러싼 엄청난 크기의 황금색 벽 일부밖에 보이지 않았으나 경기장이 대성당 열 채라도 넉넉히 들어갈 만큼 크다는 것은 알 수 있었다.

"10만 명을 수용할 수 있단다." 해리의 얼굴이 경이감으로 가득 찬 것을 본 위즐리 씨가 말했다. "500명으로 구성된 정부 프로젝트 팀이 1년 내내 애썼지. 곳곳에 머글 쫓기 마법이 걸려 있단다. 지난 1년 동안 머글들은 이 근처에 다가올 때마다 갑자기 중요한 약속이 떠올라 서둘러 돌아가야 했어……. 가엾기도 하지." 그는 애정 어린 말투로 덧붙이며 가장 가까운 출입구 쪽으로 일행을 안내했다. 그곳은 이미 고함을 지르는 마법사 무리로 둘러싸여 있었다.

"1등석입니다!" 출입구의 정부 마법사가 그들의 표를 확인하고 말했다. "1등석이에요! 곧장 위로 올라가세요, 아서. 올라갈 수 있는 만큼 높이요."

경기장으로 들어가는 계단에는 짙은 자주색 카펫이 깔려 있었다. 그들은 다른 사람들과 함께 위로 올라갔다. 사람들이 왼쪽과 오른쪽에 있는 문을 통해 조금씩 관중석으로 빠져나갔다. 일행은 위즐리 씨를 따라 계속 올라갔고 마침내 계단 꼭대기에 도착했다. 어느새 그들은 경기장에서 가장 높은 곳에 설치된, 황금색 골대 사이 정중앙에 위치한 작은 방에 들어와 있었다. 방 안에는 자주색과 금색으로 장식된 의자 스무 개 정도가 두 줄로 놓여 있었다. 해리는 위즐리 가족과 함께 앞쪽 의자에 나란히 앉아 상상조차 못 했던 광경을 내려다보았다.

10만 명의 마법사들이 타원형 경기장을 둘러싸고 층층이 설치된 좌석에 앉아 있었다. 주위 모든 것이 경기장 자체에서 뿜어 나오는 듯한 신비로운 황금빛에 잠겨 있었다. 높은 좌석에서 내려다본 경기장은 벨벳을 깔아 놓은 것처럼 부드러워 보였다. 경기장 양 끝에는 각각 15미터 높이 골대 세 개가 서 있었다. 바로 맞은편, 거의 해리의 눈높이에 이르는 곳에는 어마어마한 크기의 칠판이 있었다. 투명한 거인의 손이 휘갈겨 쓰기라도 하듯 칠판에 황금빛 글자가 빠르게 쓰였다 지워졌다 하고 있었다. 그 광경을 잠자코 지켜보던 해리는 칠판이 경기장 전체에 휙휙 비춰 주고 있는 것들이 광고 문구라는 사실을 깨달았다.

블루보틀:

온 가족을 위한 빗자루. 안전하다, 믿음직스럽다.

도난 방지 장치 내장

스카워 부인의 만능 마법 오물 제거제:

힘들이지 말고 얼룩을 지우세요!

글래드래그스 마법사 의류 전문점:

런던, 파리, 호그스미드

해리는 광고판에서 눈을 떼고 누가 1등석에 함께 앉아 있는지 어깨 너머로 고개를 돌려 살펴보았다. 바로 뒷줄 끝에서 두 번째 자리에 앉아 있는 조그만 생명체를 제외하면 1등석은 아직까지 비어 있었다. 의자에 올라앉은 몸 앞으로 짧디짧은 다리가 삐죽 튀어나와 있는 그 생명체는 토가처럼 늘어진 마른행주를 걸친 채 두 손으로 얼굴을 가리고 있었다. 그런데 박쥐처럼 생긴 기다란 귀가 이상하게 낯이 익었다…….

"*도비?*" 해리가 미심쩍다는 듯 입을 열었다.

그 조그만 생명체가 고개를 들고 손가락을 벌리자 커다란 갈색 눈과 꼭 큼직한 토마토처럼 생긴 코가 보였다. 그 생명체는 도비가 아니었다. 하지만 해리의 친구이자, 해리가 옛 주인인 말포이 가족한테서 해방시켜 주었던 도비와 같은 집요정이 틀림없었다.

"방금 저를 도비라고 부르셨나요?" 집요정이 신기하다는 듯 손가락 사이로 찍찍거렸다. 조그맣게 찍찍대는 그 목소리는 도비의 목소리보다도 높았고 바르르 떨리고 있었다. 해리는 (집요정이어서 참 알기 어려웠지만) 이 집요정이 여자일지도 모른다고 생각했다. 론과 헤르미온느가 앉은 자리에서 몸을 돌려 집요정을 바라보았다. 그들은 해리에게서 도비 얘기를 많이 들었지만 실제로 그를 만나 본 적은 없었다. 위즐리 씨까지 관심을 보이며 눈길을 주었다.

"미안." 해리가 집요정에게 말했다. "내가 아는 집요정인 줄 알았어."

"하지만 저도 도비를 안답니다!" 집요정이 꽥꽥거리는 목소리로 말했다. 1등석 불이 그렇게 밝지 않았는데도 그녀는 빛 때문에 눈이 부시기라도 한 듯 얼굴을 가리고 있었다. "제 이름은 윙키예요. 그리고 당신은…… 당신은……."

그녀의 짙은 갈색 눈동자가 해리의 흉터에 머무는가 싶더니 이내 접시만큼 휘둥그레졌다. "당신은 틀림없이 해리 포터로군요!"

"응, 맞아." 해리가 말했다.

"도비는 늘 당신 얘기를 한답니다!" 그녀는 손을 아주 살짝 내리고 경이로워하는 얼굴로 말했다.

"도비는 잘 지내?" 해리가 물었다. "자유를 만끽하고 있어?"

"아." 윙키가 고개를 내저으며 말했다. "아, 무례하게 굴려는 건 아닌데요, 저는 당신이 도비에게 베풀어 주신 게 호의인지 아닌지 잘 모르겠어요. 도비를 해방시켜 주신 것 말이에요."

"왜?" 해리가 깜짝 놀라 물었다. "무슨 문제라도 있어?"

"도비는 자유를 얻고 우쭐해졌어요." 윙키가 슬픈 듯 말했다. "분수에 넘치는 생각들을 하게 된 거죠. 도비는 다른 일자리를 얻지 못하고 있답니다."

"어째서?" 해리가 물었다.

윙키는 목소리를 반 옥타브쯤 낮추고 속삭였다. "*도비는 일을 하고 돈을 받길 원해요.*"

"돈?" 해리가 멍하니 말했다. "뭐, 돈을 받으면 안 되는 거야?"

윙키는 그런 생각을 하는 것 자체가 두렵다는 듯 다시 얼굴이 반쯤 가려지도록 손가락을 살짝 오므렸다.

"집요정들은 돈을 받지 않아요!" 그녀가 소리 죽여 꽥꽥거렸다. "안 돼요, 안 돼요, 안 돼요. 도비한테도 이야기했어요. 빨리 훌륭한 집안을 찾아서 정착해, 도비, 하고요. 도비는 집요정답지 않게 온갖 수준 높은 저주 마법까지 걸고 있어요. 저는 '도비, 이렇게 소란을 피우고 다니다간 다음에는 마법 생명체 통제 관리부에 불려 갈 거야, 상스러운 고블린처럼' 하고 말했어요."

“뭐, 도비도 이제 조금은 즐기며 살아도 되잖아.” 해리가 말했다.

“집요정은 즐겁게 살아선 안 돼요, 해리 포터.” 윙키가 손으로 얼굴을 가린 채 단호하게 말했다. “집요정은 시키는 대로만 해요. 저는 높은 곳을 전혀 좋아하지 않는답니다, 해리 포터.” 그녀는 1등석 가장자리를 힐끗 보고 꿀꺽 침을 삼켰다. “……하지만 주인님께서 저를 여기로 보내셨으니까 온 거예요.”

“네가 높은 데를 싫어하는 걸 알면서 왜 널 여기에 보낸 거야?” 해리가 얼굴을 찡그리며 물었다.

“주인님께서는…… 주인님께서는 제가 자리를 맡아 두기를 바라셨어요, 해리 포터. 아주 바쁘시거든요.” 윙키가 고갯짓으로 옆의 빈자리를 가리키며 말했다. “윙키는 주인님의 텐트로 돌아갔으면 좋겠어요, 해리 포터. 하지만 윙키는 시키는 대로 한답니다. 윙키는 착한 집요정이니까요.”

그녀는 1등석 가장자리로 다시 한 번 겁에 질린 눈길을 던지더니 눈을 완전히 가렸다. 해리는 친구들 쪽으로 고개를 돌렸다.

“그러니까 저게 집요정이란 말이지?” 론이 중얼거렸다. “이상한 녀석들이다. 그치?”

"도비는 더 이상했어." 해리는 솔직히 말했다.

론은 옴니오큘러스를 꺼내 작동시켜 보았다. 그는 옴니오큘러스로 경기장 맞은편 관중석을 내려다보았다.

"끝내준다!" 그가 옴니오큘러스 옆에 붙은 반복 재생 손잡이를 빙빙 돌리며 말했다. "이걸 돌리면 저 밑에 앉아 있는 녀석이 또 코를 후비게 만들 수 있어……. 또 해 볼까…… 한 번 더……."

한편 헤르미온느는 벨벳 장정이 되어 있고 술 장식이 달린 경기 일정표를 빠르게 훑어보고 있었다.

"'경기 시작 전 팀 마스코트의 공연이 있을 예정입니다.'" 그녀가 큰 소리로 읽었다.

"아, 그건 항상 볼 만하지." 위즐리 씨가 말했다. "국가대표팀들이 각자 자기 나라의 생명체를 데려오거든. 공연을 위해서 말이야."

이후 30분 넘는 시간이 흐르는 동안 주위의 좌석이 천천히 채워졌다. 위즐리 씨는 굉장히 중요한 인물인 게 분명해 보이는 마법사들과 계속해서 악수를 나눴다. 퍼시는 너무 자주 벌떡벌떡 일어나서 고슴도치 위에라도 앉아 있나 싶을 정도였다. 마법 정부 총리인 코닐리어스 퍼지가 도착했을 때는 허리를 너무 깊숙이 숙이는 바람에 안경이 바닥에 떨어져 박살 났다. 그는 굉장히 당황하면서 마법 지팡이로 안경을 고치더니 자리에 앉아, 코닐리어스 퍼지가 옛 친구에게 하듯 해리에게 인사를 건네는 모습을 질투 어린 눈길로 바라보았다. 해리는 퍼지 총리와 예전에 만난 적이 있었다. 퍼지는 짐짓 아버지 같은 태도로 해리와 악수를 나누고 안부를 묻더니 양옆에 앉은 마법사들에게 그를 소개했다.

"이쪽은 해리 포터입니다." 그가 가장자리가 금색으로 장식된 멋진 검은색 벨벳 로브를 걸친 불가리아 마법 정부 총리에게 큰 소리로 말했다. 불가리아 총리는 영어를 한 마디도 못 알아듣는 것 같았다. "*해리 포터*요……. 아, 이러십니까? 누군지 아시잖아요……. '그 사람'에게서 살아남은 소년 말입니다……. 누군지 *당연히* 알 텐데."

불가리아 마법사가 문득 해리의 흉터를 발견하더니 그것을 가리키고 흥분해서 큰 소리로 떠들어 대기 시작했다.

"이제야 통했구나." 퍼지가 지친 듯 해리에게 말했다. "나는 외국어를 잘 못한단다. 이런 일에는 바티 크라우치가 필요해. 아, 크라우치의 집요정이 자리를 맡아 둔 게 보이는군……. 좋은 생각이야. 여기 불가리아 놈들이 좋은 자리는 모두 차지하려고 난리거든. ……아, 루시우스가 왔군!"

해리, 론, 헤르미온느는 빠르게 돌아보았다. 두 번째 줄을 따라, 위즐리 씨 바로 뒤에 아직 비어 있는 세 자리로 다가오는 세 사람의 모습이 보였다. 다름 아닌 집요정 도비의 옛 주인 루시우스 말포이와 그의 아들 드레이코, 드레이코의 어머니로 보이는 여자였다.

해리와 드레이코 말포이는 처음 호그와트로 가는 길에서 만난 이래로 앙숙이었다. 흰색에 가까운 금발을 가진 갸름하고 허여멀건 얼굴의 소년 드레이코는 아버지를 쏙 빼닮은 것 같았다. 그의 어머니도 금발이었다. 키가 크고 날씬한 그녀는 코 밑에서 고약한 냄새라도 나는 듯 얼굴을 잔뜩 찌푸리지만 않았다면 상당한 미인이었을 것이다.

"아, 퍼지." 말포이 씨가 마법 정부 총리에게 다가와 손을 내밀며 말했다. "안녕하십니까? 제 아내 나르시사와는 첫 만남이실 것 같은데요. 우리 아들 드레이코도 그렇고요."

"잘 지냈나? 안녕하십니까?" 퍼지가 미소를 머금고 말포이 부인에게 허리를 숙이며 말했다. "오블란스크 씨를 소개해 드리지요. ……아니, 오발론스크였나. 뭐, 아무튼, 불가리아 마법 정부 총리입니다. 제가 하는 말은 어차피 한 마디도 못 알아들으니 신경 쓰지 마십시오. 또 누가 있더라…… 아서 위즐리는 아시겠죠?"

긴장된 순간이었다. 위즐리 씨와 말포이 씨가 서로를 바라보았다. 해리의 머릿속에 그들이 지난번 마주쳤을 때의 광경이 생생하게 떠올랐다. 그때 둘은 플러리시 앤 블러츠 서점에서 싸움을 벌였다. 말포이 씨의 차가운 회색 눈동자가 위즐리 씨를 훑어보더니 그가 앉은 줄을 왔다 갔다 했다.

"이런, 아서." 그가 조용히 입을 열었다. "대체 뭘 팔아서 1등석을 산 건가? 자네 집이 그렇게 비싸게 팔리진 않았을 텐데?"

퍼지는 그 말을 못 들은 척 말을 이었다. "루시우스가 방금 세인트 멍고 마법 질병 상해 병원에 *상당히* 후한 기부를 했네, 아서. 여기엔 내 손님으로 온 걸세."

"정말…… 정말 멋지군요." 위즐리 씨가 한껏 경직된 미소를 지으며 말했다.

말포이 씨의 눈이 헤르미온느에게로 향했다. 헤르미온느는 얼굴을 살짝 붉혔지만 결연한 태도로 그를 마주 보았다. 해리는 말포이 씨의 입가가 말려 올라가는 이유를 정확히 알고 있었다. 말포이 가족은 본인들이 순수 혈통이라는 사실에 자부심을 느꼈다. 달리 말해, 그들은 헤르미온느 같은 머글 태생은 모두 자기들보다 열등하다고 생각했다. 하지만 아무리 말포이 씨라도 감히 마법 정부 총리가 지켜보는 앞에서 그런 말을 할 수는 없었다. 그는 피식 웃으며 위즐리 씨를 향해 고개를 까닥하더니 좌석을 따라 자기 자리로 걸어갔다. 드레이코는 경멸 가득한 눈으로 해리, 론, 헤르미온느를 쓱 바라보더니 어머니와 아버지 사이에 자리를 잡았다.

"재수 없는 인간들." 론이 중얼거렸다. 그와 해리, 헤르미온느는 다시 경기장으로 눈길을 돌렸다. 다음 순간, 루도 배그먼이 1등석으로 뛰어들어 왔다.

"다들 준비됐나?" 그가 말했다. 동그란 얼굴이 환하게 빛나는 것이 꼭 잔뜩 신이 난 큼직한 에담 치즈 같았다. "총리님, 준비되셨습니까?"

"자네만 준비되면 되지, 루도." 퍼지가 아무 문제 없다는 듯 말했다.

루도가 마법 지팡이를 휙 꺼내 자기 목에 대고 "소노루스!"라고 주문을 외더니 이제는 관중으로 가득 찬 경기장의 함성 소리를 누르고 소리쳤다. 그의 목소리가 관중의 머리 위로 메아리치면서 스탠드 구석구석까지 쩌렁쩌렁 울렸다. "신사 숙녀 여러분…… 어서 오십시오! 제422회 퀴디치 월드컵 결승전에 오신 것을 환영합니다!"

관중은 일제히 환호성을 지르며 손뼉을 쳤다. 수천 개의 깃발이 나부끼면서 서로 어우러지지 않는 국가들이 울려 퍼지는 바람에 장내는 더욱 소란스러워졌다. 맞은편 거대한 칠판에서 마지막 광고 문구("버티 보트의 모든 맛이 나는 강낭콩 젤리—한입마다 위험이 도사리고 있다!")가 깨끗이 사라지고 이제는 **불가리아: 0, 아일랜드: 0**이라는 글자가 보였다.

"자, 긴말하지 않겠습니다. 소개합니다…… 불가리아 팀의 마스코트들입니다!"

단단한 진홍색 덩어리로 보였던 오른쪽 관중석에서 응원의 함성이 터져 나왔다.

"뭘 데려왔을지 궁금한데?" 위즐리 씨가 자리에 앉은 채 몸을 앞으로 기울이며 말했다. "아아!" 그는 갑자기 안경을 벗고 얼른 로브 자락에 닦았다. "*빌라*였군!"

"빌라가 뭔데요?"

하지만 곧 백 명의 빌라가 경기장으로 미끄러져 나오며 해리의 물음에 답해 주었다. 빌라는 여자들…… 해리가 여태껏 본 가운데 가장 아름다운 여자들이었다. 다만, 인간이 아니었을 뿐이다. 저렇게 아름다운 인간이 있을 리 없었다. 이 생각에 해리는 잠깐 어리둥절했다. 그는 그들이 정확히 무엇인지 추측해 보려고 애썼다. 어떻게 피부가 저렇게 달

빛처럼 빛날 수 있는지, 바람이 불지도 않는데 어떻게 화이트골드 빛깔의 머리카락이 뒤로 흩날릴 수 있는지……. 하지만 그때 음악이 시작됐고, 그들이 인간이 아니라는 사실에 대한 걱정은 눈 녹듯 사라졌다. 사실 해리는 더 이상 아무 걱정도 하지 않았다.

빌라가 춤을 추기 시작하자 해리는 정신을 완전히 빼앗기고 행복에 겨워서 멍해졌다. 이 세상에서 가장 중요한 일은 빌라를 계속 바라보는 것뿐이었다. 저 춤이 멈춘다면 끔찍한 일이 벌어질 것만 같았다…….

빌라가 점점 더 빠르게 춤을 추자 사납고 형체를 갖추다 만 생각들이 해리의 멍한 정신을 뒤쫓기 시작했다. 그는 뭔가 강렬한 인상을 남길 만한 일을 하고 싶었다. 지금 당장. 1등석에서 경기장으로 뛰어내리는 것도 좋은 생각 같았다. ……그런데 그걸로 충분할까?

"해리, 너 *대체* 뭐 하는 거야?" 멀리서 헤르미온느의 목소리가 들려왔다.

음악이 멈췄다. 해리는 눈을 깜빡였다. 그는 어느새 의자에서 일어나 있었다. 한쪽 다리를 1등석 난간 위에 올려놓은 채였다. 옆에서는 론이 다이빙대에서 뛰어내리기 일보 직전인 것 같은 자세로 굳어 있었다.

성난 외침이 경기장을 가득 채웠다. 관중은 빌라가 경기장에서 떠나기를 바라지 않았다. 해리도 같은 생각이었다. 그는 당연히 불가리아를 응원할 작정이었다. 대체 왜 가슴에 커다란 초록색 토끼풀을 달고 있는지 어렴풋한 궁금증이 일었다. 한편 론은 넋을 잃고 모자에 달린 토끼풀을 갈기갈기 찢어 버리고 있었다. 위즐리 씨가 슬쩍 미소 지으며 론 쪽으로 몸을 기울이고 그의 손에서 모자를 빼냈다.

"그 모자 필요할걸." 그가 말했다. "아일랜드 차례가 되면 말이다."

"에?" 론은 입을 벌린 채 빌라를 바라보았다. 빌라들은 이제 경기장 한쪽에 죽 늘어서 있었다.

헤르미온느가 큰 소리로 혀를 찼다. 그녀는 팔을 뻗어 해리를 자리로 끌어당겼다. "*참 나!*" 그녀가 말했다.

"자, 이제." 루도 배그먼의 목소리가 주위를 쩌렁쩌렁 울렸다. "부디 마법 지팡이를 하늘로 들어 올려 주시길 바랍니다. ……아일랜드 국가 대표팀 마스코트가 입장합니다!"

다음 순간 거대한 초록색과 황금색이 뒤섞인 별똥별 같은 것이 경기장으로 붕 날아들어 왔다. 그것은 경기장을 한 바퀴 돌더니 더 작은 두 개의 별똥별로 쪼개졌다. 각각의 별똥별이 골대를 향해 돌진했다. 돌연 무지개가 경기장을 가로지르는 아치를 그리며 두 개의 빛나는 공을 연결했다. 관중은 불꽃놀이라도 구경하듯 "우아아아", "이야아아아아" 하고 함성을 내질렀다. 이윽고 무지개는 사라지고, 빛의 공들이 다시 뭉치고 합쳐지면서 번쩍번쩍 빛나는 거대한 토끼풀을 만들어 냈다. 토끼풀이 하늘로 날아올라 관중석 위를 날아다니기 시작하자 황금 빗방울 같은 것이 떨어지는 듯했다.

"멋지다!" 론이 소리쳤다. 토끼풀이 머리 위로 날아오르자 묵직한 금화가 비처럼 쏟아져 머리와 좌석 위로 튀어 올랐다. 해리는 눈을 가늘게 뜨고 토끼풀을 올려다보다가 그것이 사실 붉은 조끼 차림에 턱수염이 난 조그만 남자 수천 명으로 이루어져 있다는 사실을 깨달았다. 그들은 각각 작디작은 황금색과 초록색 등불을 들고 있었다.

"레프러콘이다!" 위즐리 씨가 관중의 우레와 같은 갈채 너머로 말했다. 많은 관중이 아직도 금화를 주우려고 아등바등하며 의자 밑을 더듬고 있었다.

"자, 여기." 론이 기분 좋게 소리치며 금화 한 주먹을 해리의 손에 쥐어 주었다. "옴니오큘러스 값이야! 이제 나한테 크리스마스 선물 사 줘야 돼. 하!"

거대한 토끼풀이 천천히 사라졌다. 레프러콘들은 빌라

맞은편으로 날아가 경기를 보기 위해 책상다리를 하고 자리를 잡았다.

"자, 신사 숙녀 여러분, 열렬하게 맞이해 주시길 바랍니다. 불가리아 퀴디치 국가 대표팀입니다! 지금 들어오는 선수는…… 디미트로브!"

진홍색 옷차림을 한 형체가 빗자루를 타고 저 아래 있는 출입구에서 경기장으로 쏜살같이 튀어나왔다. 너무 빨라 흐릿하게 보일 정도였다. 불가리아 응원단이 격렬한 박수로 그를 맞았다.

"이바노바!"

진홍색 로브를 입은 두 번째 선수가 붕 날아왔다.

"조그라프! 레브스키! 불차노브! 볼코브! 그리고…… 크룸입니다!"

"저 선수야, 저 선수!" 론이 옴니오큘러스로 크룸을 뒤쫓으며 소리쳤다. 해리도 재빨리 옴니오큘러스의 초점을 맞췄다.

빅토르 크룸은 호리호리한 체격이었으며 어둡고 누르께한 피부에 크고 구부러진 코, 숱 많은 검은색 눈썹을 지니고 있었다. 갑작스레 거대하게 성장한 맹금류를 보는 듯했다. 그의 나이가 겨우 열여덟 살이라는 사실을 도저히 믿을 수 없을 정도였다.

"자, 환영해 주십시오. 아일랜드 퀴디치 국가 대표팀입니다!" 배그먼이 외쳤다. "소개합니다. 코널리! 라이언! 트로이! 멀릿! 모런! 퀴글리! 그리고…… *린치*입니다!"

일곱 개의 흐릿한 녹색 형체가 경기장을 휩쓸듯 날아다녔다. 해리는 옴니오큘러스 옆에 달린 작은 다이얼을 돌려 선수들이 날아다니는 속도를 늦췄다. 빗자루 하나하나에 새겨진 '파이어볼트'라는 글자가 보였다. 선수들의 등에 은실로 수놓인 이름도 보였다.

"그리고 저 멀리 이집트에서 온 심판, 칭송받는 국제 퀴디치 연맹 회장인 하산 무스타파입니다!"

머리가 완전히 벗겨졌지만 콧수염은 버넌 이모부에 필적할 만큼 무성한 작고 깡마른 남자 마법사가 경기장과 잘 어울리는 황금색 로브를 입고 성큼성큼 걸어 나왔다. 콧수염 아래로 은색 호루라기가 삐죽 튀어나와 있는 것이 보였다. 그는 한쪽 팔 아래에 커다란 나무 상자를, 다른 쪽 팔 아래에는 빗자루를 끼고 있었다. 해리는 옴니오큘러스의 속도 다이얼을 정상으로 돌려놓고, 무스타파가 빗자루에 올라탄 뒤 상자 뚜껑을 발로 걷어차 여는 모습을 자세히 바라보았다. 공 네 개가 하늘로 솟구쳤다. 진홍색 쿼플 하나, 검은

블러저 두 개, 그리고 아주 작고 날개가 달린 골든 스니치 한 개였다(해리는 시야 밖으로 빠르게 날아가기 전 아주 짧은 순간 스니치를 보았다). 무스타파가 호루라기를 날카롭게 삑 불더니 공을 따라 쏜살같이 하늘로 솟구쳤다.

"선수드으으으으을이 **날아올랐습니다!**" 배그먼이 소리쳤다. "멀릿이 공을 잡습니다! 트로이! 모런! 디미트로브! 다시 멀릿! 트로이! 레브스키! 모런!"

해리는 이런 경기는 생전 처음 보았다. 옴니오큘러스를 얼굴에 어찌나 꽉 누르고 있었는지 안경이 콧등에 파고들 정도였다. 선수들은 믿어지지 않을 만큼 빨랐다. 추격꾼들이 서로에게 쿼플을 던지는 속도가 워낙 빨라서 배그먼은 선수들의 이름만 외치기도 바빴다. 해리는 다시 한 번 옴니오큘러스 오른쪽에 달린 '천천히' 다이얼을 돌리고 맨 위 '전술 분석' 버튼을 눌렀다. 반짝이는 자주색 글자들이 렌즈를 가로지르며 곧바로 슬로모션 화면이 보였다. 관중이 내지르는 함성이 고막을 세차게 두드렸다.

서로 가까이 붙어서 날아가는 아일랜드 추격꾼 세 명 쪽으로 옴니오큘러스를 돌리자 '매 머리 공격 대형'이라는 글자가 화면에 떴다. 트로이가 대형의 중앙에서 멀릿과 모런보다 약간 앞선 채 불가리아 선수들을 향해 돌진하고 있었다. 이어 '포르스코프 전술'이라는 글자가 번쩍였다. 트로이가 쿼플을 들고 쏜살같이 위로 날아가 불가리아의 추격꾼 이바노바를 끌어내더니 모런 쪽으로 흘리듯 쿼플을 패스했다. 불가리아의 몰이꾼 중 한 명인 볼코브가 지나가는 블러저에 작은 방망이를 힘껏 휘둘러 모런 앞으로 날려 보냈다. 모런이 블러저를 피하느라 급하게 몸을 숙이다가 쿼플을 놓치자 밑에서 날아오르던 레브스키가 쿼플을 잡았다.

"**트로이가 득점합니다!**" 배그먼이 고함을 지르자 경기장은 우레와 같은 갈채와 환호성으로 진동했다. "10 대 0으로 아일랜드가 앞섭니다!"

"뭐?" 해리가 옴니오큘러스로 정신없이 사방을 둘러보며 소리쳤다. "레브스키가 쿼플을 잡았는데!"

"해리, 정상 속도로 보지 않으면 경기를 놓치게 될 거야!" 트로이가 경기장을 한 바퀴 돌며 골 세리머니를 하는 동안 펄쩍펄쩍 뛰면서 팔을 공중으로 흔들어 대던 헤르미온느가 소리쳤다. 해리는 재빨리 옴니오큘러스에서 눈을 떼고 앞을 바라보았다. 사이드라인에서 지켜보던 레프러콘들이 일제히 다시 하늘로 날아오르더니 커다랗고 반짝거리는 토끼풀 모양을 만들고 있었다. 경기장 맞은편에서는 빌라들이 시무룩하게 그 모습을 지켜보고 있었다.

해리는 득점 장면을 놓친 스스로에게 화가 났다. 그는 경기가 다시 시작되자 옴니오큘러스의 속도 다이얼을 정상으로 되돌려 놓았다.

퀴디치를 잘 아는 해리는 아일랜드의 추격꾼들이 훨씬 뛰어나다는 사실을 곧 알아챘다. 그들은 한 점 어긋남 없는 팀워크를 보여 주었고, 위치를 선정하는 방식을 보니 마치 서로의 생각을 읽는 듯했다. 해리의 가슴에 달린 장미 장식이 높은 소리로 끊임없이 그들의 이름을 외치고 있었다. "*트로이…… 멀릿…… 모런!*" 10분도 지나지 않아 아일랜드가 두 차례 더 득점하며 30 대 0으로 앞섰다. 그 덕분에 초록색으로 뒤덮인 응원석에 우레와 같은 함성과 갈채의 물결이 일었다.

경기는 더욱 빠르고 거칠어졌다. 불가리아의 몰이꾼인 볼코브와 불차노브가 있는 힘껏 아일랜드 추격꾼들을 향해 블러저를 과격하게 날려 보내며 그들이 최선의 움직임을 보이지 못하도록 방해하기 시작했다. 아일랜드 추격꾼들은 어쩔 수 없이 두 번이나 흩어져야 했다. 그러다가 마침내 이바노바가 아일랜드의 대열을 뚫고 들어가 파수꾼 라이언을 제치고 불가리아의 첫 득점을 올렸다.

"귀 막아라!" 빌라들이 축하의 춤을 추기 시작하자 위즐리 씨가 소리쳤다. 해리는 눈까지 질끈 감았다. 경기에 집중하고 싶었기 때문이다. 몇 초가 지나서야 그는 경기장을 힐끗 바라보았다. 빌라들은 어느새 춤을 멈췄고, 또다시 불가리아가 쿼플을 갖고 있었다.

"디미트로브! 레브스키! 디미트로브! 이바노바…… 어엇!" 배그먼이 고함을 질렀다.

두 명의 수색꾼, 크룸과 린치가 추격꾼들 한가운데를 가르며 급속히 하강하자 10만 명의 마법사들은 숨을 삼켰다. 그 속도가 워낙 빨라 두 선수는 마치 낙하산 없이 비행기에서 뛰어내린 것처럼 보였다. 해리는 스니치가 어디에 있는지 보기 위해 눈을 가늘게 뜨고 옴니오큘러스로 그들이 날아내려 가는 모습을 좇았다.

"부딪치겠어!" 헤르미온느가 해리 옆에서 소리쳤다.

헤르미온느의 말은 반만 맞았다. 마지막 순간 빅토르 크룸이 급강하를 멈추고 나선형을 그리며 날아올랐다. 반면 린치는 경기장 전체에 울려 퍼지는 둔탁한 쿵 소리를 내며 땅바닥에 떨어졌다. 아일랜드 관중석에서 커다란 탄식이 터져 나왔다.

"멍청아!" 위즐리 씨가 투덜거렸다. "크룸이 페인트를 쓴 거잖아!"

"타임아웃입니다!" 배그먼의 목소리가 외쳤다. "훈련받은 의료 마법사들이 에이든 린치를 살피려고 서둘러 경기장으로 들어오고 있습니다!"

"괜찮을 거야. 그냥 땅에 쓸렸을 뿐이니까!" 찰리가 지니를 안심시키려는 듯 그렇게 말했다. 지니는 잔뜩 겁먹은 표정으로 1등석 가장자리에 매달려 있었다. "물론 크룸이 노린 게 그거겠지만……."

해리는 재빨리 옴니오큘러스의 '반복 재생' 버튼과 '전술 분석' 버튼을 누르고 속도 조절 다이얼을 돌린 뒤 다시 눈에 갖다 댔다.

그는 크룸과 린치가 급강하하는 모습을 슬로모션으로 다시 보았다. 화면에 '브론스키 페인트: 위험한 수색꾼 유인 전술'이라는 자줏빛 글자가 번쩍거렸다. 해리는 크룸이 집중하느라 얼굴을 잔뜩 일그러뜨린 채 제때 급강하를 멈추는 모습과 린치가 땅바닥에 곤두박질치는 모습을 보고 상황을 이해했다. 크룸은 결코 스니치를 본 게 아니었다. 그냥 린치가 그를 따라 하도록 만들었을 뿐이다. 해리는 크룸처럼 비행하는 사람은 처음 보았다. 크룸은 아예 빗자루를 사용하지 않는 것 같았다. 그는 지지대도 없고 몸무게도 나가지 않는 것처럼 자유자재로 하늘을 가로지르고 있었다.

해리는 옴니오큘러스를 정상으로 돌려놓고 크룸에게 초점을 맞췄다. 의료 마법사들이 마법약 몇 잔으로 린치를 회복시키는 가운데, 크룸은 그 위에서 원을 그리며 날고 있었다. 크룸의 얼굴에 더 가까이 초점을 맞추던 해리는 그의 검은색 눈동자가 30미터 아래의 경기장 전체를 빠르게 훑는 모습을 보았다. 그는 린치가 회복하는 동안 누구의 방해도 받지 않고 스니치를 찾아 날아다닐 수 있었다.

마침내 린치가 일어섰다. 초록색 옷을 입은 응원단이 큰 소리로 환호성을 내질렀다. 린치는 파이어볼트에 올라타고 다시 공중으로 날아올랐다. 그의 회복이 아일랜드 팀 선수들에게 새로운 용기를 불어넣어 준 것 같았다. 무스타파가 다시 호루라기를 불자 추격꾼들은 해리가 지금껏 봐 온 어떤 것과도 비교되지 않는 기술을 발휘하기 시작했다.

빠르고 격정적인 15분이 더 흐르고 아일랜드가 열 번 더 득점해 앞서 나갔다. 아일랜드가 130 대 10으로 앞선 상황에서 경기는 더욱 과열되기 시작했다.

멀릿이 옆구리에 퀴플을 꽉 끼고 다시 한 번 골대를 향해 쏜살같이 날아가자 불가리아 파수꾼 조그라프가 그녀를 맞으러 나왔다. 무슨 일인가 일어났지만 너무 빨라서 해리는 그 장면을 놓치고 말았다. 그러나 아일랜드 관중의 분노 어린 합성과 무스타파의 길고 날카로운 호루라기 소리 덕분에 반칙이 일어났다는 사실을 알 수 있었다.

"무스타파 심판이 불가리아 수비수에게 코빙 반칙을 선언합니다. 팔꿈치를 과하게 사용했군요!" 배그먼이 소리를 질러 대는 관중에게 알려 주었다. "그리고…… 네, 아일랜드가 페널티 슛을 얻습니다!"

멀릿이 반칙을 당하자 화가 나서 번쩍거리는 말벌 떼처럼 공중으로 날아올랐던 레프러콘들이 다 같이 빠르게 날아다니면서 "**하 하 하!**"라는 글자를 만들어 냈다. 경기장 맞은편에 있던 빌라들이 벌떡 일어나더니 화가 난 듯 머리카락을 홱 젖히고 다시 춤을 추기 시작했다.

위즐리 형제들과 해리는 얼른 귀를 틀어막았다. 전혀 영향을 받지 않는 헤르미온느가 곧 해리의 팔을 잡아당겼다. 해리가 고개를 돌리자 그녀는 보채듯 그의 귀에서 손가락을 떼어 냈다.

"심판 좀 봐!" 그녀가 킥킥 웃으며 말했다.

해리는 경기장을 내려다보았다. 춤추는 빌라 바로 앞에 내려선 하산 무스타파는 정말이지 아주 희한한 행동을 하고 있었다. 신이 난 듯 근육 자랑을 하면서 콧수염을 매만지고 있었던 것이다.

"자, 저런 일은 용납할 수 없죠!" 루도 배그먼은 그렇게 말했지만 목소리는 무척 재미있어하는 듯했다. "누가 심판 따귀 좀 때려 줘요!"

의료 마법사 한 명이 손가락으로 귀를 틀어막은 채 경기장을 달려와 무스타파의 정강이를 세게 걷어찼다. 무스타파가 정신을 차린 모양이었다. 다시 옴니오큘러스로 상황을 지켜보는 해리의 눈에 심판이 무척 당황한 얼굴로 빌라들에게 소리를 지르는 모습이 보였다. 빌라들은 춤을 멈추고 반란이라도 일으킬 듯한 표정을 짓고 있었다.

"제가 잘못 생각한 게 아니라면 무스타파 심판은 실제로 불가리아의 팀 마스코트를 퇴장시킬 모양입니다!" 배그먼의 목소리가 말했다. "자, *이런* 일은 전례가 없는데요……. 아, 이거 골치 아파질 수도 있겠습니다……."

실제로 그랬다. 불가리아의 몰이꾼인 볼코브와 불차노브가 무스타파의 양쪽에 내려서더니 레프러콘 쪽을 가리키며 격렬하게 항의하기 시작했다. 레프러콘들은 고소해하면서 "**히 히 히**"라는 글자를 만들어 내고 있었다. 그러나 무스타파는 불가리아 선수들의 항의에도 별 반응을 보이지 않고 다시 비행하라는 듯 손가락으로 허공을 쿡쿡 찌르기만 했다. 그들이 물러서지 않자 무스타파는 두 차례 짧게 호루라기를 불었다.

"아일랜드가 페널티 슛을 두 *개* 얻습니다!" 배그먼이 소리치자 불가리아 관중이 화가 나서 고함을 질러 댔다. "볼코브와 불차노브는 다시 빗자루에 오르는 게 좋겠네요……. 네…… 갑니다……. 트로이가 쿼플을 잡습니다……."

이제 경기는 여태까지 보았던 수준 이상으로 사나워졌다. 양 팀의 몰이꾼들 모두 상대 선수에게 조금의 자비도 보이지 않았다. 특히 볼코브와 불차노브는 블러저가 맞든 사람이 맞든 상관없다는 듯 난폭하게 방망이를 휘두르고 있었다. 디미트로브가 쿼플을 가지고 있던 모런을 향해 곧바로 돌진해 하마터면 그녀를 쳐서 떨어뜨릴 뻔했다.

"*반칙!*" 아일랜드 응원단이 벌떡 일어서서 입을 모아 소리쳤다. 아일랜드 관중석에 거대한 녹색 물결이 일어났다.

"반칙!" 루도 배그먼의 목소리가 울려 퍼졌다. "디미트로브가 모런을 아슬아슬하게 스치고 지나갑니다. 일부러 부딪치려고 저렇게 비행한 거죠. 페널티를 한 번 더 받아야겠는데요. 네, 호루라기가 울립니다!"

레프러콘들이 다시 하늘로 날아올라 이번에는 커다란 손을 만들더니, 경기장 맞은편 빌라들을 향해 굉장히 무례한 손짓을 했다. 그것을 본 빌라들은 그만 자제력을 잃고 말았다. 빌라들은 경기장 맞은편으로 돌진하면서 레프러콘들에게 불덩이 같은 것들을 던지기 시작했다. 해리가 옴니오큘러스를 통해 바라보니 빌라들의 모습은 이제 아름다움과는 거리가 멀었다. 얼굴이 점점 길어지면서 뾰족하고 위협적인 부리가 달린 새의 머리처럼 변했고, 어깨에서는 비늘 달린 긴 날개들이 불쑥 돋아났다.

"*저것* 봐라, 사내 녀석들아." 위즐리 씨가 아래쪽 관중이 만들어 내는 소란스러움 너머로 소리쳤다. "저게 바로 외모만 보고 좋아해서는 안 되는 이유란다!"

정부 마법사들이 빌라와 레프러콘 들을 떼어 놓으려고 경기장으로 쏟아져 들어왔지만 별 성공을 거두진 못했다. 하지만 밑에서 벌어지는 그 격전은 위에서 벌어지는 싸움에 비하면 아무것도 아니었다. 해리는 옴니오큘러스를 이쪽저쪽으로 돌리며 경기장에서 벌어지는 싸움을 뚫어지게 바라보았다. 쿼플이 선수들 사이에서 총알처럼 빠르게 이 손에서 저 손으로 옮겨 다니고 있었다.

"레브스키…… 디미트로브…… 모런…… 트로이…… 멀릿…… 이바노바…… 다시 모런입니다. 모런…… **모런이 득점합니다!**"

하지만 아일랜드 응원석에서 터져 나온 환호성은 빌라들

의 비명 소리와 정부 마법사들이 마법 지팡이로 불꽃을 내뿜는 소리, 불가리아 관중의 분노 가득한 함성에 묻혀 거의 들리지 않았다. 경기는 곧바로 다시 시작되었다. 이제 레브스키가 퀘플을 잡고 있었고, 뒤이어 디미트로브가 받았다.

아일랜드의 몰이꾼 퀴글리가 지나가는 블러저를 있는 힘껏 후려쳐 크룸 쪽으로 날려 보냈다. 크룸은 미처 피할 시간이 없었다. 블러저가 그의 얼굴을 강타했다.

관중석에서 귀청이 터질 듯한 탄식이 터져 나왔다. 크룸은 코가 부러졌는지 얼굴이 피투성이가 되어 있었다. 그러나 하산 무스타파는 다른 데 정신이 팔려 호루라기를 불지 않았다. 해리는 그를 탓할 수 없었다. 빌라 하나가 불덩이를 던져 무스타파의 빗자루 꼬리에 불을 붙였던 것이다.

해리는 크룸이 부상당한 것을 누구라도 알아채기를 바랐다. 아일랜드를 응원하고 있긴 했지만 크룸은 경기장에서 그를 가장 흥분시키는 선수였다. 론도 같은 생각인 게 틀림없었다.

"타임아웃! 아, 왜 이래. 저 상태로 어떻게 경기를 해. 크룸을 보란 말이야."

"*린치를 봐!*" 해리가 소리쳤다.

아일랜드의 수색꾼 린치가 갑자기 급강하하기 시작했다.

해리는 이번엔 브론스키 페인트가 아니라고 확신했다. 이번엔 진짜였다…….

"스니치를 본 거야!" 해리가 소리쳤다. "스니치를 봤다고! 움직임을 봐!"

관중 절반은 무슨 일이 벌어지는지 깨달은 듯했다. 아일랜드 응원단이 거대한 초록색 물결을 일으키며 자리에서 일어나 자기편 수색꾼의 이름을 외쳐 댔다……. 하지만 크룸이 그를 바짝 따라붙었다. 해리는 크룸이 대체 어떻게 날아갈 방향을 가늠하는지 감도 잡을 수 없었다. 등 뒤로 핏방울을 흩날리면서도 크룸은 이제 린치를 거의 따라잡은 상태였다. 두 사람은 다시 한 번 땅바닥을 향해 돌진했다.

"부딪치겠어!" 헤르미온느가 날카로운 비명을 질렀다.

"아냐!" 론이 고함쳤다.

"린치는 부딪칠걸!" 해리가 소리쳤다.

해리의 말이 맞았다. 린치는 또 한 번 아주 세게 땅바닥에 곤두박질치더니 곧바로 분노한 빌라 무리에 짓밟혔다.

"스니치, 스니치는 어디 있어?" 끝자리에 앉아 있던 찰리가 소리쳤다.

"잡았어, 크룸이 잡았어, 경기 끝났어!" 해리가 외쳤다.

크룸이 공중으로 부드럽게 날아올랐다. 코에서 흘러나온

피로 붉은 로브가 번들거렸다. 높이 쳐든 크룸의 주먹에 반짝이는 황금빛 물건이 쥐여 있었다.

전광판이 관중을 향해 **불가리아: 160, 아일랜드: 170**이라는 글자들을 번쩍번쩍 비춰 주었다. 관중은 무슨 일이 일어났는지 깨닫지 못한 것 같았다. 그러다 천천히, 거대한 점보제트기에 시동이 걸리듯 아일랜드 응원단의 함성이 점점 커지다가 탄성으로 바뀌었다.

"아일랜드의 승리입니다!" 배그먼이 소리쳤다. 그 역시 경기가 갑작스럽게 끝나서 놀란 듯했다. **"크룸이 스니치를 잡았지만, 아일랜드가 이겼습니다.** 세상에, 이런 결과를 예상한 사람은 아무도 없을 것 같은데요!"

"왜 스니치를 잡은 거야?" 론은 머리 위로 손뼉을 치며 펄쩍펄쩍 뛰면서도 그렇게 소리쳤다. "아일랜드가 160점이나 앞서 있을 때 끝내 버리다니, 저런 멍청이!"

"절대 따라잡지 못할 거란 걸 안 거야." 해리가 온갖 소음 너머로 외쳤다. 그 역시 열렬하게 박수를 보내고 있었다. "아일랜드 추격꾼들이 너무 잘했어……. 크룸은 그냥 자기 방식대로 끝내고 싶었던 거야……."

"되게 용감하더라. 그치?" 헤르미온느가 크룸이 내려서는 모습을 보려고 몸을 앞으로 기울이며 말했다. 의료 마법사 무리가 싸움을 벌이고 있는 레프러콘들과 빌라들 사이에 폭발 마법을 써서 길을 뚫고 크룸에게 다가가고 있었다.

“아주 엉망진창이 됐나 봐…….”

해리는 다시 옴니오큘러스를 눈에 댔다. 레프러콘들이 경기장 전체를 신나게 붕붕 날아다니고 있었기 때문에 밑에서 무슨 일이 벌어지는지 보기 어려웠지만 의료 마법사들에게 둘러싸여 있는 크룸은 겨우 알아볼 수 있었다. 그는 피를 닦아 주겠다는 의료 마법사들의 손길을 어느 때보다도 무뚝뚝한 표정으로 거부했다. 그의 팀 동료들이 크룸 주위에서 낙심한 표정으로 고개를 젓고 있었다. 조금 떨어진 곳에서는 아일랜드 선수들이 마스코트가 뿌리는 금화 소나기를 맞으며 신나게 춤을 추고 있었다. 경기장 전체에 깃발이 나부꼈고 사방에서 아일랜드 국가가 울려 퍼졌다. 빌라들은 의기소침하고 허탈한 표정을 지으면서도 다시 몸집을 줄여 처음의 아름다운 모습으로 돌아왔다.

“뭐, 우린 용감하게 싸웠습니다.” 등 뒤에서 우울한 목소리가 들렸다. 해리는 뒤를 돌아보았다. 불가리아 마법 정부 총리였다.

“영어 할 줄 아시네요!” 퍼지가 격분해서 소리쳤다. “그런데도 제가 하루 종일 모든 걸 손짓 발짓으로 전달하게 했단 말입니까!"

"뭐, 굉장히 재미있었습니다." 불가리아 총리가 어깨를 으쓱하며 말했다.

"아일랜드 팀 선수들이 양쪽에 마스코트들을 거느리고 승리를 축하하면서 경기장을 돌고 있습니다. 퀴디치 월드컵이 1등석으로 옮겨집니다!" 배그먼이 소리쳤다.

해리는 갑자기 눈앞이 새하얘지는 것을 느꼈다. 관중석에 앉은 모두가 볼 수 있도록 1등석이 마법의 빛으로 밝혀진 것이다. 눈을 가늘게 뜨고 출입구 쪽을 바라보던 해리는 두 명의 마법사가 숨을 헐떡이며 커다란 황금빛 우승컵을 1등석으로 들여오는 모습을 보았다. 그들은 그 우승컵을 코닐리어스 퍼지에게 건넸다. 퍼지는 하루 종일 쓸데없이 몸짓으로 의사소통을 했다는 사실에 여전히 무척 기분이 상한 것처럼 보였다.

"용감한 패자, 불가리아에게도 큰 박수 보냅시다!" 배그먼이 소리쳤다.

경기에서 진 일곱 명의 불가리아 선수들이 계단을 올라와 1등석으로 들어왔다. 아래쪽에서 관중이 감탄이 뒤섞인 갈채를 보내 주었다. 수만 개의 옴니오큘러스 렌즈가 그들을 향해 번뜩이며 깜박거렸다.

불가리아 선수들이 하나하나 1등석 박스의 줄지은 좌석 사이로 들어왔다. 선수들이 불가리아 총리, 이어서 퍼지와 악수할 때마다 배그먼은 그들 하나하나의 이름을 큰 소리로 불러 주었다. 줄 맨 뒤에 서 있는 크룸은 말 그대로 만신창이가 된 것처럼 보였다. 피투성이가 된 얼굴에서 그의 검은 눈동자만이 강렬하게 빛나고 있었다. 그는 아직도 스니치를 들고 있었다. 해리는 크룸이 땅에 내려서 있을 때 훨씬 어색하게 움직인다는 사실을 알아차렸다. 약간 팔자걸음이었으며 어깨도 눈에 띌 만큼 구부정했다. 하지만 크룸의 이름이 불리자 경기장 전체에 귀청이 찢어질 듯한 함성이 울려 퍼졌다.

잠시 후 아일랜드 팀 선수들이 1등석에 들어왔다. 에이든 린치는 모런과 코널리의 부축을 받고 있었다. 그는 두 번째 충돌로 정신이 멍한 듯했으며 눈은 이상하게 초점이 맞지 않았다. 하지만 트로이와 퀴글리가 우승컵을 공중으로 들어 올리고 밑에서 관중이 우레와 같은 응원을 보내자 그도 기쁘게 씩 웃었다. 해리는 손뼉을 치느라 손이 얼얼했다.

마침내 아일랜드 팀 선수들이 1등석을 나가 빗자루에 오르더니 또 한 번 승리를 자축하며 경기장을 돌았다(코널리 뒤에 탄 에이든 린치는 그의 허리를 꽉 잡고 여전히 어리벙벙한 얼굴로 웃고 있었다). 배그먼이 마법 지팡이를 자기 목에 겨누고 "*콰이어투스*"라고 중얼거렸다.

"앞으로 몇 년은 이야깃거리가 되겠는걸." 그가 쉰 목소리로 말했다. "정말 예기치 못한 반전이었어……. 경기가 더 오래 이어지지 않은 게 아쉽네……. 아, 그래…… 그래, 너희한테 줄 돈이 있었지……. 얼마더라?"

어느 틈에 좌석 등받이를 넘어온 프레드와 조지가 얼굴 가득 웃음을 띤 채 두 손을 내밀고 루도 배그먼 앞에 서 있었다.

9장

어둠의 징표

"엄마한테는 도박했다는 말 하지 *마라.*" 다 함께 자주색 카펫이 깔린 계단을 천천히 내려갈 때 위즐리 씨가 프레드와 조지에게 애원하듯 말했다.

"걱정 마세요, 아빠." 프레드가 신이 나서 말했다. "이 돈으로 큰일을 계획하고 있거든요. 뺏기긴 싫어요."

위즐리 씨는 잠깐 그 큰일이라는 게 뭔지 묻고 싶은 표정이었지만 다시 생각해 보더니 모르는 편이 낫다고 판단한 듯했다.

그들은 곧 경기장 밖으로 쏟아져 나와 야영장으로 돌아가는 관중의 물결에 휩쓸렸다. 등불로 밝힌 길을 따라 되돌아가는데 밤공기에 시끌벅적한 노랫소리가 실려 왔다. 레프러콘들이 쉬지 않고 깔깔거리며 등불을 흔들어 대고 머리 위로 뭔가를 쏘아 올리고 있었다. 마침내 텐트에 도착했을 때 자고 싶어 하는 사람은 아무도 없었다. 주위도 시끄러웠기에 위즐리 씨는 잠자리에 들기 전 마지막으로 다 함께 코코아를 마시게 해 주었다. 그들은 어느새 경기와 관련해 즐거운 논쟁을 벌이고 있었다. 위즐리 씨는 코빙 반칙에 대해 찰리와 의견이 갈렸다. 그는 지니가 작은 식탁에서 잠이 들어 코코아를 바닥에 온통 흘리고 나서야, 입으로 하는 반복 재생은 이제 그만하고 모두 잠자리에 들라고 말했다. 헤르미온느와 지니가 옆 텐트로 가자 해리와 나머지 위즐리 가족들은 잠옷으로 갈아입고 침대로 들어갔다. 야영장 반대편에서는 아직도 노랫소리와 이상하게 울리는 쿵쿵 소리가 들려오고 있었다.

"아, 비번이어서 다행이다." 위즐리 씨가 졸음에 겨운 목소리로 중얼거렸다. "가서 아일랜드 사람들한테 축하는 그 정도로 하라고 말해야 한다니 생각만 해도 끔찍하다."

해리는 론과 함께 쓰는 2층 침대 위층에 누워 캔버스 천으로 된 텐트 천장을 멍하니 쳐다보거나 가끔씩 머리 위로 날아다니는 레프러콘의 등불 빛을 바라보면서, 크룸의 멋진 동작들 중에서도 특별히 멋진 움직임들을 눈앞에 다시 그려 보았다. 그는 파이어볼트를 타고 브론스키 페인트를 해 보고 싶어서 좀이 쑤실 지경이었다……. 올리버 우드는 화살표들이 꿈틀거리던 그 온갖 도표를 가지고도 그 동작이 어떻게 보여야 하는지 제대로 설명하지 못했다……. 등에 이름이 새겨진 로브를 입은 해리 자신의 모습이 눈앞에 떠오르는 것 같았다. 그는 수백 수천 관중이 힘껏 내지르는 함성이 들리는 가운데, 루도 배그먼의 목소리가 경기장 전체에 쩌렁쩌렁 울려 퍼질 때의 느낌을 상상해 보았다. "소개합니다…… *포터!*"

깜빡 잠이 들었는지 정신이 몽롱했다. 크룸처럼 날고자 하는 공상이 꿈으로 슬쩍 변한 걸지도 몰랐다. 위즐리 씨가 소리를 지르고 있다는 사실만 문득 깨달았을 뿐이었다.

"일어나거라! 론, 해리. 자, 어서, 일어나. 비상사태야!"

해리가 재빨리 일어나 앉자 그의 머리가 캔버스로 된 천장에 부딪혔다.

"무슨 일이에요?" 해리가 물었다.

그는 어렴풋하게나마 뭔가 잘못됐다는 것을 느꼈다. 야영장의 소음이 달라져 있었다. 노랫소리도 들리지 않았다. 대신 비명, 그리고 사람들이 달려가는 소리가 들렸다.

해리는 2층 침대에서 미끄러지듯 내려와 옷 쪽으로 손을 뻗었다. 하지만 잠옷 위에 청바지를 겹쳐 입은 위즐리 씨가 말했다. "시간 없다, 해리. 그냥 재킷만 챙겨서 밖으로 나가. 빨리!"

해리는 그의 말대로 얼른 텐트 밖으로 나갔다. 론이 그를 바로 뒤쫓아 왔다.

아직까지 타오르고 있는 몇 안 되는 모닥불 불빛에 비쳐 숲속으로 달아나는 사람들의 모습이 보였다. 그들은 이상한 불빛과 총소리 같은 소음을 내며 들판을 가로질러 다가오는 무언가를 피해 달아나고 있었다. 시끄럽게 야유하는 소리, 우렁찬 웃음소리, 술에 취한 고함 소리가 들려왔다. 그때 강렬한 초록빛이 터져 나와 주위를 밝혔다.

한 무리의 마법사들이 마법 지팡이를 꼿꼿이 들고 서로서로 바짝 붙어서 야영장을 천천히 행진하고 있었다. 해리는 눈을 가늘게 뜨고 그들을 바라보았다……. 처음에 그자들은 얼굴이 없는 것처럼 보였지만…… 이제 보니 머리에 복면을 뒤집어쓰고 얼굴은 가면으로 가리고 있었다. 그들 머리 위 높은 곳에는 마구 몸부림치는 네 개의 형체가 공중에 둥둥 뜬 채 기괴하게 몸을 비틀고 있었다. 마치 땅 위의 가면 쓴 마법사들은 인형 조종사이고 그 위에 떠 있는 사람들은 꼭두각시인데, 마법 지팡이에서 보이지 않는 줄이 튀어나와 그들을 조종하고 있는 것 같았다. 위에 떠 있는 사람 중 둘은 몸집이 매우 작았다.

더 많은 마법사가 행진하는 무리에 동참했다. 그들은 공중에 떠 있는 몸뚱이들을 보고 웃음을 터뜨리며 손가락질하고 있었다. 행진하는 무리가 불어나면서 텐트 여러 개가 찌그러지고 무너졌다. 행진하는 자들 가운데 하나가 길을 막은 텐트를 마법 지팡이로 날려 버리는 모습도 한두 번 보였다. 몇몇 텐트에는 불이 붙었다. 비명 소리는 더욱 커지고 있었다.

마법사 무리가 불붙은 텐트 근처를 지나가자 그 불빛에 공중에 떠다니는 사람들의 모습이 드러났다. 해리는 그중 한 사람을 알아보았다. 야영장 관리인인 로버츠 씨였다. 다른 세 사람은 그의 아내와 아이들인 것 같았다. 밑에서 행진하던 마법사 한 명이 마법 지팡이를 휘둘러 로버츠 부인의 몸을 거꾸로 뒤집었다. 그녀의 잠옷이 흘러내리면서 헐렁한 속바지가 드러났다. 밑에 있는 마법사들이 새된 소리를 지르며 신나게 조롱하자 그녀는 몸을 가리려고 버둥거렸다.

"역겨워." 론이 지상 20미터쯤 되는 높이에서 팽이처럼 빙글빙글 돌기 시작한 가장 작은 머글 아이를 바라보며 중얼거렸다. 아이의 머리가 축 늘어진 채 이쪽저쪽으로 흔들리고 있었다. "진짜 역겹다……."

헤르미온느와 지니가 잠옷 위에 코트를 걸치며 서둘러 다가왔다. 위즐리 씨가 그들을 뒤따라왔다. 그와 동시에 빌, 찰리, 퍼시가 옷을 완전히 갖춰 입고 소매를 걷어 올린 채 마법 지팡이를 꺼내 들고 남자 텐트에서 나왔다.

"우린 정부 사람들을 도우러 갈 거다." 위즐리 씨가 소매를 걷어붙이며 온갖 소음 너머로 소리쳤다. "너희는…… 숲으로 들어가라. *꼭 붙어 있어야 돼.* 상황이 진정되면 내가 너희를 데리러 가마!"

빌, 찰리, 퍼시는 이미 가까이 다가오는 마법사 무리를 향해 전속력으로 내달리고 있었다. 위즐리 씨가 그 뒤를 쫓아 뛰어갔다. 사방에서 정부 마법사들이 문제가 발생한 곳으로 쏜살같이 달려가고 있었다. 로버츠 가족을 머리 위에 둥둥 띄우고 행진하던 마법사 무리가 점점 가까워지고 있었다.

"가자." 프레드가 지니의 손을 꽉 잡고 숲 쪽으로 끌어당기며 말했다. 해리, 론, 헤르미온느, 조지가 그 뒤를 따랐다. 숲속에 도착하자 모두가 뒤를 돌아보았다. 행진하는 마법사 무리는 어느새 훨씬 늘어나 있었다. 정부 마법사들이

인파를 헤치고 무리 한가운데 복면을 뒤집어쓴 마법사들에게 다가가려고 하는 모습이 보였지만 좀처럼 쉽지 않은 모양이었다. 그들은 로버츠 가족이 땅으로 추락할까 봐 어떤 주문도 걸지 못하는 것 같았다.

경기장으로 가는 길을 밝혔던 다양한 색깔의 등불은 이미 꺼진 뒤였다. 어두운 형체들이 더듬더듬 숲을 헤치며 나아가고 있었다. 아이들이 울음을 터뜨렸다. 불안한 외침들과 겁에 질린 목소리들이 차가운 밤공기 속에서 주위에 울려 퍼지고 있었다. 해리는 이 사람 저 사람에게 이리저리 떠밀리는 느낌이었다. 잠시 후 론이 고통 어린 비명을 내질렀다.

"왜 그래?" 헤르미온느가 걱정스럽게 물으며 갑자기 걸음을 멈추는 바람에 해리는 그녀에게 부딪치고 말았다. "론, 너 어딨어? 아, 마법을 쓰면 되는데, 이런 바보…… *루모스!*"

그녀는 마법 지팡이에 불을 밝히고 그 가느다란 빛을 길 쪽으로 향했다. 론이 땅바닥에 널브러져 있었다.

"나무뿌리에 걸려 넘어졌어." 그가 바닥에서 일어나면서 툴툴거렸다.

"뭐, 발이 그렇게 큰데 안 넘어지는 게 이상하지." 뒤쪽에서 질질 늘어지는 목소리가 말했다.

해리, 론, 헤르미온느는 홱 돌아섰다. 드레이코 말포이가 지극히 평온한 얼굴로 혼자 근처 나무에 기대서 있었다. 팔짱을 낀 채 나무들 사이로 야영장의 광경을 지켜보고 있었던 듯했다.

론이 위즐리 부인 앞에서는 감히 입에 담지도 못할 것 같은 말을 말포이에게 퍼부었다.

"말조심해야지, 위즐리." 말포이가 색이 엷은 두 눈을 빛내며 말했다. "빨리 도망치는 게 낫지 않을까? *재가* 눈에 띄기를 바라진 않을 텐데?"

그가 고갯짓으로 헤르미온느를 가리켰다. 바로 그때, 야영장에서 폭탄이 터지는 것 같은 소리가 들려왔다. 한순간 초록빛 섬광이 번뜩이며 주위의 나무들을 환하게 비췄다.

"그게 무슨 뜻이야?" 헤르미온느가 도전적인 말투로 물었다.

"그레인저, 저 사람들은 *머글*을 잡으러 다니는 거야." 말포이가 말했다. "너도 하늘에 둥둥 떠서 속바지를 자랑하고 싶어? 그렇다면 조금만 기다려……. 저 사람들이 이쪽으로 오고 있으니까. 우리 모두를 즐겁게 해 주고 싶다면 말이야."

"헤르미온느는 마법사야." 해리가 으르렁거리듯 말했다.

"좋을 대로 생각해, 포터." 말포이가 심술궂은 미소를 띠며 말했다. "저 사람들이 머드블러드를 못 찾아낼 거라고 생각한다면 그대로 있든가."

"입조심해라!" 론이 소리쳤다. 그곳에 있는 사람들 모두 '머드블러드'가 머글 부모를 둔 마법사를 가리키는 굉장히 모욕적인 단어라는 것을 알고 있었다.

"신경 쓰지 마, 론." 론이 말포이에게 한 발 다가서자 헤르미온느가 얼른 그의 팔을 붙잡았다.

숲 건너편에서 지금까지 들려온 것 가운데 가장 요란한 폭발음이 들렸다. 근처에 있던 사람들이 비명을 질렀다.

말포이가 조용히 키득거렸다. "정말 겁쟁이들 아니냐?" 그가 느릿느릿 말했다. "너희 아빠가 다 숨어 있으라고 했지? 정작 너희 아빠는 뭘 하고 있으려나? 머글들 구출하겠다고 애쓰고 있나?"

"*너희* 부모님은 어디 있는데?" 해리가 쏘아붙였다. 속에서 화가 부글부글 끓었다. "가면 쓰고 저기 나가 있는 거 아니야?"

말포이는 여전히 미소 띤 얼굴을 해리 쪽으로 돌렸다. "글쎄…… 만약 그렇다고 해도 내가 너한테 말해 주겠냐,

포터?"

"가자, 얼른." 헤르미온느가 역겹다는 눈길로 말포이를 한 번 쏘아보고 말했다. "가서 다른 사람들을 찾아보자."

"그 폭탄 머리는 좀 숙이고 다녀라, 그레인저." 말포이가 빈정거렸다.

"가자니까." 헤르미온느가 재차 말하면서 해리와 론을 끌고 다시 길을 나섰다.

"저 자식 아빠가 저 가면 쓴 놈들 중 *한* 명이라는 데 내 전 재산 건다!" 론이 흥분해서 말했다.

"뭐, 운이 따라 준다면 정부에서 잡겠지!" 헤르미온느가 열이 오른 목소리로 말했다. "아, 말도 안 돼. 다른 사람들은 어딜 간 거야?"

길은 엄청난 수의 사람들로 빽빽했지만 프레드, 조지, 지니의 모습은 어디에도 보이지 않았다. 사람들은 하나같이 초조한 얼굴로 야영장에서 일어난 소동을 어깨 너머로 돌아보고 있었다.

잠옷을 입은 한 무리의 10대들이 길을 따라가며 떠들썩하게 말다툼을 벌이고 있었다. 해리, 론, 헤르미온느를 보자 그들 중 숱 많은 곱슬머리 소녀가 고개를 돌려 빠르게 입을 열었다. "*우 에 마담 막심? 누 라봉 페르뒤*……."

"어…… 뭐라고?" 론이 물었다.

"아……." 말을 걸었던 소녀가 등을 돌리고 계속 걸어가면서 분명 이렇게 말하는 것이 들렸다. "오그와트."

"보바통이네." 헤르미온느가 중얼거렸다.

"뭐?" 해리가 말했다.

"분명 보바통에 다니는 애들일 거야." 헤르미온느가 말했다. "있잖아…… 보바통 마법학교……. 《유럽 마법 교육의 평가》에서 읽었어."

"아…… 그래…… 알겠어." 해리가 말했다.

"프레드랑 조지도 그렇게 멀리 가진 못했을 거야." 론이 마법 지팡이를 꺼내 헤르미온느처럼 불을 켜고 가늘게 뜬 눈으로 길을 내다보며 말했다. 해리는 마법 지팡이를 꺼내려고 재킷 주머니에 손을 넣었다. 하지만 마법 지팡이는 거기에 없었다. 손으로 아무리 뒤적거려도 잡히는 것은 옴니오큘러스뿐이었다.

"이런, 안 돼. 어떡하지…… 나 마법 지팡이 잃어버렸어!"

"정말?"

론과 헤르미온느는 가느다란 빛이 더 넓은 곳까지 비추도록 마법 지팡이를 높이 들어 올렸다. 해리가 사방을 둘러보았지만 마법 지팡이는 어디에도 보이지 않았다.

"어쩌면 텐트에 두고 왔을지도 몰라." 론이 입을 열었다.

"뛰다가 주머니에서 빠진 건가?" 헤르미온느가 걱정스럽게 말했다.

"응." 해리가 말했다. "그럴지도……."

그는 대체로 마법사 세계에 있을 땐 항상 마법 지팡이를 지니고 다녔다. 이런 상황에서 마법 지팡이가 없으니 너무나 약해진 기분이 들었다.

갑자기 부스럭거리는 소리가 들려서 세 사람 모두 깜짝 놀랐다. 집요정 윙키가 근처 덤불숲을 헤치고 나왔다. 윙키는 굉장히 힘에 겨운 것처럼 매우 특이하게 움직이고 있었다. 마치 보이지 않는 누군가가 그녀를 못 가게 뒤에서 잡고 있기라도 한 것 같았다.

"나쁜 마법사들이 있어요!" 그녀는 몸을 앞으로 구부리고 계속 달아나려고 애쓰면서 정신 나간 듯 새된 소리로 꽥꽥거렸다. "사람들이 높은 곳에…… 높은 곳에 둥둥 떠 있어요! 윙키는 도망치고 있어요!"

그러더니 윙키는 자신을 못 가게 붙잡고 있는 힘과 싸우느라 헐떡거리고 꽥꽥 소리를 지르며 길 반대편 숲속으로 사라졌다.

"잰 왜 저래?" 론이 윙키가 사라진 곳을 의아하게 바라보며 말했다. "왜 제대로 뛰지 못하지?"

"숨어도 된다는 허락을 못 받아서 그렇겠지." 해리가 말했다. 그는 도비를 생각하고 있었다. 말포이 가족이 좋아하지 않을 만한 일을 하려 들 때마다 도비는 어쩔 수 없이 자신의 몸을 때리곤 했다.

"정말이지 집요정들은 *너무* 부당한 대우를 받고 있어!" 헤르미온느가 발끈하며 말했다. "그게 노예가 아니고 뭐야! 그 크라우치 장관이라는 사람은 윙키가 경기장 꼭대기까지 올라가게 만들었어. 윙키가 높은 곳을 무서워하는데도 말이야. 게다가 그 사람은 저 마법사들이 텐트를 짓밟기 시작하는데도 윙키가 도망치지 못하게 만들어 놨어! 왜 아무도 이 일에 대해 뭔가 하려고 *나서지* 않는 거지?"

"뭐, 집요정들은 행복해하잖아. 안 그래?" 론이 말했다. "너도 경기장에서 윙키가 한 말 들었을 거 아냐……. '집요정은 즐겁게 살아선 안 돼요'……. 걔는 누가 시키는 대로 하는 게 좋은 거야……."

"*너* 같은 사람들 때문이야, 론." 헤르미온느가 열을 내며 말했다. "썩어 빠진, 불공평한 체제를 떠받치는 사람들 때문이라고. 그저 너무 게을러서……."

숲 가장자리에서 또 한 차례 시끄러운 폭발음이 들렸다.

"그냥 계속 가지 않을래?" 론이 말했고, 해리는 그가 헤르미온느를 초조하게 힐끔거리는 것을 보았다. 말포이의 말이 사실인지도 몰랐다. 아마 헤르미온느는 그들보다 *더 위험한* 상황일 것이다. 그들은 다시 발걸음을 옮기기 시작했다. 해리는 마법 지팡이가 없다는 걸 알면서도 계속 주머니를 뒤적거렸다.

그들은 프레드와 조지와 지니를 찾으며 어두운 길을 따라 숲속 더 깊은 곳으로 들어갔다. 잠시 후 세 사람은 고블린 한 무리를 지나쳤다. 고블린들은 시합에서 내기로 딴 게 분명한 금화 한 자루를 놓고 킬킬거리고 있었는데, 야영장에서 일어난 소란 따위는 전혀 아랑곳하지 않는 것 같았다. 계속 걷다 보니 은색 빛이 드리워진 공터가 나왔다. 나무들 사이로 아름다운 외모에 키가 큰 빌라 셋이 시끄러운 젊은 남자 마법사들에게 둘러싸여 있는 모습이 보였다. 마법사들 모두 목청껏 떠들어 대고 있었다.

"나는 1년에 갈레온을 100자루씩 벌어들인다고." 그중 한 명이 소리쳤다. "위험 생물 처분 위원회에서 용을 죽이는 일을 하고 있으니까."

"네가 무슨." 그의 친구가 소리쳤다. "리키 콜드런에서 접시 닦는 일을 하는 주제에……. 하지만 난 뱀파이어 사냥

꾼이야. 지금까지 아흔 마리쯤 죽였지."

빌라의 어스름한 은색 빛에도 여드름이 두드러져 보이는 세 번째 젊은 마법사가 끼어들었다. "나는 최연소 마법 정부 총리가 될 거야. 그렇고말고."

해리는 피식 웃고 말았다. 그는 저 여드름 난 마법사를 알고 있었다. 그의 이름은 스탠 션파이크로, 사실은 나이트 버스라는 3층 버스의 차장이었다.

해리는 이 말을 해 주려고 론에게 고개를 돌렸지만 론의 얼굴은 묘하게 풀려 있었다. 다음 순간 론이 소리쳤다. "내가 목성까지 가는 빗자루를 발명했다고 말 안 했나?"

"*아, 진짜!*" 헤르미온느가 다시 짜증스럽게 내뱉었다. 그녀와 해리는 론의 팔을 한쪽씩 움켜잡고 그를 돌려세운 다음 멀리 끌고 갔다. 빌라들과 그 숭배자들의 소리가 완전히 사라졌을 때쯤 그들은 숲 한가운데로 들어와 있었다. 이제 그들뿐인 듯 사방이 한결 조용해졌다.

해리는 주위를 둘러보았다. "그냥 여기에서 기다리면 될 것 같은데. 누가 오면 1킬로미터 전부터 소리가 들리겠어."

그 말을 하기 무섭게 바로 앞쪽에 있는 나무 뒤에서 루도 배그먼이 나타났다.

두 개의 마법 지팡이에서 나오는 희미한 빛만으로도 해

리는 배그먼에게 엄청난 변화가 있었다는 사실을 알 수 있었다. 그의 얼굴은 더 이상 쾌활한 장밋빛을 띠고 있지 않았다. 발걸음도 더는 용수철이라도 달린 듯 경쾌하지 않았다. 그는 하얗게 질린 얼굴을 하고 있었고 몹시 긴장한 기색이었다.

"거기 누구야?" 배그먼이 눈을 깜빡이면서 그들의 얼굴을 알아보려고 애쓰며 말했다. "너희끼리 여기서 뭐 하니?"

세 사람은 놀라서 서로 시선을 주고받았다.

"어…… 폭동 같은 게 벌어지고 있어서요." 론이 말했다.

배그먼이 그를 빤히 바라보았다. "뭐?"

"야영장에서요……. 어떤 사람들이 머글 가족을 붙잡았어요……."

배그먼이 큰 소리로 욕을 했다. "망할 놈들!" 그는 마음이 딴 데 가 있는 듯한 얼굴로 그렇게 내뱉고는 다른 말은 한 마디도 없이 조그맣게 '펑' 소리를 내며 순간이동으로 사라졌다.

"뭔가 일을 제대로 하는 사람은 아닌 것 같네. 배그먼 장관 말이야. 그치?" 헤르미온느가 얼굴을 찌푸리며 말했다.

"그래도 훌륭한 몰이꾼이었어." 론이 앞장서서 작은 공터로 들어가더니 한 나무 밑 마른 풀 위에 앉으며 말했다.

"저 아저씨가 있을 때 윔본 와스프스는 리그에서 세 번 연속 우승했다고."

그는 주머니에서 조그만 크룸 피규어를 꺼내 땅바닥에 내려놓고 걸어 다니는 모습을 잠시 지켜보았다. 그 모형은 진짜 크룸처럼 살짝 팔자걸음에 어깨가 구부정했다. 양발이 벌어진 채 서 있으니 빗자루를 타고 있을 때만큼 멋져 보이진 않았다. 해리는 야영장에서 들려오는 소음에 귀를 기울였다. 여전히 모든 것이 조용했다. 폭동이 끝난 모양이었다.

"제발 다들 무사했으면 좋겠다." 잠시 뒤 헤르미온느가 입을 열었다.

"무사할 거야." 론이 말했다.

"너희 아빠가 루시우스 말포이를 붙잡는다고 생각해 봐." 해리는 론 옆에 앉아서 낙엽 위에 구부정하게 서 있는 조그만 크룸 피규어를 보며 말했다. "늘 그 사람 꼬리를 잡고 싶어 하셨잖아."

"그러면 드레이코 녀석 얼굴에서 그 히죽거리는 웃음이 지워지겠네." 론이 말했다.

"그런데 그 불쌍한 머글들은 어쩌지?" 헤르미온느가 초조하게 말했다. "그 사람들을 구하지 못하면 어떡해?"

"구해 줄 거야." 론이 헤르미온느를 안심시켜 주었다. "방법을 찾아내겠지."

"그렇더라도, 오늘 밤 마법 정부 전체가 여기에 와 있는데 그런 짓을 저지르다니 말도 안 되는 일이야!" 헤르미온느가 말했다. "그러니까 내 말은, 그런 짓을 저지르고도 그냥 빠져나갈 수 있을 거라 생각한 건가? 술에 취해 있었던 걸까? 아니면 그냥……."

하지만 그녀는 갑자기 말을 멈추고 어깨 너머를 돌아보았다. 해리와 론도 빠르게 뒤돌아보았다. 누군가 그들이 있는 공터로 비틀거리며 다가오는 소리가 들렸다. 그들은 어두운 숲속에서 들려오는 불규칙한 발소리에 귀를 기울이며 가만히 서 있었다. 발소리가 갑작스레 멈췄다.

"누구세요?" 해리가 소리쳤다.

침묵만이 돌아올 뿐이었다. 해리는 땅바닥에서 일어나 나무 주위를 살펴보았다. 어두워서 아주 멀리까지 보이진 않았지만 바로 저기 시야가 닿지 않는 곳에 누군가가 서 있는 것은 느낄 수 있었다.

"거기 누구 있어요?" 그가 물었다.

그때 아무런 경고도 없이, 그들이 숲에서 들었던 그 어떤 소리와도 다른 목소리가 침묵을 찢어발겼다. 하지만 그 목소리가 내뱉은 것은 겁에 질린 비명이 아니라 마법 주문처럼 들리는 소리였다.

"*모즈모드레!*"

해리가 꿰뚫어 보려고 애쓰던 어둠 속에서 크고 초록빛으로 빛나는 뭔가가 나무 꼭대기로 튀어 올라 가더니 이어서 하늘로 치솟았다.

"저게 무슨……?" 론이 숨을 헉 들이켜며 벌떡 일어서서 방금 나타난 것을 올려다보았다.

해리는 아주 잠깐 레프러콘들이 또 다른 모양을 만들어 낸 것이라고 생각했다. 그런 다음에야 그는 그것이 에메랄드빛 별처럼 보이는 것들이 모여 만들어 낸 거대한 해골이라는 사실을 깨달았다. 해골의 입에서 뱀 한 마리가 마치 혀처럼 튀어나와 있었다. 그들이 지켜보는 가운데 해골 형상은 점점 더 높이 솟아오르더니 어른어른한 초록색 연기 속에서 이글거리며 새로운 별자리인 양 검은 하늘에 새겨졌다.

갑자기 숲 사방에서 비명이 터져 나왔다. 이유는 알 수 없었지만 가장 가능성 높은 유일한 원인은 해골의 갑작스러운 출현뿐이었다. 해골은 이제 소름 끼치는 네온사인처럼, 숲 전체를 밝힐 만큼 높이 떠올라 있었다. 해리는 해골을 만들어 낸 사람을 찾아 어둠 속을 훑어보았지만 누구의 모습도 보이지 않았다.

"거기 누구야?" 그가 다시 소리쳤다.

"해리, 얼른. *가자!*" 헤르미온느가 그의 재킷을 잡고 끌어당겼다.

"왜 그래?" 겁을 먹고 하얗게 질린 헤르미온느의 얼굴을 보고 놀란 해리가 물었다.

"어둠의 징표야, 해리!" 헤르미온느가 있는 힘껏 그를 잡아당기며 신음했다. "'그 사람'의 징표라고!"

"*볼드모트의*……?"

"해리, 어서 *가자니까!*"

해리는 몸을 돌렸다. 론은 얼른 크룸 모형을 챙겼다. 세 사람은 발걸음을 옮기기 시작했다. 그러나 빠른 걸음을 몇 발짝 내딛기도 전에 펑 하는 소리가 연달아 들리더니 난데없이 허공에서 스무 명이나 되는 마법사가 나타나 그들을 둘러쌌다.

해리는 주위를 둘러보았다. 잠깐 사이에 한 가지 사실이 분명해졌다. 그 마법사들은 하나같이 마법 지팡이를 빼들고 있었고, 마법 지팡이들은 모두 그와 론, 헤르미온느를 곧장 겨누고 있었다. 그는 멈춰서 생각할 겨를도 없이 "**피**

해!"라고 소리쳤다. 그는 두 사람을 붙잡고 땅바닥으로 끌어당겼다.

"*스튜페파이!*" 스무 명의 목소리가 소리쳤다. 눈이 멀 듯한 빛이 연달아 번뜩였다. 거센 바람이 공터를 휩쓸고 간 것처럼 머리카락이 휘날렸다. 머리를 살짝 들자 마법사들의 지팡이에서 튀어나온 타는 듯한 빨간색 불빛이 머리 위로 날아가 교차하더니 나무둥치에 맞고 어둠 속으로 튕겨 나가는 것이 보였다.

"그만!" 해리가 아는 어떤 목소리가 외쳤다. "**그만!** *걔는 내 아들이야!*"

해리의 머리카락은 더 이상 흩날리지 않았다. 그는 머리를 조금 더 들어 올렸다. 앞에 있는 마법사가 마법 지팡이를 아래로 늘어뜨리고 있었다. 해리는 바닥에 나동그라진 자세로, 위즐리 씨가 겁에 질린 얼굴로 성큼성큼 다가오는 모습을 바라보았다.

"론…… 해리……." 위즐리 씨의 목소리가 떨렸다. "헤르미온느…… 너희 괜찮니?"

"비키게, 아서." 차갑고 무뚝뚝한 목소리가 말했다.

크라우치 장관이었다. 그와 마법 정부의 마법사들이 다가왔다. 해리는 자리에서 일어나 그들을 마주 보았다. 크라우치 장관의 얼굴이 분노로 딱딱하게 굳었다.

"누가 한 짓이냐?" 그가 날카로운 눈으로 그들을 번갈아 노려보며 쏘아붙였다. "너희 중 누가 어둠의 징표를 만들었지?"

"저희가 한 게 아니에요!" 해리가 위에 있는 해골을 가리키며 말했다.

"저희는 아무 짓도 안 했어요!" 론이 말했다. 그는 팔꿈치를 문지르며 화가 치미는 듯 아버지를 바라보았다. "왜 저희를 공격한 거죠?"

"거짓말은 그만두지, 학생!" 크라우치 장관이 소리쳤다. 그의 마법 지팡이는 여전히 론을 곧장 겨눈 채였고 눈은 튀어나올 듯했다. 약간 미친 사람처럼 보이기도 했다. "너희는 현장에서 발각된 거야!"

"바티." 긴 모직 가운을 입은 마법사가 속삭였다. "애들이에요, 바티. 저런 일은 절대 할 수……."

"저 징표가 어디에서 나왔니, 애들아?" 위즐리 씨가 재빨리 물었다.

"저기서요." 헤르미온느가 부들부들 떨면서 좀 전에 목소리가 들려온 곳을 가리키며 말했다. "나무 뒤에 누가 있었어요……. 그 사람들이 뭐라고 외쳤어요. 무슨 마법 주문

같은 걸요."

"아, 저기 서 있었다 이거냐?" 크라우치 장관이 이번엔 툭 튀어나온 눈을 헤르미온느에게 돌리며 불신 가득한 얼굴로 추궁했다. "그자들이 주문을 외쳤다고? 그 징표를 소환하는 방법을 아주 잘 아는 것 같은데, 꼬마 아가씨."

하지만 크라우치 장관을 빼면 정부 마법사 중 누구도 해리, 론, 헤르미온느가 해골을 만들어 냈다고 생각하지 않는 것 같았다. 헤르미온느의 말에 오히려 그들은 마법 지팡이를 다시 치켜들고 눈을 가늘게 뜬 채 어두운 수풀을 들여다보며, 그녀가 가리킨 곳을 지팡이로 겨눴다.

"너무 늦었어요." 모직 가운을 입은 마법사가 고개를 저으며 말했다. "전부 순간이동으로 사라졌을 거예요."

"제 생각은 다릅니다." 갈색 턱수염이 덥수룩한 마법사가 말했다. 세드릭의 아버지인 에이머스 디고리였다. "우리가 쏜 기절 마법이 저 수풀을 바로 관통했어요……. 우리가 놈들을 붙잡았을 가능성이 커요……."

"에이머스, 조심해!" 디고리 씨가 지팡이를 든 채 어깨를 곧게 펴고 공터를 가로질러 어둠 속으로 들어가자 몇몇 마법사가 경고를 담아서 소리쳤다. 헤르미온느는 손으로 입을 가리고 디고리 씨가 수풀 속으로 사라지는 모습을 지켜보았다.

잠시 후 디고리 씨의 고함 소리가 들렸다.

"됐어! 잡았다! 여기 누가 있어요! 의식을 잃었어요! 그런데…… 그게…… 제기랄……."

"잡았나?" 크라우치 장관이 의심 가득한 목소리로 외쳤다. "누구지? 누군가?"

잔가지 꺾이는 소리와 나뭇잎이 부스럭거리는 소리, 저벅저벅하는 발소리가 들리더니 디고리 씨가 수풀 뒤에서 다시 모습을 드러냈다. 그는 축 늘어진 조그만 형체를 안고 있었다. 해리는 단번에 그 형체를 감싼 마른행주를 알아보았다. 윙키였다.

디고리 씨가 크라우치 장관의 집요정을 그의 발밑에 내려놓는 동안 크라우치 장관은 아무런 말 없이 미동도 하지 않았다. 정부 마법사들 모두 크라우치 장관을 뚫어지게 바라보고 있었다. 크라우치 장관은 한동안 그 자리에서 꼼짝도 하지 않고, 하얗게 질린 얼굴에 이글이글 타오르는 눈으로 윙키를 내려다보았다. 그러더니 잠시 후 되살아난 것 같았다.

"이건…… 이럴 리가…… 없어." 그가 경련하듯 말했다. "이럴 리가……."

그는 디고리 씨를 빠르게 지나쳐 윙키가 발견된 곳으로 성큼성큼 걸어갔다.

"확인하실 것도 없습니다, 크라우치 장관님." 디고리 씨가 그의 뒤에 대고 소리쳤다. "거기 다른 사람은 아무도 없어요."

하지만 크라우치 장관은 그 말을 받아들일 준비가 되어 있지 않은 듯했다. 그가 주위를 돌아다니며 덤불을 뒤지고 수색하면서 나뭇잎이 부스럭거리는 소리가 들렸다.

"좀 당황스럽군." 디고리 씨가 의식을 잃은 윙키의 몸을 내려다보며 우울하게 말했다. "바티 크라우치의 집요정이라니……. 원 이런……."

"그만둬, 에이머스." 위즐리 씨가 조용히 말했다. "정말로 집요정이 한 짓이라고 생각하는 건 아니겠지? 어둠의 징표는 마법사의 상징일세. 그걸 만들려면 마법 지팡이가 있어야 해."

"그래." 디고리 씨가 말했다. "그런데 저 집요정은 마법 지팡이를 *가지고* 있었어."

"*뭐라고?*" 위즐리 씨는 깜짝 놀랐다.

"자, 봐." 디고리 씨가 마법 지팡이를 들어 올려 위즐리 씨에게 보여 주었다. "손에 쥐고 있더군. 그러니까 일단 마법 지팡이 사용 규정 3조 위반이지. '비인간 생명체는 마법 지팡이를 소지하거나 사용해서는 아니 된다.'"

바로 그때 또다시 '펑' 소리가 나더니 루도 배그먼이 순간 이동으로 위즐리 씨 바로 옆에 나타났다. 그는 혼란스러운 기색이 역력한 얼굴로 숨을 헐떡거리면서 눈을 휘둥그렇게 뜨고 그 자리에서 빙글빙글 돌며 에메랄드빛 해골을 올려다보았다.

"어둠의 징표잖아!" 그가 가쁜 숨을 쉬면서 외쳤다. 그는 어리둥절한 얼굴로 동료들을 둘러보다가 하마터면 윙키를 밟을 뻔했다. "누가 저런 짓을 했지? 잡았나? 바티! 무슨 일이에요?"

크라우치 장관이 빈손으로 돌아왔다. 그의 얼굴은 여전히 유령처럼 창백했고 손과 칫솔 같은 콧수염 모두 경련하듯 움찔거리고 있었다.

"어디 갔었어요, 바티?" 배그먼이 물었다. "시합 보러는 왜 안 왔죠? 집요정이 자리를 맡아 뒀던데. ……이런, 가고일이 가글이라도 할 노릇이군!" 배그먼이 바닥에 누워 있는 윙키를 이제 막 발견하고 소리쳤다. "*이 집요정*이 왜 여깄죠?"

"바빴네, 루도." 크라우치 장관이 입술을 거의 움직이지 않고 여전히 경련하듯이 말했다. "그리고 내 집요정은 기절 마법에 맞았네."

"기절 마법이라니? 자네들이 걸었나? 그런데 왜……?"

갑자기 배그먼의 동그랗고 번들거리는 얼굴에 뭔가 이해했다는 표정이 떠올랐다. 그는 해골을 올려다보고 윙키를 내려다본 다음 크라우치 장관을 바라보았다.

"그럴 *리가!*" 그가 말했다. "윙키가? 윙키가 어둠의 징표를 만들어 냈다고? 어떻게 하는지도 모를 텐데! 일단 마법 지팡이도 있어야 하고!"

"갖고 있었어요." 디고리 씨가 말했다. "저 집요정이 마법 지팡이를 들고 있는 걸 내가 발견했어요, 루도. 크라우치 장관님, 괜찮으시다면 윙키가 뭐라고 해명할지 들어 봐야 할 것 같습니다만."

크라우치는 디고리 씨의 말을 들은 내색을 전혀 하지 않았지만, 디고리 씨는 그의 침묵을 동의로 받아들인 듯했다. 그는 마법 지팡이를 들고 윙키를 가리키며 주문을 내뱉었다. "*레네르바테!*"

윙키가 미세하게 몸을 떨었다. 커다란 갈색 눈이 번쩍 뜨이더니 멍한 듯 몇 차례 깜빡였다. 윙키는 침묵에 잠긴 마법사들의 시선을 받으며 부들부들 떨면서 몸을 일으켜 앉았다. 윙키는 디고리 씨의 발을 보고 천천히, 조심스럽게 눈을 들어 그의 얼굴을 바라보았다. 그런 다음 더욱 천천히 하늘로 시선을 향했다. 해리는 집요정의 큼직하고 흐리멍덩한 두 눈에 공중에 뜬 해골이 비치는 것을 보았다. 그녀는 숨을 헉 들이켜더니 사람으로 가득한 공터를 거칠게 둘러보고 겁에 질려 흐느끼기 시작했다.

"집요정!" 디고리 씨가 엄격한 목소리로 말했다. "내가 누군지 알겠나? 나는 마법 생명체 통제 관리부 소속 마법사다!"

윙키는 바닥에 주저앉은 채 숨을 날카롭게 헐떡거리며 앞뒤로 몸을 흔들기 시작했다. 명령을 어길 때마다 겁에 질리곤 했던 도비의 모습이 해리의 머릿속에서 자연스럽게 떠올랐다.

"집요정, 보다시피 방금 이곳에서 누군가가 어둠의 징표를 만들어 냈다." 디고리 씨가 말했다. "그리고 곧이어 네가 바로 그 밑에서 발견됐지! 어디 해명해 보거라!"

"저, 저, 저는 그런 짓을 하지 않아요!" 윙키는 숨도 제대로 쉬지 못했다. "저는 어떻게 하는지도 몰라요!"

"너는 마법 지팡이를 갖고 있었어!" 디고리 씨가 윙키 앞에 그 마법 지팡이를 휘두르며 을러댔다. 머리 위 해골에서 흘러나와 공터를 가득 채우고 있는 초록빛이 지팡이를 비춘 순간 해리는 그것을 알아보았다.

"어? 그거 내 건데!" 그가 말했다.

공터에 있는 모든 사람이 그를 바라보았다.

"뭐라고?" 디고리 씨가 미심쩍은 듯 되물었다.

"그건 제 마법 지팡이예요!" 해리가 말했다. "떨어뜨렸거든요!"

"떨어뜨렸다고?" 디고리 씨가 못 믿겠다는 듯 되풀이했다. "자백이라도 하는 거냐? 징표를 만들어 낸 다음 이걸 버렸다고?"

"에이머스, 자네가 지금 누구한테 이야기하고 있는지 생각해!" 위즐리 씨가 버럭 화를 내며 말했다. "*해리 포터*가 어둠의 징표를 만들어 낼 것 같나?"

"어…… 물론 아니지." 디고리 씨가 웅얼거렸다. "미안하다……. 내가 지나치게 흥분했어."

"아무튼 저곳에 떨어뜨리진 않았어요." 해리가 해골이 떠 있는 곳 아래쪽의 수풀을 엄지손가락으로 휙 가리키며 말했다. "숲에 들어온 직후에 잃어버렸거든요."

"그러니까" 하고, 디고리 씨가 고개를 돌려 싸늘한 눈길로 발밑에 웅크린 윙키를 다시 바라보며 말했다. "네가 이 마법 지팡이를 발견한 거로구나. 그렇지, 집요정? 그리고 마법 지팡이를 주운 김에 장난이나 좀 쳐 보기로 한 거야."

"저는 마법 지팡이로 마법을 부리지 않아요!" 윙키가 날카롭게 소리쳤다. 그녀의 찌부러지고 둥글납작한 코 양옆으로 눈물이 흘러내렸다. "저는⋯⋯ 저는⋯⋯ 저는 그냥 그 마법 지팡이를 주웠을 뿐이에요! 저는 어둠의 징표를 만들지 않아요. 어떻게 만드는지 모르는걸요!"

"집요정 짓이 아니에요!" 헤르미온느가 나섰다. 이 많은 정부 마법사들 앞에서 목소리를 높인 탓에 무척 긴장한 것처럼 보였지만 늘 그렇듯 결연한 태도였다. "윙키의 목소리는 높고 작은데 저희가 들은 주문 외는 목소리는 훨씬 낮았어요!" 그녀는 거들어 달라고 간청하듯 해리와 론을 돌아보았다. "윙키 목소리랑은 전혀 다르지 않았어?"

"맞아." 해리가 고개를 끄덕이며 말했다. "확실히 집요정 목소리는 아니었어요."

"그래요, 사람 목소리였어요." 론이 말했다.

"뭐, 곧 알게 되겠지." 디고리 씨가 별 감흥 없는 표정으로 으르렁거리듯 말했다. "마법 지팡이가 마지막으로 건 주문을 알아내는 간단한 방법이 있다, 집요정. 그건 알고 있나?"

윙키는 부들부들 떨면서 미친 듯이 고개를 저었다. 그녀의 양 귀가 펄럭였다. 디고리 씨가 자신의 마법 지팡이를 다시 들어 올리더니 해리의 마법 지팡이와 끝을 맞댔다.

"*프라이오르 인칸타토!*" 디고리 씨가 큰 소리로 외쳤다.

두 개의 마법 지팡이가 만난 지점에서 뱀 혓바닥이 달린 거대한 해골 형상이 나타났다. 헤르미온느가 겁에 질려 숨을 들이켰다. 하지만 그 해골은 저 높은 곳에 떠 있는 초록빛 해골의 그림자에 불과했다. 짙은 회색 연기로 만들어진 것처럼 보이기도 했다. 저 위에 떠 있는 마법의 허상 같은 것이랄까.

"*델리트리우스!*" 디고리 씨가 소리치자, 자욱한 연기로 이루어졌던 해골이 한 줄기 가느다란 아지랑이처럼 아른거리다 사라졌다.

"자." 디고리 씨가 잔혹한 승리감 비슷한 것이 어린 표정으로 윙키를 내려다보며 말했다. 윙키는 아직도 발작적으로 떨고 있었다.

"저는 그런 짓 안 해요!" 윙키가 겁에 질려 눈알을 마구 굴리며 새된 목소리로 외쳤다. "저는 그런 짓 안 해요, 안 해요, 어떻게 하는지 몰라요! 저는 착한 집요정이에요, 저는 마법 지팡이를 쓰지 않아요, 어떻게 하는지도 몰라요!"

"*너는 현행범으로 붙잡혔다, 집요정!*" 디고리 씨가 고함을 질렀다. "그 일을 *저지른 마법 지팡이를 손에 쥔 채 붙잡힌 거야!*"

"에이머스." 위즐리 씨가 다시 큰 소리로 입을 열었다. "생각해 보게……. 저 주문을 걸 줄 아는 마법사는 극소수야……. 이 집요정이 어디서 그걸 배웠겠나?"

"아마도 에이머스는……." 크라우치 장관이 한 마디 한 마디에 차가운 분노를 실으며 입을 열었다. "내가 평소 하인들에게 어둠의 징표 만드는 법을 가르친다고 말하는 것 같군."

어색한 침묵이 흘렀다.

에이머스 디고리는 순간 겁먹은 얼굴이 되었다. "물론 크라우치 장관님은…… 전혀…… 그럴 분이……."

"지금 자네는 저 징표를 만들어 낼 가능성이 *가장* 낮은 두 사람을 이 자리에서 고발할 뻔했네!" 크라우치 장관이 호통쳤다. "해리 포터와…… 나 말일세! 저 아이 얘기는 알고 있을 거라 생각하는데, 에이머스?"

"물론입니다. 다들 아는 얘기인데요……." 디고리 씨가 매우 당황한 기색으로 어물거렸다.

"그리고 긴 세월 공직에 있으면서 내가 어둠의 마법과 그걸 사용하는 자들을 경멸하고 혐오한다는 사실을 수없이 입증해 왔다는 건 자네도 기억하리라 믿네만?" 크라우치 장관이 또다시 눈을 부릅뜨면서 큰 소리로 말했다.

"크라우치 장관님, 저는, 저는 결코 장관님이 이 일과 관련되었다고 말한 적 없습니다!" 에이머스 디고리가 이제는 갈색 턱수염이 덥수룩한 얼굴을 붉히며 웅얼거렸다.

"내 집요정을 의심하는 건 나를 의심하는 거나 마찬가지일세, 디고리!" 크라우치 장관이 소리쳤다. "저 집요정이 달리 어디서 그 마법을 배웠겠나?"

"어디선가…… 어디선가 주워들었을지도……."

"바로 그거야, 에이머스." 위즐리 씨가 얼른 끼어들었다. "*어디선가 주웠을지도 몰라*……. 그렇지, 윙키?" 위즐리 씨가 집요정에게 고개를 돌리며 다정하게 물었지만 윙키는 또다시 고함을 들은 것처럼 움찔했다. "해리의 마법 지팡이를 정확히 어디에서 발견했지?"

윙키가 손가락으로 어찌나 세게 비틀어 댔던지 마른행주 가장자리가 해어질 지경이었다.

"저, 저는 그걸…… 저기서……." 그녀가 속삭이듯 말했다. "저기…… 숲속에서 찾았어요……."

"알겠지, 에이머스?" 위즐리 씨가 말했다. "누군지는 몰라도 그 징표를 만들어 낸 사람은 그 짓을 저지른 직후 순간이동으로 사라졌을 거야. 해리의 마법 지팡이를 놔두고 말이지. 본인의 마법 지팡이를 사용하지 않은 건 영리한 행동이었어. 그랬더라면 나중에 그자의 소행이라는 게 드러났을 수도 있으니까. 그리고 여기 윙키는 운이 없게도 얼마 안 있다 마법 지팡이를 발견하고 주운 거지."

"하지만 그렇다면 저 집요정은 진짜 범인과 얼마 떨어지지 않은 곳에 있었을 거야!" 디고리 씨가 조바심을 내며 말했다. "집요정, 누구 본 사람 없나?"

윙키는 조금 전보다 더욱 심하게 떨기 시작했다. 큼직한 눈이 디고리 씨에게서 루도 배그먼에게로, 다시 크라우치 장관에게로 향하며 깜빡거렸다.

그녀가 침을 꿀꺽 삼키더니 말했다. "저는 아무도 못 봤어요…… 아무도요……."

"에이머스." 크라우치 장관이 무뚝뚝하게 말했다. "자네가 일반적인 절차에 따라 윙키를 자네 부서로 데려가서 취조하기를 바라는 건 잘 알고 있네. 하지만 윙키 문제는 내게 맡겨 줬으면 좋겠군."

디고리 씨는 이 제안을 전혀 탐탁지 않게 생각하는 것 같았지만, 해리가 보기에 마법 정부 요직에 있는 크라우치 장관을 감히 거역하지 못하는 게 분명했다.

"윙키는 합당한 벌을 받을 테니 안심하게." 크라우치 장관이 차갑게 덧붙였다.

"주, 주, 주인님……." 윙키가 크라우치 장관을 올려다보며 말을 더듬었다. 눈에는 눈물이 그렁그렁했다. "주, 주, 주인님, 제, 제, 제발……."

크라우치 장관이 윙키를 마주 쏘아보았다. 그의 얼굴은 어쩐지 날카로웠고, 주름 하나하나가 더 깊이 패는 듯했다. 윙키를 바라보는 그 눈길에는 조금의 연민도 보이지 않았다. "윙키는 오늘 밤 내가 상상할 수도 없는 행동을 했네." 그가 천천히 말했다. "나는 윙키에게 텐트에 남아 있으라고 말했어. 내가 문제를 해결하러 가 있는 동안 텐트에 머무르라고 했지. 그런데 이제 보니 내 명령을 거역했군. *이건 옷을 줘야 한다는 뜻일세.*"

"안 돼요!" 윙키가 크라우치 장관의 발밑에 엎드리며 찢어질 듯한 목소리로 외쳤다. "안 돼요, 주인님! 옷은 안 돼요, 옷은 안 돼요!"

해리는 집요정을 해방시키는 유일한 방법은 제대로 된 옷을 주는 것이라는 사실을 알고 있었다. 크라우치 장관의 발 앞에서 흐느끼며 마른행주를 꽉 쥐고 있는 윙키의 모습은 보기에 딱할 정도였다.

“하지만 겁에 질려 있었잖아요!” 헤르미온느가 크라우치 장관을 쏘아보면서 화난 목소리로 내뱉었다. “장관님의 집요정은 높은 곳을 무서워해요. 그런데 저 가면 쓴 마법사들은 사람들을 공중에 띄워 올리고 있었다고요! 그자들한테서 도망치고 싶어 했다고 해서 나무랄 수는 없어요!”

크라우치 장관은 뒤로 한 걸음 물러나 집요정의 손이 닿는 곳에서 벗어났다. 그는 지나치게 광을 낸 구두를 더럽히는 불결하고 끔찍한 존재라도 되는 것처럼 집요정을 내려다보고 있었다.

“내 말에 거역하는 집요정은 필요 없다.” 그가 헤르미온느를 보면서 차갑게 말했다. “주인과 주인의 명예에 대한 의무를 잊는 하인은 필요 없어.”

윙키는 공터 전체에 메아리칠 만큼 큰 소리로 흐느꼈다.

꽤 어색한 침묵이 이어졌다. 위즐리 씨가 그 침묵을 깨고 조용히 말했다. “음, 저는 이만 아이들을 데리고 텐트로 돌아가겠습니다, 이의가 없으시다면요. 에이머스, 그 마법 지팡이로 알아낼 수 있는 건 다 알아냈네. 해리한테 돌려줬으면 좋겠군.”

디고리 씨가 마법 지팡이를 내밀자 해리는 그것을 받아

서 주머니에 넣었다.

"가자, 애들아." 위즐리 씨가 조용히 말했다. 그러나 헤르미온느는 가고 싶지 않은 모양이었다. 그녀의 눈은 여전히 흐느끼는 집요정에게 머물러 있었다. "헤르미온느!" 위즐리 씨가 좀 더 다급한 목소리로 그녀를 불렀다. 그녀는 체념한 듯 몸을 돌려 해리와 론을 따라 공터를 벗어나 숲길을 걷기 시작했다.

"윙키는 어떻게 되는 거예요?" 공터를 나선 순간 헤르미온느가 물었다.

"나도 모르겠다." 위즐리 씨가 말했다.

"저런 취급을 하다뇨!" 헤르미온느가 길길이 뛰었다. "디고리 씨는 윙키를 내내 '집요정'이라고 불렀어요……. 크라우치 장관은 또 어떻고요! 윙키가 그런 게 아니라는 걸 알면서도 해고하려 하다니! 그 사람은 윙키가 얼마나 겁에 질렸었는지, 얼마나 속상해했는지 하나도 신경 쓰지 않았어요. 윙키가 사람도 아니라는 것처럼요!"

"그야, 사람은 아니잖아." 론이 말했다.

헤르미온느가 그를 홱 돌아보았다. "그렇다고 윙키가 감정을 느끼지 못하는 건 아니야, 론. 그런 혐오스러운 방식으로……."

“헤르미온느, 나도 너와 같은 생각이란다.” 위즐리 씨가 그녀를 손짓해 부르며 재빨리 말했다. “하지만 지금은 집요정의 권리를 논의할 적당한 때가 아니야. 되도록 빨리 텐트로 돌아가자꾸나. 다른 애들은 어떻게 됐니?”

“어두워서 놓쳤어요.” 론이 말했다. “아빠, 왜 다들 저 해골 같은 것 때문에 저렇게 불안해하는 거예요?”

“텐트로 돌아가서 다 설명해 주마.” 위즐리 씨가 긴장한 듯 말했다.

하지만 숲 가장자리에 이르렀을 때 뭔가가 길을 가로막았다.

겁에 질린 표정의 마법사 한 무리가 거기에 모여 있었다. 위즐리 씨가 다가오는 것을 보자 그들 중 많은 수가 앞으로 몰려 나왔다. “저기서 무슨 일이 벌어지는 거죠?” “누가 만든 거예요?” “아서…… *그자*는 아니죠?”

“물론 아닙니다.” 위즐리 씨가 조바심을 내며 말했다. “누가 그랬는지는 몰라요. 순간이동으로 사라진 것 같아요. 자, 실례하겠습니다. 이만 자러 가야겠어요.”

그는 해리, 론, 헤르미온느를 데리고 사람들을 헤치며 야영장으로 돌아갔다. 이제는 모든 것이 조용했다. 망가진 텐트 몇 곳에서 아직 연기가 나고 있긴 했지만 가면 쓴 마법사들의 모습은 전혀 보이지 않았다.

찰리가 남자 텐트에서 머리를 삐죽 내밀었다.

"아빠, 어떻게 됐어요?" 그가 어둠 속에서 소리쳤다. "프레드, 조지, 지니는 무사히 돌아왔지만 다른 애들은……."

"여기 내가 데리고 왔다." 위즐리 씨가 몸을 구부리고 텐트로 들어가면서 말했다. 해리, 론, 헤르미온느가 그를 따라 들어갔다.

빌은 작은 식탁 앞에 앉아 피가 철철 흐르는 팔에 침대보를 대고 있었다. 찰리의 셔츠는 크게 찢겨 있었고 퍼시는 피가 흐르는 코를 자랑스럽게 내보이고 있었다. 프레드, 조지, 지니는 놀라긴 했으나 다치지는 않은 것 같았다.

"잡았어요, 아빠?" 빌이 날카로운 목소리로 물었다. "징표를 만들어 낸 사람요."

"아니." 위즐리 씨가 말했다. "바티 크라우치의 집요정이 해리의 마법 지팡이를 들고 있는 걸 발견했지만, 실제로 누가 징표를 만들어 냈는지는 알아내지 못했다."

"*뭐라고요?*" 빌, 찰리, 퍼시가 동시에 외쳤다.

"해리의 마법 지팡이라뇨?" 프레드가 말했다.

"*크라우치 장관님의 집요정이요?*" 퍼시가 깜짝 놀란 듯 소리쳤다.

위즐리 씨는 해리, 론, 헤르미온느에게 간간이 도움을 받아 가며 숲에서 일어난 일을 설명했다. 그들이 이야기를 마치자 퍼시가 분한 듯 몸을 부풀렸다.

"흠, 크라우치 장관님이 그런 집요정을 쫓아낸 건 당연한 처사야!" 그가 말했다. "그러지 말라고 분명히 말했는데도 도망치다니…… 정부 사람들이 다 보는 앞에서 주인을 망신시키고…… 그 녀석이 마법 생명체 통제 관리부에 불려 갔으면 어쩔……."

"갠 아무 짓도 안 했어. 그냥 우연히 그곳에 있었을 뿐이야!" 헤르미온느가 매섭게 쏘아붙이자 퍼시는 깜짝 놀랐다. 헤르미온느는 항상 퍼시와 사이가 좋았다. 사실, 그녀만큼 퍼시를 이해해 주는 사람도 없었다.

"헤르미온느, 크라우치 장관님 정도의 위치에 있는 마법사는 마법 지팡이를 들고 미쳐 날뛰는 집요정한테 신경 쓸 여유가 없어!" 퍼시가 자세를 가다듬으며 거만하게 말했다.

"윙키는 미쳐 날뛰지 않았어!" 헤르미온느가 소리쳤다. "그냥 땅에 떨어져 있던 마법 지팡이를 주웠을 뿐이야!"

"저기, 그 해골이 대체 뭐길래 그 난리인지 누가 좀 말해 줄래?" 론이 조바심을 내며 말했다. "그 해골이 누굴 해친 것도 아니잖아……. 왜들 호들갑이야?"

"말했잖아, '그 사람'의 상징이라고, 론." 다른 사람이 대답할 겨를도 없이 헤르미온느가 말했다. "《어둠의 마법, 그 흥망성쇠》에서 읽었어."

"그리고 13년 동안 보이지 않았지." 위즐리 씨가 조용히 덧붙였다. "사람들이 겁에 질린 것도 당연해……. '그 사람'이 다시 돌아왔다는 뜻이나 마찬가지니까."

"이해가 안 가요." 론이 이마를 찌푸리며 말했다. "그러니까…… 그냥 하늘에 떠 있는 형상일 뿐이잖아요……."

"론, '그 사람'과 그의 추종자들은 사람을 죽일 때마다 어둠의 징표를 쏘아 올렸어." 위즐리 씨가 말했다. "그 징표가 불러일으킨 공포는…… 너는 모를 거야, 너무 어리니까. 집에 돌아왔는데 위에 어둠의 징표가 떠 있다고 상상해 봐라. 집 안에서 뭘 발견하게 될지는 뻔하고……." 위즐리 씨가 움찔했다. "모든 사람이 가장 두려워하던 일이었어……. 끔찍한 일이지……."

잠깐 침묵이 흘렀다.

그때 빌이 상처를 살피려고 팔에 대고 있던 침대보를 떼면서 입을 열었다. "뭐, 누가 만들어 냈는지는 몰라도 오늘 밤 우리한테는 아무 도움도 안 됐어. 죽음을 먹는 자들이 그걸 보자마자 겁에 질리고 말았거든. 누구라도 잡아서 가면을 벗겨야 했는데 다들 순간이동으로 사라져 버리는 바람에 그러지 못했어. 그래도 로버츠 가족은 땅바닥에 떨어지기 전에 간신히 붙잡았어. 지금 그 사람들 기억을 수정하는 중이야."

"죽음을 먹는 자들?" 해리가 물었다. "죽음을 먹는 자들이 뭐야?"

"'그 사람'의 추종자들이 자기들을 부르는 이름이야." 빌이 말했다. "오늘 밤에 우리가 본 자들은 그 잔당일 거야. 용케 아즈카반에 갇히지 않은 자들 말이야."

"그걸 입증할 증거는 없다, 빌." 위즐리 씨가 말했다. "네 말이 맞겠지만." 그는 절망 어린 말투로 덧붙였다.

"맞아요, 확실히 그럴 거예요!" 론이 불쑥 내뱉었다. "아빠, 숲에서 드레이코 말포이를 만났어요. 그 자식이 우리한테 자기 아빠가 저 가면 쓴 미친놈들 중 하나라고 말하다시피 했어요! 말포이네가 '그 사람'이랑 가까운 사이였다는 건 우리 모두 알잖아요!"

"그런데 볼드모트의 추종자들은……." 해리가 입을 열자 모두가 움찔했다. 마법사 세계 대부분의 사람들처럼 위즐리 가족도 늘 볼드모트의 이름을 직접 말하는 일을 피했다. "죄송해요." 해리가 재빨리 말했다. "'그 사람'의 추종자들은 뭐 때문에 머글들을 하늘에 띄워 올린 거죠? 그러니까, 그게 무슨 의미가 있나요?"

"의미?" 위즐리 씨가 허탈한 듯 웃으며 말했다. "해리, 그 자들은 그런 일이 재미있다고 생각하는 거야. '그 사람'이 권력을 쥐고 있을 때 죽은 머글의 절반은 재미로 살해당한 거란다. 내 생각에 그자들은 오늘 밤 술을 몇 잔 마시다가 자기들 중 많은 수가 아직까지 남아 있다는 것을 우리 모두에게 알려 주고 싶어 견딜 수 없어진 거야. 그자들에게는 멋진 친목회였던 셈이지." 그는 진저리를 치면서 말을 마쳤다.

"하지만 그자들이 죽음을 먹는 자들이었다면, 왜 어둠의 징표를 보고 순간이동으로 사라진 거죠?" 론이 말했다. "그걸 보고 기뻐해야 하는 거 아니에요?"

"머리 좀 써 봐, 론." 빌이 말했다. "그자들이 죽음을 먹는 자들이었다면 '그 사람'이 힘을 잃었을 때 아즈카반에 잡혀 들어가지 않으려고 갖은 발악을 했을 거야. 사람들을 죽이고 고문한 건 그자가 강요했기 때문이라면서 온갖 거짓말을 늘어놨겠지. 그랬으니 그자가 돌아온 걸 보고 누구보다도 더 겁을 먹었을 게 틀림없어. 그자가 힘을 잃자, 그자와 관련됐다는 사실을 부정하고 자신들의 일상으로 돌아갔으니까……. 내 생각엔 '그 사람'도 그자들한테 별로 감정이 좋진 않을 것 같은데?"

"그럼…… 그 어둠의 징표를 만들어 낸 사람은……." 헤르미온느가 천천히 입을 열었다. "죽음을 먹는 자들을 지지한다는 걸 보여 주려고 그런 짓을 한 걸까요? 아니면 반대로 그자들을 쫓아 버리려고 그런 걸까요?"

"우리도 그 정도 추측밖에는 할 수가 없구나, 헤르미온느." 위즐리 씨가 말했다. "하지만 이것만은 확실해……. 그 징표를 만들어 내는 방법을 아는 사람은 죽음을 먹는 자들뿐이었다. 그 징표를 만들어 낸 사람이 비록 지금은 죽음을 먹는 자가 아니라고 해도, 예전에도 아니었을 가능성은 거의 없단다……. 자, 너무 늦었다. 너희 어머니가 무슨 일이 일어났는지 들으면 걱정돼서 기절할 지경일 거야. 몇 시간 자고 나서 일찍 포트키를 이용해서 여기를 떠나자."

해리는 머리가 윙윙거리는 것을 느끼며 침대로 돌아갔다. 새벽 3시가 가까웠으니 기진맥진해야 마땅했다. 하지만 정신은 오히려 말똥말똥했다. 불안하기도 했다.

사흘 전(훨씬 오래전처럼 느껴졌지만 겨우 사흘 전 일이었다) 그는 흉터가 타들어 가는 듯한 고통에 잠에서 깼다. 그리고 오늘 밤, 13년 만에 처음으로 볼드모트 경의 징표가 하늘에 나타났다. 이게 무슨 뜻일까?

그는 프리벳가를 떠나기 전 시리우스에게 쓴 편지를 떠올렸다. 시리우스는 아직 편지를 받지 못한 걸까? 언제쯤 답장을 보낼까? 해리는 캔버스 천장을 올려다보며 누워 있었지만, 이제는 날아다니는 상상을 하면서 잠들 수 있을 것 같지도 않았다. 해리가 마침내 곯아떨어진 건 찰리의 코 고는 소리가 텐트를 가득 채우고도 한참이 지난 뒤였다.

10장

아수라장이 된 마법 정부

겨우 몇 시간 눈을 붙였을 뿐인데 위즐리 씨가 모두를 깨웠다. 위즐리 씨가 마법을 써서 텐트를 걷자, 그들은 되도록 빠르게 야영장을 떠났다. 가는 길에 그들은 오두막 문 앞에 서 있는 로버츠 씨를 지나쳤다. 로버츠 씨는 이상할 정도로 멍한 표정을 짓고 있었다. 그가 흐리멍덩하게 "메리 크리스마스" 하고 인사하며 손을 흔들었다.

"괜찮을 거야." 황무지로 걸어가면서 위즐리 씨가 조용히 말했다. "가끔씩 사람들은 기억이 수정됐을 때 잠깐 혼란을 느끼기도 해……. 저 사람이 잊도록 만들어야 하는 일이 워낙 엄청난 사건이기도 했고."

포트키가 놓인 곳으로 다가가자 다급한 목소리들이 들렸

다. 도착해 보니 엄청난 수의 마법사가 포트키 관리자인 바질 근처에 모여 하나같이 빨리 야영장을 떠나게 해 달라며 아우성치고 있었다. 위즐리 씨가 다급히 바질과 무언가를 의논했다. 그들은 줄을 섰고, 해가 완전히 떠오르기 전에 스토츠헤드산으로 돌아가는 낡은 고무 타이어를 받을 수 있었다. 그들은 새벽빛을 받으며 오터리 세인트 캐치폴을 지나 버로로 돌아갔다. 너무 피곤하고 아침밥 생각이 간절해서 말은 거의 오가지 않았다. 길모퉁이를 돌아 버로가 시야에 들어온 순간, 축축한 길을 따라 한 사람의 외침이 울려 퍼졌다.

"아, 감사합니다, 감사합니다!"

위즐리 부인이 그들에게 달려오고 있었다. 앞마당에서 그들을 기다리고 있었던 게 틀림없었다. 그녀는 침실용 슬리퍼 차림에 하얗게 질린 얼굴은 긴장되어 있었으며, 손에는 잔뜩 구겨진 《예언자일보》를 움켜쥐고 있었다. "아서, 얼마나 걱정했는지 몰라. *정말 걱정했어.*"

그녀가 위즐리 씨의 목을 꽉 끌어안았다. 그녀의 손에서 《예언자일보》가 떨어졌다. 해리는 시선을 밑으로 내려 헤드라인을 봤다. **퀴디치 월드컵 테러 현장**. 거기에는 우듬지 위에 떠 있는 어둠의 징표를 찍은 번뜩이는 흑백사진까지 실려 있었다.

"너희 다 무사하구나." 위즐리 부인이 정신없이 중얼거리며 위즐리 씨에게서 떨어지더니 눈이 충혈되어 있는 아이들 모두를 둘러보았다. "살아 있어……. 아, *애들아*……."

모두가 깜짝 놀랐다. 그녀가 프레드와 조지를 붙잡고 둘의 머리가 부딪칠 정도로 거세게 끌어안았던 것이다.

"*아얏!* 엄마. 목 졸려 죽겠어요."

"너희가 집을 나서기 전에 소리만 질렀어!" 위즐리 부인이 흐느끼며 말했다. "그 생각만 나더구나! 너희가 '그 사람'한테 붙잡혔는데, 내가 너희에게 마지막으로 한 말이 O.W.L.을 그것밖에 못 받았냐는 거였으면 어쩔 뻔했니? 아, 프레드…… 조지……."

"자자, 몰리. 우린 정말 괜찮아." 위즐리 씨가 그녀를 쌍둥이에게서 떼어 내 집 쪽으로 이끌면서 달래듯 말했다. "빌." 그가 목소리를 낮추고 덧붙였다. "신문 챙겨라. 뭐라고 났는지 봐야겠다……."

모두가 조그만 부엌에 꾸역꾸역 들어갔다. 헤르미온느가 위즐리 부인에게 아주 진한 차를 타 주었다. 위즐리 씨의 요청대로 오그던의 올드 파이어위스키를 넣은 것이었다. 빌이 아버지에게 신문을 건넸다. 위즐리 씨가 1면을 훑어보는 동안 퍼시는 그의 어깨 너머로 신문을 읽었다.

"이럴 줄 알았어." 위즐리 씨가 무거운 어조로 말했다. "'마법 정부의 큰 실수…… 범인들은 잡히지 않았다…… 허술한 보안…… 고삐 풀린 어둠의 마법사들…… 국가적 망신…….' 누가 이렇게 쓴 거야? 아…… 그럼 그렇지…… 리타 스키터로군."

"저 여자는 마법 정부하고 무슨 원수를 졌나 봐요!" 퍼시가 격하게 화를 내며 말했다. "지난주에는 뱀파이어들을 몰아내야 할 때에 솥단지 두께에 트집을 잡느라 시간 낭비한다고 뭐라 하더니! '비마법사 반인간의 처우에 관한 지침' 12항에 *구체적*으로 명시된……."

"부탁 하나만 들어줄래, 퍼스." 빌이 하품을 하면서 말했다. "좀 닥쳐 줘."

"내 얘기도 나오네." 위즐리 씨가 말했다. 《예언자일보》 기사 맨 끝부분에 이르자 그의 두 눈이 안경 너머에서 휘둥그레졌다.

"어디?" 위스키를 넣은 차를 마시다 사레에 들렸는지 위즐리 부인이 콜록콜록 기침을 하며 말했다. "그걸 봤으면 살아 있는 줄 알았을 텐데!"

"이름이 실린 건 아냐." 위즐리 씨가 말했다. "들어 봐.

'겁에 질린 채 숲 근처에서 소식이 들려오기만 숨죽여 기다리던 마법사들은 마법 정부가 그들을 안심시켜 주기를 기대했을지도 모른다. 하지만 애석하게도 그들은 실망하고 말았다. 어둠의 징표가 나타나고 얼마 지나지 않아 정부 직원이 모습을 드러내더니 아무도 다치지 않았다고 주장하며 더 이상의 정보 제공을 거부했다. 그로부터 한 시간 뒤 숲에서 시체 몇 구가 옮겨졌다는 소문이 돌았는데, 마법 정부의 입장 표명이 이 소문을 잠재우기에 충분했는지는 두고 보아야 할 것이다.' 나 참." 위즐리 씨는 잔뜩 화가 나서 퍼시에게 신문을 넘겨주었다. "아무도 다치지 *않았어*. 대체 뭘 말하라는 거야? '숲에서 시체 몇 구가 옮겨졌다는 소문'이라니……. 뭐, 신문에 실었으니 이제 확실히 소문이 나겠네."

그가 깊은 한숨을 내쉬었다. "몰리, 회사에 가 봐야겠어. 좀 수습해야겠는데."

"저도 같이 갈게요, 아버지." 퍼시가 거드름을 피우며 말했다. "크라우치 장관님께는 도움이 많이 필요할 거예요. 솥단지 관련 보고서도 직접 전해 드릴 수 있을 거고요."

그는 그렇게 말한 뒤 부산을 떨면서 부엌을 나갔다.

위즐리 부인은 더욱 불안한 얼굴이 되었다. "아서, 휴가잖아! 이건 당신 업무랑 아무 상관 없는 일이야. 당신 없어도 얼마든지 처리할 수 있어!"

"가야 돼, 몰리." 위즐리 씨가 말했다. "내가 사태를 악화시켰어. 로브만 갈아입고 가야겠어……."

"위즐리 아줌마." 해리가 참지 못하고 불쑥 입을 열었다. "헤드위그가 제 편지를 가져오지 않았나요?"

"헤드위그라고, 얘야?" 위즐리 부인이 잠깐 다른 데 정신이 팔린 채 되물었다. "아니…… 아니, 우편물은 한 통도 안 왔단다."

론과 헤르미온느가 호기심이 깃든 눈으로 해리를 바라보았다.

해리가 의미심장한 눈길로 두 사람을 보며 말했다. "네 방에서 짐 좀 풀어도 될까, 론?"

"응…… 나도 그래야겠다." 론이 곧바로 말했다. "헤르미온느, 넌?"

"그래." 그녀가 재빨리 대답했다. 세 사람은 부엌을 나와 계단을 올라갔다.

"무슨 일이야, 해리?" 꼭대기 방에 들어서자마자 론이 문을 닫고 물었다.

"너희한테 얘기 안 한 게 있어." 해리가 말했다. "토요일 아침에 또 흉터가 아파서 깼어."

론과 헤르미온느의 반응은 프리빗가의 침실에서 상상했던 것과 거의 똑같았다. 헤르미온느는 숨을 헉 들이켜더니 즉시 이런저런 제안을 쏟아 내면서 수많은 참고 서적과 알버스 덤블도어에서 호그와트 양호교사 폼프리 선생에 이르는 온갖 사람을 늘어놓았다.

론은 그냥 놀라서 말을 잃은 표정이었다. "하지만…… 그자가 거기에 있었던 건 아니잖아. 그치? '그 사람' 말이야. 그러니까 내 말은…… 지난번에 흉터가 계속 아팠을 때는 그자가 호그와트에 있었잖아."

"프리빗가에 없었던 건 확실해." 해리가 말했다. "하지만 그자가 꿈에 나왔어……. 그자와 피터…… 그러니까, 웜테일 말이야. 내용이 다 기억나는 건 아니지만 그자들은…… 어떤 사람을 죽일 계획을 짜고 있었어."

해리는 하마터면 '나를 죽일 계획'이라고 말할 뻔했지만, 헤르미온느가 지금보다 더 겁에 질린 표정을 짓게 만들고 싶지는 않았다.

"그냥 꿈이야." 론이 훌훌 털어 버리라는 듯 말했다. "그냥 악몽."

"그래. 근데 진짜 그럴까?" 해리가 창밖으로 고개를 돌려

밝아 오는 하늘을 바라보며 말했다. “이상하잖아…… 흉터가 아프더니 사흘 뒤에는 죽음을 먹는 자들이 행진을 벌이고 볼드모트의 징표가 다시 하늘에 뜨다니.”

“그, 이름, 말하지, 말라니까!” 론이 이를 악물고 식식거렸다.

“트릴로니 교수가 했던 말 기억해?” 해리는 그런 론을 무시하고 말을 이었다. “지난 학년 말에 했던 말 말이야.”

트릴로니 교수는 호그와트의 점술 교수였다.

경멸 섞인 코웃음을 치느라 헤르미온느의 얼굴에서 겁먹은 표정이 싹 사라졌다. “아, 해리. 그 사기꾼이 하는 말을 조금이라도 신경 쓰는 건 아니지?”

“하지만 넌 거기 없었잖아.” 해리가 말했다. “넌 그 사람이 하는 말을 못 들어서 그래. 좀 달랐어. 말했잖아, 트릴로니 교수는 무아지경에 빠져 있었어…… 진짜로. 어둠의 왕이 부활할 거라고 말했어……. ‘어느 때보다도 위대하고 끔찍한 모습으로…….’ 그자의 부하가 놈에게 돌아간 덕분에 그럴 수 있게 될 거라고 했어……. 그리고 그날 밤 웜테일이 도망쳤고.”

침묵이 흐르는 동안 론은 멍한 얼굴로 처들리 캐넌스 침대보에 뚫린 구멍을 초조하게 만지작거렸다.

"헤드위그가 왔는지는 왜 물어봤어, 해리?" 헤르미온느가 물었다. "기다리는 편지라도 있니?"

"시리우스한테 흉터 얘기를 했거든." 해리가 어깨를 으쓱하며 말했다. "답장을 기다리는 중이야."

"좋은 생각이야!" 그렇게 말하는 론의 얼굴이 활짝 펴졌다. "시리우스라면 분명 뭘 해야 할지 알 거야!"

"빨리 답장이 왔으면 좋겠다." 해리가 말했다.

"하지만 시리우스가 어디 있는지 모르잖아……. 아프리카나 뭐 그런 곳에 있는 거 아니야?" 헤르미온느가 이성적으로 말했다. "아무리 헤드위그라도 그런 곳에 며칠 만에 갈 수는 없을 거야."

"그래, 나도 알아." 해리가 말했다. 헤드위그가 보이지 않는 창밖 하늘을 내다보고 있자니 마음이 납덩이처럼 무거웠다.

"과수원에 가서 퀴디치나 한판 하자, 해리." 론이 말했다. "얼른. 3 대 3으로. 빌이랑 찰리랑 프레드랑 조지도 할 거야……. 브론스키 페인트를 해 볼 수도 있을 거야……."

"론." 좀 무신경한 것 아니냐는 투로 헤르미온느가 말했다. "해리는 지금 퀴디치를 할 기분이 아닐 거야……. 걱정도 되고 피곤한 상태니까……. 우리 모두 자야지……."

"아냐, 퀴디치 하고 싶어." 해리가 불쑥 말했다. "잠깐만. 파이어볼트 가져올게."

헤르미온느는 "*남자들이란*"처럼 들리는 무슨 말을 중얼거리며 방을 나갔다.

그다음 주에는 위즐리 씨도, 퍼시도 집에 있을 새가 없었다. 둘 다 다른 가족들이 일어나기 전 이른 아침에 집을 나섰다가 매일 밤 저녁 식사 이후에 돌아왔다.

"난리도 그런 난리가 없었어." 호그와트로 돌아가기 전날 일요일 저녁 퍼시가 거드름을 피우며 말했다. "1주일 내내 불 끄느라 정신이 없었어. 사람들이 계속 하울러를 보내와서 말이야. 당연한 얘기지만 하울러는 바로 열어 보지 않으면 폭발하잖아. 내 책상은 그을린 자국 천지야. 내 제일 좋은 깃펜도 재가 되고 말았어."

"왜 다들 하울러를 보내는 거야?" 거실 벽난로 앞 깔개 위에 앉아 마법 테이프로 《1,000가지 마법 약초와 버섯》을 수선하고 있던 지니가 물었다.

"월드컵 보안 상태에 불평하는 거지." 퍼시가 말했다. "재산상의 피해를 보상해 달라는 거야. 먼덩거스 플레처는 자쿠지(물에 기포가 올라오게 만든 욕조—옮긴이)가 딸린 방

열두 개짜리 텐트를 보상해 달라고 했는데, 뻔한 수작이지. 막대기로 받쳐 놓은 망토 밑에서 잔 거 다 아는데."

위즐리 부인이 구석의 괘종시계를 힐끗 보았다. 해리는 그 시계를 좋아했다. 시간을 알고 싶은 사람한테는 아무 짝에도 쓸모가 없지만 다른 방면으로 매우 유용했기 때문이다. 시계에는 황금 바늘 아홉 개가 달려 있고 그 바늘에는 각각 위즐리 가족의 이름이 하나씩 새겨져 있었다. 숫자판에는 숫자 대신 가족들이 있을 만한 장소가 적혀 있었다. '집', '학교', '직장'도 있었지만 '실종', '병원', '감옥'도 있었고, 보통 시계에서 숫자 12가 있어야 할 자리에는 '치명적 위험'이라고 적혀 있었다.

바늘 여덟 개는 현재 '집'을 가리키고 있었지만 그중 가장 긴 위즐리 씨의 바늘은 여전히 '직장'을 가리키고 있었다. 위즐리 부인이 한숨을 쉬었다.

"'그 사람'이 힘을 잃은 뒤로는 너희 아버지가 주말에 출근해야 하는 일이 없었는데." 그녀가 말했다. "너무 심하게 일을 시키는구나. 금방 퇴근하지 않으면 음식이 다 맛없어질 텐데."

"뭐, 아버지는 퀴디치 월드컵 때 저지른 실수를 만회해야겠다고 생각하시는 거겠죠." 퍼시가 말했다. "솔직히 말하면, 부서 수장과 먼저 상의하지 않고 공식 발표를 한 건 좀 현명하지 못한 처사……."

"그 망할 스키터라는 여자가 쓴 걸 갖고 감히 아버지를 비난하지 마라!" 위즐리 부인이 벌컥 화를 내며 말했다.

"아빠가 아무 말 안 했다면 그 여자는 정부에서 누구도 논평하지 않은 걸 가지고 물고 늘어졌을 거야." 론과 체스를 두던 빌이 말했다. "리타 스키터는 절대 누군가를 좋게 묘사한 적이 없어. 기억나? 그 여자가 그린고츠의 저주 해제 전문가 전원을 인터뷰한 적이 있는데 그때 나를 '장발 멍청이'라고 불렀던 것 말이야."

"글쎄, 머리가 조금 *길긴* 하구나, 얘야." 위즐리 부인이 부드럽게 말했다. "엄마가 좀……."

"*싫어요*, 엄마."

빗방울이 거실 창문을 두들겼다. 헤르미온느는 《마법 주문에 관한 표준 교과서: 4학년용》에 푹 빠져 있었다. 위즐리 부인이 다이애건 앨리에서 헤르미온느, 해리, 론에게 사다 준 책이었다. 찰리는 불에 타지 않는 털모자를 꿰매는 중이었다. 해리는 발밑에 헤르미온느가 열세 번째 생일 선물로 준 빗자루 손질 용품 세트를 펼쳐 놓고 파이어볼트를 광이 나게 닦았다. 프레드와 조지는 저쪽 구석에 앉아 깃펜을 꺼내 놓고 양피지 위로 고개를 숙인 채 뭔가 속닥거리고 있었다.

“너희 둘은 뭘 또 꾸미고 있어?” 위즐리 부인이 쌍둥이를 보며 날카롭게 물었다.

“숙제하는데요.” 프레드가 얼버무리듯 말했다.

“말도 안 되는 소리 하지 마라. 아직 방학이잖아.” 위즐리 부인이 말했다.

“네, 숙제가 좀 늦게 끝나서요.” 조지가 말했다.

“혹시 새 주문서를 쓰는 건 아니겠지?” 위즐리 부인이 꼬치꼬치 캐물었다. “‘위즐리 형제의 위대하고 위험한 장난감’을 다시 시작할 생각은 아닐 거야. 그렇지?”

“아, 엄마.” 프레드가 괴롭다는 듯 그녀를 쳐다보며 말했다. “내일 호그와트 급행열차에 사고가 일어나서 조지랑 내가 죽었는데, 우리가 엄마한테 마지막으로 들은 말이 근거 없는 비난이라는 걸 알면 기분이 어떻겠어요?”

위즐리 부인을 포함한 모두가 웃음을 터뜨렸다.

“아, 너희 아버지 오신다!” 그녀가 다시 눈을 들어 문득 시계를 보고 말했다.

위즐리 씨의 시곗바늘이 갑자기 ‘직장’에서 ‘이동 중’으로 돌아가더니 잠시 후 부르르 떨다가 다른 시곗바늘들이 모여 있는 '집'에 멈췄다. 부엌에서 위즐리 씨의 외침이 들려왔다.

"지금 가, 아서!" 위즐리 부인이 서둘러 방을 나가며 말했다.

잠시 후, 위즐리 씨가 저녁 식사 거리가 담긴 쟁반을 들고 따뜻한 거실로 들어왔다. 그는 완전히 기진맥진한 모습이었다.

"나 참, 엎친 데 덮친 상황이야." 그는 벽난로 근처 안락의자에 앉아 조금 쭈글쭈글해진 꽃양배추를 깨작거리며 위즐리 부인에게 말했다. "리타 스키터가 기사로 쓸 만한 정부 실책이 더 없는지 찾겠다면서 1주일 내내 들쑤시고 돌아다니다가 가엾은 버사가 실종된 사실을 알고 말았어. 내일 《예언자일보》의 헤드라인이 되겠지. 배그먼한테 버사를 찾으러 사람을 보내라고 한참 전부터 그렇게 *얘기했는데.*"

"크라우치 장관님도 몇 주째 똑같은 얘기를 하셨죠." 퍼시가 재빨리 말을 보탰다.

"크라우치 장관 입장에서는 리타 스키터가 윙키에 관한 일을 알아내지 못해서 다행이지." 위즐리 씨가 짜증이 난다는 듯 말했다. "크라우치의 집요정이 어둠의 징표를 만들어 낸 마법 지팡이를 들고 있다가 잡힌 게 알려지면 1주일 내내 헤드라인감일 거다."

"그 집요정이 무책임하긴 했지만 징표를 만들어 내진 *않았다*는 것에는 모두 동의한 줄 알았는데요?" 퍼시가 열을 내며 말했다.

"제 생각에 크라우치 장관이 가장 다행스러워해야 할 건 《예언자일보》 기자 중 누구도 그 사람이 집요정들에게 얼마나 못되게 구는지 모른다는 거예요!" 헤르미온느가 화를 내며 말했다.

"이봐, 헤르미온느!" 퍼시가 말했다. "크라우치 장관님 같은 정부 고위 간부는 하인들에게서 흔들림 없는 복종을 받을 자격이 있……."

"하인이 아니라 *노예*겠지!" 헤르미온느가 목소리를 높이며 날카롭게 말했다. "윙키한테 돈을 주지는 않잖아?"

"다들 올라가서 짐을 제대로 쌌는지 확인해 보는 게 좋겠다!" 위즐리 부인이 말싸움을 중단시키며 말했다. "자, 어서. 너희 모두……."

해리는 빗자루 손질 용품 세트를 챙기고 파이어볼트를 어깨에 걸친 채 론과 함께 위층으로 올라갔다. 집 꼭대기에서는 빗소리가 더 요란하게 들렸다. 다락에 사는 굴이 이따금 울부짖는 소리는 물론 바람이 불어 대는 시끄러운 휘파람 소리와 신음 소리가 빗소리에 뒤섞여 들려왔다. 해리와 론이 들어가자 피그위전이 또다시 끽끽 소리를 내며 새장 안을 쌩쌩 날아다니기 시작했다. 싸다 만 짐 가방을 보고 잔뜩 흥분한 모양이었다.

"부엉이 간식 좀 던져 줘." 론이 간식 한 상자를 해리에게 툭 던지며 말했다. "그럼 입 다물지도 몰라."

해리는 부엉이 간식 몇 개를 피그위전의 새장 창살 사이로 밀어 넣은 다음 본인의 짐 가방으로 고개를 돌렸다. 그 옆에 있는 헤드위그의 새장은 여전히 비어 있었다.

"1주일이 넘었어." 해리가 새장 속 빈 횃대를 보며 말했다. "론, 시리우스가 잡히진 않았겠지?"

"그럴 리가. 그랬으면 《예언자일보》에 났겠지." 론이 말했다. "정부는 누굴 잡았든 그걸 자랑하고 싶어 할 테니까. 안 그래?"

"그래, 그렇겠지……."

"자, 여기 엄마가 다이애건 앨리에서 사 온 네 물건들이 있어. 너 대신 금고에서 금화도 꺼내 오셨네……. 네 양말도 다 빨아 놓고."

론은 해리가 쓰는 간이침대에 꾸러미를 잔뜩 쌓아 놓고

돈 자루와 양말 더미를 그 옆에 내려놓았다. 해리는 위즐리 부인이 사다 준 물건들을 풀기 시작했다. 미란다 고스호크가 쓴 《마법 주문에 관한 표준 교과서: 4학년용》 외에도 새 깃펜 한 세트와 양피지 두루마리 열 몇 개, 마법약 제조 세트에 보충할 재료들이 있었다(라이온피시의 척추와 벨라도나 진액이 떨어져 가던 터였다). 솥단지 안에다 속옷을 가득 채우고 있는데 론이 뒤에서 치를 떠는 소리가 들렸다.

"론, *그게* 뭐야?"

론은 긴 고동색 벨벳 드레스 같은 무언가를 들고 있었다. 옷깃에는 곰팡이가 슨 것처럼 보이는 레이스가 달려 있고 소매에도 그와 똑같은 레이스가 달려 있었다.

문 두드리는 소리가 나더니 위즐리 부인이 새로 세탁한 호그와트 로브를 한 아름 안고 들어왔다.

"여기 있다." 그녀가 로브를 두 무더기로 나누며 말했다. "자, 구겨지지 않게 신경 써서 잘 싸렴."

"엄마, 지니의 새 옷을 저한테 주셨던데요." 론이 그녀에게 옷을 내밀며 말했다.

"그럴 리가." 위즐리 부인이 말했다. "그건 네 옷이야. 정장 로브란다."

"*뭐라고요?*" 론이 충격을 받은 얼굴로 소리쳤다.

"정장 로브!" 위즐리 부인이 다시 말했다. "학교 준비물 목록에 올해에는 정장 로브를 가져와야 한다고 적혀 있더라……. 공식 행사에서 입을 로브 말이야."

"농담하는 거죠?" 론이 믿을 수 없다는 듯 말했다. "저건 절대 안 입어요."

"다들 입는 거야, 론!" 위즐리 부인이 짜증이 나는 듯 말했다. "정장은 다 저렇게 생겼어! 아버지도 말쑥하게 차려입고 파티에 갈 때를 대비해서 몇 벌 갖고 계시잖아!"

"저걸 입느니 벌거벗고 말지." 론이 고집스럽게 말했다.

"바보같이 굴지 마라." 위즐리 부인이 말했다. "준비물 목록에 정장 로브를 가져오라고 적혀 있어! 해리 것도 샀어……. 애한테 보여 주렴, 해리……."

해리는 두려운 마음을 품고 간이침대에 놓인 마지막 꾸러미를 풀어 보았다. 하지만 예상했던 것만큼 나쁘지는 않았다. 그의 정장 로브에는 레이스가 전혀 달려 있지 않았다. 사실, 그 로브는 검은색이 아니라 암녹색이라는 것만 빼면 학교 로브와 별다를 게 없었다.

"이 옷을 입으면 네 눈 색깔이 돋보일 것 같았단다, 애야." 위즐리 부인이 애정 가득한 목소리로 말했다.

"뭐야, 저건 괜찮잖아요!" 론이 해리의 로브를 보고 성이

나서 말했다. "왜 내 건 저런 게 아닌데요?"

"그야…… 네 건 중고로 구해야 해서 선택의 여지가 별로 없었어!" 위즐리 부인이 얼굴을 붉히며 말했다.

해리는 눈을 돌렸다. 그는 그린고츠 지하 금고에 있는 모든 돈을 기꺼이 위즐리 가족과 나누고 싶었지만 그들이 절대 받지 않으리라는 것을 알고 있었다.

"절대 안 입을 거예요." 론이 고집스럽게 말했다. "절대로."

"좋아." 위즐리 부인이 쏘아붙였다. "그럼 벌거벗고 가라. 해리, 쟤 사진 꼭 찍어 놓으렴. 원 없이 웃어나 보자."

그녀는 문을 쾅 닫으며 방을 나갔다. 등 뒤에서 이상하게 캑캑대는 소리가 났다. 피그위전이 부엉이 간식을 먹다가 너무 큰 게 부리에 걸린 것이다.

"왜 내가 가진 건 다 쓰레기야?" 론이 버럭 화를 내며 말했다. 그러고는 피그위전의 달라붙은 부리를 떼어 주려고 성큼성큼 걸어갔다.

11장

호그와트 급행열차를 타고

다음 날 아침 해리가 깨어났을 때 공기 중에는 방학이 끝난 우울함이 확실히 감돌고 있었다. 큰비가 계속 창문을 두드리는 가운데 그는 청바지와 셔츠를 입었다. 호그와트 급행열차에서 학교 로브로 갈아입을 생각이었다.

아침을 먹으러 내려가던 그와 론, 프레드와 조지가 2층 층계참에 다다랐을 때 위즐리 부인이 잔뜩 지친 모습으로 계단 밑에서 나타났다.

"아서!" 그녀가 계단 위에 대고 소리쳤다. "아서! 정부에서 긴급 메시지가 왔어!"

해리는 벽에 몸을 바짝 붙였다. 위즐리 씨가 로브를 거꾸로 입은 채 쿵쾅거리며 나타났다가 보이지 않는 곳으로 달려갔다. 해리와 다른 아이들이 부엌에 들어가 보니 위즐리 부인은 걱정스러운 얼굴로 서랍장을 뒤지고 있었고("여기 어디에 깃펜을 뒀는데!") 위즐리 씨는 벽난로 쪽으로 허리를 구부린 채 누군가와 대화를 나누고 있었다.

해리는 자기가 제대로 본 게 맞는지 확인하려고 눈을 질끈 감았다가 다시 떴다.

에이머스 디고리의 머리가 턱수염 달린 커다란 달걀인 양 불꽃 한가운데 놓여 있었다. 그는 주위에 날리는 불똥이며 귀를 핥는 화염에도 아랑곳하지 않고 속사포처럼 말을 쏟아 내고 있었다.

"……근처에 있던 머글들이 폭발음과 고함 소리를 들었다더군. 그래서 전화를 걸었다는 거야. 그, 뭐라더라…… '공찰'한테. 아서, 자네가 좀 가 봐야겠어."

"여기 있다!" 위즐리 부인이 위즐리 씨의 손에 양피지와 잉크, 찌그러진 깃펜을 건네면서 숨을 헐떡였다.

"내가 얘기를 들은 게 천만다행이지." 디고리 씨의 머리가 말했다. "몇 군데 부엉이를 보내야 해서 일찍 출근했거든. 마법 부당 사용 관리과 사람들이 몰려 나가는 것도 봤고. 아서, 만약 리타 스키터가 냄새를 맡으면……."

"매드아이는 뭐라고 하던가?" 위즐리 씨가 잉크병 뚜껑을 열고 깃펜을 적셔 받아 적을 준비를 하며 물었다.

디고리 씨의 머리가 눈알을 굴렸다. "마당에서 누가 침입하는 소리를 들었다더군. 그 침입자들은 집으로 몰래 다가오다가 쓰레기통들한테 기습을 당했대."

"쓰레기통이 뭐 어쨌다고?" 위즐리 씨가 정신없이 글자를 휘갈겨 쓰며 물었다.

"쓰레기통이 엄청나게 시끄러운 소리를 내면서 사방으로 쓰레기를 발사했다는 거야." 디고리 씨가 말했다. "공찰이 나타났을 때까지도 그중 하나가 여전히 이리저리 날아다니고 있었던 것 같아."

위즐리 씨가 신음을 내뱉었다. "그럼 침입자는?"

"아서, 자네도 매드아이가 어떤 사람인지 알잖아." 디고리 씨의 머리가 다시 눈을 굴리며 말했다. "누가 한밤중에 그 사람 집 마당에 몰래 들어가겠어? 감자 껍질을 뒤집어쓰고 돌아다니는 미친 고양이라면 모를까. 하지만 마법 부당 사용 관리과 사람들이 매드아이를 붙잡으면 그 사람은 끝장이야. 전과를 생각해 봐. 그전에 가벼운 혐의로 처리해야 돼, 자네 부서에서 처리할 만한 것으로. 폭발하는 쓰레기통이면 어느 정도야?"

"경고 정도." 위즐리 씨가 말했다. 그는 이마를 찌푸린 채 여전히 아주 빠른 속도로 글씨를 쓰고 있었다. "매드아이가 마법 지팡이를 쓰진 않았나? 실제로 누굴 공격하진 않았어?"

"틀림없이 잠자리를 박차고 나와 창밖에 대고 닥치는 대로 모든 것에 저주 마법을 퍼붓기 시작했겠지." 디고리 씨가 말했다. "하지만 그걸 증명하기는 어려워. 피해자가 없거든."

"알겠네, 지금 가지." 위즐리 씨가 말했다. 그는 메모한 양피지를 주머니에 구겨 넣고 부엌을 달려 나갔다.

디고리 씨의 머리가 눈을 돌려 위즐리 부인을 보았다.

"미안합니다, 몰리." 머리가 좀 더 침착해진 목소리로 말했다. "이렇게 이른 시간부터 방해한 것도 그렇고 전부 다요……. 하지만 매드아이를 처리할 수 있는 사람은 아서뿐인 데다 매드아이가 오늘부터 새 일을 시작하기로 했거든요. 왜 하필이면 어제……."

"걱정 말아요, 에이머스." 위즐리 부인이 말했다. "가시기 전에 토스트나 뭐 좀 드실래요?"

"아, 그럼 부탁합니다." 디고리 씨가 말했다.

위즐리 부인이 부엌 식탁에 쌓여 있던 버터 바른 토스트 한 조각을 부젓가락으로 집어 디고리 씨의 입으로 옮겼다.

"고맙숨다." 그는 입안에 있는 빵 때문에 목 막힌 소리로 말하더니 작게 '펑' 소리를 내며 사라졌다.

위즐리 씨가 빌, 찰리, 퍼시, 여자아이들에게 다급히 작별 인사를 하는 소리가 들렸다. 5분도 지나지 않아, 그는 이번에는 로브를 똑바로 입고 머리를 빗으며 부엌으로 다시 들어왔다.

"서둘러야겠다. 이번 학기도 즐겁게 보내라, 얘들아." 위즐리 씨가 망토를 어깨에 걸치고 순간이동 할 준비를 하며 해리, 론, 쌍둥이에게 말했다. "몰리, 당신 혼자 애들을 킹스크로스까지 데려다줘도 괜찮겠어?"

"당연하지." 그녀가 말했다. "우린 괜찮으니까 매드아이 일이나 잘 처리해."

위즐리 씨가 사라지자 빌과 찰리가 부엌에 들어왔다.

"지금 매드아이라고 하지 않으셨어요?" 빌이 물었다. "이번엔 또 무슨 짓을 했대요?"

"간밤에 누가 자기 집에 침입하려고 했다더라." 위즐리 부인이 말했다.

"매드아이 무디 말하는 거예요?" 조지가 토스트에 마멀레이드를 펴 바르면서 생각에 잠긴 채 말했다. "미친 사람 아닌가……."

"너희 아버지는 매드아이 무디를 아주 높게 평가하신

다." 위즐리 부인이 엄한 말투로 말했다.

"네, 뭐. 아빠는 플러그도 수집하시잖아요. 안 그래요?" 위즐리 부인이 부엌을 나가자 프레드가 조용히 말했다. "유유상종이지 뭐……."

"무디도 전성기 때는 굉장한 마법사였어." 빌이 말했다.

"덤블도어 교수님의 옛 동료 아니야?" 찰리가 말했다.

"물론 덤블도어도 *정상*이라 할 만한 사람은 아니지." 프레드가 말했다. "그러니까 내 말은, 천재라는 것도 알고 다 아는데……."

"매드아이가 *누군데?*" 해리가 물었다.

"예전에 마법 정부에서 일하다 은퇴한 사람이야." 찰리가 말했다. "아빠가 날 데리고 사무실에 갔을 때 한 번 만난 적 있어. 그 사람은 오러였어. 최고의 오러 중 한 명이었지…… 어둠의 마법사를 잡는 사람 말이야." 그가 해리의 멍한 표정을 보고 덧붙였다. "아즈카반 감옥의 절반이 그 사람 덕분에 차 있는 거지. 적이 많아……. 주로 무디가 붙잡은 사람들의 가족이지만……. 나이가 들면서 편집증이 엄청 심해졌다는 얘기를 들었어. 더 이상 아무도 안 믿는 거야. 어디서나 어둠의 마법사들이 보인다면서."

빌과 찰리도 킹스크로스역으로 가서 모두를 배웅하기로

했다. 그러나 퍼시는 유난스럽게 사과하면서 일하러 가지 않을 수가 없다고 말했다.

“지금은 쉴 핑계를 댈 수가 없어.” 그가 말했다. “크라우치 장관님께서 정말로 나한테 의지하기 시작하셨거든.”

“그래, 근데 그거 알아, 퍼시?” 조지가 진지하게 말했다. “내 생각에 좀 있으면 크라우치가 형 이름을 알게 될 것 같아.”

위즐리 부인은 과감하게 마을 우체국의 전화기를 이용해, 그들을 런던까지 데려다줄 평범한 머글 택시 세 대를 불렀다.

“아서가 정부 차를 빌려 오려고 했어.” 모두 비에 젖은 마당에 서 있을 때 위즐리 부인이 해리에게 속삭였다. 그녀는 택시 기사들이 무거운 짐 가방 여섯 개를 자동차에 싣는 모습을 지켜보고 있었다. “하지만 남는 차가 한 대도 없었단다……. 이런, 저 사람들 기분이 썩 좋아 보이지 않는걸.”

해리는 머글 택시 기사들은 과하게 흥분한 부엉이들을 태울 일이 거의 없는 데다 지금 피그위전이 귀청이 찢어져라 소동을 부려서 그런 거라는 말을 굳이 하지 않았다. 프레드의 짐 가방이 갑자기 열리면서 예상치 못하게 ‘필리버스터 박사의 축축하게 불붙어 뜨겁지 않은 기막힌 폭죽’이 터졌고, 그 바람에 크룩생스가 문제의 가방을 들고 가던 택시 기사의 다리를 할퀴어서 택시 기사가 놀람과 고통으로 소리를 지른 것도 별 도움이 되지 않았다.

다들 짐 가방과 함께 택시 뒷자리에 구겨 앉았기에 킹스크로스역까지 가는 길은 불편했다. 크룩생스가 폭죽에 놀란 마음을 가라앉히기까지는 꽤 시간이 걸렸다. 런던에 들어섰을 때쯤에는 해리, 론, 헤르미온느 모두 여기저기 할퀸 자국투성이가 되었다. 비가 더 세차게 내리고 있었지만 킹스크로스에 도착하자 그들은 크게 안심했다. 그리고 짐 가방을 들고 붐비는 도로를 건너 역으로 들어가는 동안 모두 흠뻑 젖고 말았다.

이제 해리는 9와 4분의 3번 승강장에 들어가는 일에 익숙했다. 9번과 10번 승강장을 나누고 있는, 겉보기에 단단한 벽으로 곧장 걸어가면 되는 간단한 일이었다. 유일하게 까다로운 부분은 머글들의 관심을 끌지 않고 해내는 것뿐이었다. 오늘은 여러 명이 함께 벽을 통과했다. 해리, 론, 헤르미온느가 제일 먼저 들어갔다(피그위전과 크룩생스를 데리고 있어서 그들이 가장 눈에 띄었기 때문이다). 그들은 태연하게 수다를 떨면서 아무렇지 않은 듯 벽에 기댔다가 옆으로 스르르 기울어지듯 들어갔다……. 그러자 다음 순간 9와 4분의 3번 승강장이 눈앞에 나타났다.

번쩍이는 진홍색 증기기관차, 호그와트 급행열차가 이미 승강장에 도착해 증기구름을 내뿜고 있었다. 그 구름 사이로 승강장에 있는 수많은 호그와트 학생과 학부모 들의 모습이 마치 어스름한 유령처럼 보였다. 피그위전은 연기 속에서 들려오는 여러 부엉이들의 울음에 응답하느라 더 시끄럽게 굴었다. 해리, 론, 헤르미온느는 자리를 찾으러 나섰고 머잖아 열차 중간쯤에 있는 객실에 짐을 실었다. 그런 다음 그들은 위즐리 부인, 빌, 찰리에게 작별 인사를 하려고 다시 승강장으로 뛰어내려 갔다.

"생각보다 일찍 너희와 다시 만나게 될지도 몰라." 지니를 껴안고 작별 인사를 하던 찰리가 씩 웃으며 말했다.

"왜?" 프레드가 날카로운 어조로 물었다.

"두고 보면 알아." 찰리가 말했다. "퍼시한테는 내가 이런 얘길 했다고 말하지 마……. '정부에서 발표하기로 한 시간까지는 기밀'이거든."

"그래, 올해에는 나도 호그와트에 다시 가고 싶다." 빌이 주머니에 손을 넣고 거의 애석해하는 표정으로 열차를 바라보며 말했다.

"*왜?*" 조지가 조바심이 나는 듯 물었다.

"재미있는 한 해가 될 거야." 빌이 눈을 반짝이며 말했다. "나도 휴가 내고 가서 구경이나 할까 싶은데……."

"뭘 구경하는데?" 론이 물었다.

하지만 그때 출발을 알리는 경적이 울렸고, 위즐리 부인은 그들을 다급히 열차 문 쪽으로 몰아갔다.

"초대해 주셔서 고맙습니다, 위즐리 아줌마." 헤르미온느가 열차에 올라 문을 닫고 객실 창밖으로 몸을 내밀며 말했다.

"네, 전부 다 감사드려요, 위즐리 아줌마." 해리가 뒤이어 말했다.

"아, 내가 좋아서 한 일이란다, 얘들아." 위즐리 부인이 말했다. "크리스마스에도 초대하고 싶다만…… 글쎄, 내 생각엔 너희 모두 호그와트에 머물고 싶을 거야. 그…… 뭐, 이런저런 일이 있으니까."

"엄마!" 론이 버럭 짜증을 냈다. "우리는 모르고 셋만 아는 일이 뭔데요?"

"아마 오늘 저녁이면 알게 될 거야." 위즐리 부인이 미소를 머금으며 말했다. "정말 재밌을 거다. 그래, 규칙을 바꿨다니 정말 다행이야."

"무슨 규칙요?" 해리, 론, 프레드, 조지가 동시에 물었다.

"덤블도어 교수님이 분명히 얘기해 주실 거야……. 아무튼, 얌전히 지내거라. 알겠지? 알겠니, 프레드? 조지 너도?"

열차가 시끄럽게 칙칙 소리를 내더니 움직이기 시작했다.

"호그와트에서 무슨 일이 일어나는지 말해 줘요!" 프레드가 창밖에 대고 소리쳤다. 위즐리 부인, 빌, 찰리가 빠르게 멀어져 갔다. "무슨 규칙을 바꿨다는 거예요?"

하지만 위즐리 부인은 그저 미소 지으며 손만 흔들 뿐이었다. 열차가 모퉁이를 돌기 전에 그녀와 빌과 찰리는 순간이동으로 사라졌다.

해리, 론, 헤르미온느는 객실로 돌아갔다. 창문을 두드리는 세찬 빗줄기 때문에 바깥을 보기가 어려웠다. 론은 짐을 풀고 고동색 정장 로브를 꺼내 피그위전의 새장에 휙 덮어씌웠다. 시끄럽게 울던 피그위전의 소리가 잠잠해졌다.

"배그먼도 우리한테 호그와트에서 무슨 일이 일어나는지 말하고 싶어 했어." 그가 해리 옆에 앉으며 심통 난 듯 말했다. "퀴디치 월드컵에서. 기억나지? 근데 남도 아니고 우리 엄마가 말을 안 해 주다니. 대체 무슨……."

"쉿!" 헤르미온느가 갑자기 입술에 손가락을 대고 옆 객실을 가리키며 속삭였다. 해리와 론은 귀를 기울였다. 열린 문으로 질질 끄는 익숙한 목소리가 흘러들어 왔다.

"……사실 아버지는 나를 호그와트가 아니라 덤스트랭에 보낼 생각도 하셨어. 거기 교장이랑 아는 사이거든. 솔직히 그렇잖아. 우리 아버지가 덤블도어를 어떻게 생각하시는지는 너희도 잘 알 거 아냐. 머드블러드를 그렇게 좋아하는 사람이라니. 덤스트랭은 그런 쓰레기들은 받아 주지 않아. 하지만 어머니는 내가 그렇게 멀리 있는 학교에 가는 걸 별로 탐탁잖아 하셨어. 아버지는 덤스트랭이 호그와트보다 어둠의 마법에 대해 훨씬 합리적인 기준을 가지고 있다고 하셨지만. 덤스트랭 학생들은 실제로 어둠의 마법을 *배운대*. 우리처럼 방어법 나부랭이만 배우는 게 아니라……."

헤르미온느가 자리에서 일어나 까치발로 객실 문까지 걸어가더니 문을 슬쩍 닫으며 말포이의 목소리를 차단했다.

"그러니까 자기한텐 덤스트랭이 맞았을 거라고 생각한다는 거네?" 그녀가 화를 내며 말했다. "그냥 *거기에* 갔다면 좋았을 텐데. 그러면 저런 애를 참아 줄 필요도 없었을 거 아냐."

"덤스트랭은 또 다른 마법학교야?" 해리가 물었다.

"응." 헤르미온느가 콧방귀를 뀌며 말했다. "악명 높은 곳이야. 《유럽 마법 교육의 평가》에 따르면, 어둠의 마법을 중점적으로 가르친대."

"나도 들어 본 것 같다." 론이 정확히는 모르겠다는 듯 말했다. "어디에 있더라? 어느 나라였지?"

"글쎄, 아무도 모르지 않을까?" 헤르미온느가 눈썹을 치켜올리며 말했다.

"어…… 왜?" 해리가 물었다.

"전통적으로 모든 마법학교 사이에 경쟁이 심했거든. 덤스트랭이랑 보바통은 아무도 자기네 비밀을 훔쳐 가지 못하도록 학교가 있는 곳을 숨기고 싶어 해." 헤르미온느가 설명조로 말했다.

"말도 안 돼." 론이 피식 웃으며 말했다. "덤스트랭도 호그와트만 할 텐데, 그 더럽게 큰 성을 어떻게 숨기냐?"

"하지만 호그와트도 *숨겨져* 있잖아." 헤르미온느가 놀라며 말했다. "다 아는 얘기 아닌가. ……뭐, 《호그와트의 역사》를 읽은 사람이라면 말이야."

"그럼 너만 아는 거네." 론이 말했다. "그렇다면, 말해 봐. 호그와트 같은 곳을 어떻게 숨긴다는 거야?"

"마법이 걸려 있어." 헤르미온느가 말했다. "머글 눈에는 '**위험, 들어가지 마시오, 안전하지 않음**'이라고 적힌 표지판이 걸려 있는 썩어 가는 오래된 폐허만 보일 뿐이야."

"그럼 덤스트랭도 외부인의 눈에는 폐허처럼 보일 거라는 얘기야?"

"그럴지도 모르지." 헤르미온느가 어깨를 으쓱하며 말했다. "아니면 월드컵 경기장처럼 머글 쫓기 마법이 걸려 있거나. 그리고 외부 마법사가 발견하지 못하게 하려고 위치 파악 불가 마법을……."

"뭐라고?"

"그러니까, 건물이 지도에 표시되지 않도록 마법을 걸 수도 있지 않겠어?"

"어…… 그렇겠네." 해리가 말했다.

"하지만 내 생각에 덤스트랭은 저 멀리 북쪽 어딘가에 있을 거야." 헤르미온느가 생각에 잠겨서 말했다. "아주 추운 곳에 말이야. 덤스트랭 교복 중에 털 달린 짧은 망토가 있었거든."

"아, 여러 가지 방법이 떠오른다." 론이 꿈꾸듯 말했다. "말포이를 빙하에서 밀어 떨어뜨린 다음 사고로 위장하면 일이 아주 쉬울 텐데……. 걔네 엄마한테는 안됐지만……."

기차가 북쪽으로 나아갈수록 빗줄기는 더욱 거세졌다. 하늘이 너무 어둡고 창문에 김이 심하게 서려서 정오쯤 되자 등이 켜졌다. 점심을 파는 수레가 달그락거리며 통로를 지나가자 해리는 함께 나누어 먹을 커다란 솥단지 케이크를 샀다.

오후가 되면서 셰이머스 피니건과 딘 토머스, 네빌 롱보

텀을 포함한 친구 몇 명이 그들을 만나러 왔다. 네빌은 동그란 얼굴에 건망증이 아주 심하고 엄청나게 무서운 마법사 할머니 손에 자란 소년이었다. 셰이머스는 아직도 아일랜드 장미 장식을 달고 있었다. 그 장식은 여전히 높은 소리로 "*트로이! 멀릿! 모런!*" 하고 소리치고 있었지만 이제 마법 효과가 떨어진 듯 상당히 약하고 지친 목소리였다. 30분쯤 지나자, 끝없이 이어지는 퀴디치 얘기에 질린 헤르미온느는 또다시 《마법 주문에 관한 표준 교과서: 4학년용》에 파묻혀 소환 마법을 공부하기 시작했다.

네빌은 다른 아이들이 월드컵 경기를 생생히 떠올리자 시샘하듯 그 대화에 귀를 기울였다.

"할머니가 가기 싫다고 하셨어." 그가 우울하게 말했다. "표도 안 사려고 하시더라. 근데 들어 보니까 굉장했겠다."

"굉장했어." 론이 말했다. "이것 봐, 네빌……."

그는 선반에 올려 두었던 짐 가방을 뒤져 빅토르 크룸의 피규어를 꺼냈다.

"와, *우아*." 론이 네빌의 통통한 손바닥에 크룸을 올려놓자 그가 부러운 듯 감탄을 내뱉었다.

"아주 가까이서 보기도 했어." 론이 말했다. "1등석에 있었거든."

"평생 처음이자 마지막일 거다, 위즐리."

드레이코 말포이가 어느새 문 앞에 나타났다. 그의 뒤에는 덩치 큰 깡패 친구 크래브와 고일이 서 있었다. 둘 다 여름방학 동안 적어도 30센티미터는 더 큰 것 같았다. 그들은 딘과 셰이머스가 들어올 때 열어 놓은 객실 문 사이로 대화를 엿들은 게 틀림없었다.

"너한테 오라고 말한 적 없는 것 같은데, 말포이." 해리가 싸늘하게 말했다.

"위즐리…… *저건* 뭐냐?" 말포이가 피그위전의 새장 쪽을 가리키며 말했다. 론의 정장 로브 소매가 열차의 움직임에 따라 달랑거리고 있었다. 곰팡이가 슨 것 같은 소매 끝의 레이스가 아주 뚜렷하게 보였다.

론은 그 로브를 보이지 않는 곳에 치우려 했지만 말포이가 더 빨랐다. 말포이는 정장 로브의 소매를 잡아당겼다.

"이것 좀 봐!" 말포이가 론의 로브를 들어 올려 크래브와 고일에게 보여 주면서 신나게 지껄였다. "위즐리, 설마 이걸 *입으려*는 건 아니지? 그러니까, 1890년쯤에 유행했을 것 같은 옷이라서 말이야……."

"똥이나 처먹어, 말포이!" 똥이라니, 그것은 론이 말포이의 손에서 도로 낚아챈 정장 로브와 같은 색깔이었다. 말포이는 조롱 섞인 웃음을 터뜨리며 자지러졌다. 크래브와 고일도 멍청하게 웃어 댔다.

"그래서…… 참가할 거냐, 위즐리? 가문의 명예를 조금이나마 빛내 보시겠다? 하긴, 돈도 걸려 있긴 하지……. 우승하면 괜찮은 로브도 살 수 있을 거야……."

"무슨 소리 하는 거야?" 론이 쏘아붙였다.

"*참가할 거냐니까?*" 말포이가 다시 말했다. "너는 참가하겠지, 포터? 뽐낼 기회는 절대 안 놓치잖아. 안 그래?"

"무슨 얘길 하는 건지 제대로 설명해. 아니면 가 버리든가, 말포이." 헤르미온느가 《마법 주문에 관한 표준 교과서: 4학년용》 너머로 매몰차게 말했다.

말포이의 허여멀건 얼굴에 고소해하는 미소가 번졌다.

"설마 모르는 건 아니지?" 그가 즐거운 듯 말했다. "아버지랑 형이 정부에서 일하는데도 *모른다고?* 세상에, *우리* 아버지는 한참 전에 말씀해 주셨는데……. 코닐리어스 퍼지 총리한테 직접 들으셨거든. 하긴, 아버지는 항상 정부 고위층 사람들이랑 교제하시니까……. 너희 아버지는 직급이 너무 낮아서 모르나 보다, 위즐리……. 그래…… 아마 너희 아버지 앞에서 중요한 얘기를 하지는 않겠지……."

말포이가 또 한 번 웃으며 크래브와 고일에게 손짓했다.

세 사람은 곧 객실을 나갔다.

론이 자리에서 일어나 객실 미닫이문을 있는 힘껏 쾅 닫는 바람에 창유리가 부서졌다.

"론!" 헤르미온느가 나무라듯 소리치고 마법 지팡이를 꺼내 "*레파로*"라고 중얼거렸다. 유리 조각들이 한 장의 판유리로 되돌아가더니 도로 문에 끼워졌다.

"그래…… 자기는 모든 걸 알고 우리는 모르는 것처럼 보이게 만드시겠다……." 론이 으르렁거렸다. "'아버지는 항상 정부 고위층 사람들이랑 교제하시니까'라고……? 우리 아빠도 진작 승진할 수 있었어……. 그냥 지금 있는 데가 마음에 들어서 그러시는 거지……."

"당연하지." 헤르미온느가 조용히 말했다. "말포이 같은 애한테 휘둘리지 마, 론."

"내가 저 자식한테? 휘둘린다고? 퍽이나!" 론이 남아 있는 솥단지 케이크 한 조각을 집어 들고 곤죽이 되도록 으깨며 말했다.

론의 기분은 여행이 끝날 때까지 풀리지 않았다. 그는 학교 로브로 갈아입을 때도 별말 하지 않았고, 호그와트 급행열차가 마침내 속도를 늦추다 호그스미드역의 칠흑 같은 어둠 속에 멈춰 섰을 때도 여전히 도끼눈을 뜨고 있었다.

열차 문이 열리자 머리 위에서 천둥소리가 들려왔다. 헤르미온느는 크룩생스를 망토로 둘둘 감쌌고 론은 정장 로브를 피그위전 위에 덮은 그대로 두었다. 그들은 고개를 숙이고 눈을 가늘게 뜬 채 폭우를 맞으며 기차를 떠났다. 이제 비가 어찌나 세차게 퍼붓는지, 머리 위로 얼음물이 든 양동이를 끊임없이 들이붓는 것 같았다.

"안녕하세요, 해그리드!" 해리가 승강장 저 끝의 거대한 윤곽을 보고 소리쳤다.

"잘 있었냐, 해리?" 해그리드가 손을 흔들며 마주 소리쳤다. "빠져 죽지 않으면 개강 연회에서 보자!"

1학년들은 전통적으로 해그리드와 함께 배를 타고 호수를 건너 호그와트 성에 도착했다.

"아아, 나라면 이런 날씨에 호수를 건너고 싶지 않을 거야." 헤르미온느가 다른 아이들과 함께 어두운 승강장을 천천히 나아가는 내내 부들부들 떨면서 진심을 담아 말했다. 말이 묶여 있지 않은 마차 100대가 역 바깥에 서서 그들을 기다리고 있었다. 해리, 론, 헤르미온느, 네빌은 기꺼이 그중 한 대에 올라탔다. 문이 탁 닫히더니 잠시 뒤 마차가 크게 한 번 휘청거렸다. 긴 마차 행렬이 물을 튀기면서 덜컹덜컹 호그와트 성으로 가는 길을 따라갔다.

12장

트라이위저드 대회

마차들은 날개 달린 멧돼지 조각상이 양옆에 서 있는 교문을 통과한 다음, 빠르게 돌풍으로 변해 가는 바람에 위험하게 흔들리며 넓은 길을 덜컹덜컹 나아갔다. 해리는 창문에 기댄 채 호그와트가 점점 가까워지는 모습을 지켜보았다. 빗줄기가 드리운 두꺼운 커튼 뒤로 불 켜진 창문들이 부옇게 빛나고 있었다. 마차가 거대한 오크나무 정문 앞 돌계단 아래 멈춰 섰을 때 번개가 하늘을 가르며 번쩍였다. 앞쪽 마차에 타고 있던 아이들은 이미 계단을 올라 성으로 들어가고 있었다. 해리, 론, 헤르미온느, 네빌도 마차에서 뛰어내려 빠르게 계단을 올랐다. 그들은 횃불로 밝혀진 휑뎅그렁한 현관홀에 들어선 다음에야 겨우 고개를 들었다.

현관홀에는 웅장한 대리석 계단이 있었다.

"제기랄." 론이 고개를 흔들어 사방으로 물을 튀기며 말했다. "비가 계속 저렇게 오다간 호수가 넘칠 거야. 난 쫄딱 젖…… **아악!**"

천장에서 커다란 빨간색 물풍선이 론의 머리에 날아와 떨어지더니 터졌다. 론은 흠뻑 젖은 채 푸푸거리며 해리 쪽으로 비틀비틀 옆걸음질 했다. 바로 그때 두 번째 물풍선이 헤르미온느를 가까스로 비껴가 해리의 발 앞에서 터지면서 차가운 물이 그의 운동화와 양말을 적셨다. 주위에 있던 학생 모두가 비명을 지르며 물풍선의 사정거리를 벗어나려고 서로를 밀치기 시작했다. 해리는 고개를 들었다. 종이 잔뜩 달린 모자를 쓰고 오렌지색 나비넥타이를 한 조그만 남자, 폴터가이스트 피브스가 그들의 머리 위 5미터 높이에 둥둥 떠 있었다. 다시 목표물을 조준하느라 그의 넓데데하고 심술궂은 얼굴이 일그러졌다.

"**피브스!**" 화난 목소리가 소리쳤다. "피브스, **당장** 이리 내려와!"

교감이자 그리핀도르 기숙사 담임 교수인 맥고나걸 교수가 대연회장에서 달려 나왔다. 젖은 바닥을 딛고 미끄러진 그녀는 넘어지지 않으려고 헤르미온느의 목을 붙들었다.

"이런, 미안하구나, 그레인저 양."

"괜찮아요, 교수님!" 헤르미온느가 목을 문지르며 캑캑거렸다.

"피브스, 이리 내려와, **당장!**" 맥고나걸 교수가 뾰족 모자를 고쳐 쓰고 네모난 안경테 너머로 피브스를 올려다보면서 호통쳤다.

"난 아무 짓도 안 했는데!" 피브스가 5학년 여학생 몇 명한테 물풍선을 던지며 킥킥대자 그 학생들이 비명을 지르며 대연회장으로 뛰어들어 갔다. "이미 젖어 있었잖아? 조금 더 적신 걸 가지고! 휘이이이이이!" 그러더니 그는 방금 도착한 2학년들에게 또다시 물풍선을 조준했다.

"교장 선생님을 불러야겠구나!" 맥고나걸 교수가 소리쳤다. "경고하는데, 피브스……."

피브스는 혀를 빼물고 공중에 마지막으로 물풍선을 던지더니 미친 듯이 낄낄거리며 대리석 계단을 쌩 올라갔다.

"자, 그럼 가자꾸나!" 맥고나걸 교수가 잔뜩 젖은 아이들에게 소리쳤다. "대연회장으로. 어서!"

해리, 론, 헤르미온느는 미끄러지고 넘어질 뻔하면서 현관홀을 걸어가 오른쪽에 있는 양쪽 여닫이문을 지났다. 론은 흠뻑 젖은 머리카락을 얼굴에서 떼어 내며 목소리를 낮추고 구시렁댔다.

개강 연회를 위해 장식되어 있는 대연회장은 언제나 그랬듯 훌륭한 모습이었다. 황금색 접시들과 잔들이 식탁 위 공중에 떠 있는 수많은 촛불 빛을 받아 번쩍거렸다. 긴 기숙사 식탁 네 곳은 수다를 떠는 학생들로 가득했다. 대연회장 가장 안쪽에는 교직원들이 학생들을 바라보고 나란히 앉아 있었다. 이곳은 바깥보다 훨씬 따뜻했다. 해리, 론, 헤르미온느는 슬리데린, 래번클로, 후플푸프 식탁을 지나 대연회장 끝에 있던 다른 그리핀도르 학생들과 함께 앉았다. 그리핀도르 유령인 목이 달랑달랑한 닉 옆자리였다. 허연 진줏빛에 반투명한 형상의 닉은 오늘 밤에도 평소처럼 유난히 풍성한 주름 깃이 달린 더블릿을 입고 있었는데, 그 주름 깃은 분위기를 더 흥겹게 만드는 한편 완전히 잘리지 않은 목 위에 얹힌 머리가 지나치게 흔들리지 않도록 해 주는 두 가지 쓸모가 있었다.

"기분 좋은 저녁이네." 그가 활짝 웃으며 말했다.

"누가 그래요?" 해리가 운동화를 벗어 물을 쏟아 버리며 대꾸했다. "빨리 기숙사 배정식을 했으면 좋겠어요. 굶어 죽겠어요."

신입생들을 기숙사에 배정하는 의식은 매 학년이 시작할

때마다 열렸다. 하지만 여러 가지 상황이 안 좋게 꼬이는 바람에 해리는 본인이 배정받은 이후로 기숙사 배정식에 참석해 본 적이 없었다. 그래서인지 상당히 기대가 됐다.

바로 그때, 식탁 저쪽에서 한껏 들떠서 헐떡거리는 목소리가 소리쳤다. "안녕, 해리!"

해리를 영웅 비슷하게 여기는 3학년생 콜린 크리비였다.

"안녕, 콜린." 해리가 조금 경계하며 말했다.

"해리, 무슨 일이 있었는지 알아? 한번 맞혀 봐, 해리. 내 동생이 입학했어! 내 동생 데니스가!"

"어…… 잘됐다." 해리가 말했다.

"걘 정말 신났어!" 콜린이 앉은 자리에서 통통 튀다시피 하며 말했다. "그리핀도르가 되면 참 좋을 텐데! 행운을 빌어 줄 거지, 해리? 응?"

"어…… 그래, 그럴게." 해리가 말했다. 그는 헤르미온느, 론, 목이 달랑달랑한 닉에게 고개를 돌렸다. "형제자매는 보통 같은 기숙사에 들어가지 않아?" 그가 물었다. 일곱 명 모두 그리핀도르에 들어간 위즐리 형제를 보고 든 생각이었다.

"아니, 꼭 그렇지는 않아." 헤르미온느가 말했다. "파르바티 파틸의 쌍둥이는 래번클로거든. 일란성인데도 말이야. 꼭 둘이 같은 데 들어갈 것 같은데. 그치?"

해리는 교직원 식탁을 바라보았다. 평소보다 빈자리가 많은 것 같았다. 물론 해그리드는 아직 1학년들을 데리고 호수를 건너느라 애쓰고 있을 테고, 맥고나걸 교수는 아마도 현관홀 바닥을 말리는 일을 감독하고 있을 것이다. 하지만 빈 의자가 하나 더 있었다. 또 누가 없는지 도통 떠오르지 않았다.

"새로 온 어둠의 마법 방어법 교수님은 어디 계시지?" 헤르미온느가 말했다. 그녀도 교수들을 바라보고 있었다.

지금까지 1년 이상을 버틴 어둠의 마법 방어법 교수는 한 명도 없었다. 해리가 가장 좋아했던 루핀 교수도 지난 학기에 사임했다. 해리는 교직원 식탁을 이리저리 둘러보았다. 분명 새로운 얼굴은 보이지 않았다.

"사람을 구할 수가 없었나 봐!" 헤르미온느가 불안한 표정을 지으며 말했다.

해리는 식탁을 더 주의 깊게 살펴보았다. 키가 아주 작은 일반 마법 담당 플리트윅 교수가 쿠션을 잔뜩 쌓아 놓고, 흩날리는 회색 머리카락 위에 모자를 비스듬히 눌러쓴 약초학 담당 스프라우트 교수 옆에 앉아 있었다. 스프라우트 교수는 천문학 담당 시니스트라 교수와 이야기를 나누고 있었다. 시니스트라 교수의 반대쪽 옆에는 누르께한 얼굴에 매부리코, 기름진 머리카락을 가진 마법약 교수 스네이프가 있었다. 그는 호그와트에서 해리가 가장 싫어하는 사람이었다. 스네이프에 대한 해리의 증오심에 필적할 만한 것은 해리에 대한 스네이프의 증오심뿐이었다. 과연 가능한 일인지는 모르겠지만, 지난 학기에 해리가 스네이프의 그 커다란 코앞에서 시리우스의 탈출을 도우면서 스네이프는 전보다 더욱 해리를 싫어하게 되었다. 스네이프와 시리우스는 학창 시절부터 줄곧 앙숙이었던 것이다.

스네이프의 반대쪽 옆에 빈 의자가 있었다. 해리는 그것이 맥고나걸 교수의 자리일 거라고 생각했다. 그리고 그 옆, 식탁 한가운데에 교장인 덤블도어 교수가 앉아 있었다. 긴 은색 머리카락과 턱수염이 촛불 빛에 반짝이는 가운데, 그는 수많은 달과 별이 수놓인 멋진 암녹색 망토를 입고 있었다. 덤블도어는 길고 가느다란 손가락 끝을 한데 모으고 턱을 받친 채 생각에 잠긴 듯 반달 모양 안경 너머로 천장을 올려다보고 있었다. 해리도 천장을 힐끗 올려다봤다. 천장은 바깥의 하늘과 똑같이 보이도록 마법이 걸려 있었는데 지금처럼 험악한 날씨는 처음 보았다. 검은색과 자주색 구름이 천장 전체에 소용돌이쳤고, 바깥에서 또 한 번 천둥치는 소리가 들리자 여러 갈래로 갈라진 번개가 온 천장에 번쩍였다.

"아, 빨리 좀 하지." 해리 옆자리에 앉은 론이 신음했다. "히포그리프라도 잡아먹을 지경이니까."

그 말이 떨어지기가 무섭게 대연회장 문이 열리고 침묵이 내려앉았다. 맥고나걸 교수가 길게 줄지어 선 1학년들을 대연회장 가장 안쪽까지 데리고 갔다. 해리, 론, 헤르미온느도 젖어 있긴 했지만 1학년들의 몰골에 비하면 아무것도 아니었다. 그들은 배를 탄 게 아니라 호수를 헤엄쳐 건넌 것 같은 모습으로 교직원 식탁을 따라 줄지어 가다가 다른 학년들을 마주 보고 멈춰 섰는데, 그러는 내내 모두 추위와 긴장으로 부들부들 떨고 있었다. 다만 가장 작고 칙칙한 갈색 머리카락을 가진 소년만은 예외였다. 그는 해그리드의 것으로 보이는 두더지 가죽 외투로 몸을 감싸고 있었는데, 코트가 너무 커서 검은색 털이 잔뜩 달린 천막을 걸친 것처럼 보였다. 옷깃 위로 비죽 나온 그의 작은 얼굴은 견딜 수 없을 만큼 흥분한 빛으로 가득했다. 겁에 질린 얼굴의 다른 학생들과 같이 줄을 선 그는 콜린 크리비와 눈이 마주치자 양손 엄지를 치켜들더니 입을 벙긋거렸다. "나 호수에 빠졌어!" 그 사실이 굉장히 즐거운 듯했다.

이제 맥고나걸 교수가 1학년들 앞에 다리 세 개짜리 의자를 놓고 그 위에 굉장히 낡고 더럽고 여기저기 기운 마법사 모자를 올려놓았다. 1학년들은 모자를 뚫어지게 바라보았다. 다른 사람들도 마찬가지였다. 잠깐 침묵이 흘렀다. 잠시 후 모자챙 근처의 찢어진 부분이 입처럼 활짝 벌어지더니 모자가 노래를 부르기 시작했다.

천 년도 더 전에
내가 새로 만들어졌을 때
네 명의 유명한 마법사가 살았다네.
그들의 이름은 지금까지도 잘 알려져 있지.
거친 황야의 용감한 그리핀도르,
좁은 골짜기의 아름다운 래번클로,
넓은 계곡의 다정한 후플푸프,
늪의 약삭빠른 슬리데린.
그들은 하나의 소망, 희망, 꿈을 나눴다네.
어린 마법사들을 가르치려는
대담한 계획을 함께 품었지.
그렇게 호그와트 마법학교가 시작됐다네.
네 명의 창립자들은 각각

자신만의 기숙사를 세웠어.
저마다 가르칠 학생에게서
서로 다른 덕목을 귀하게 여겼으니까.
그리핀도르는 누구보다도
용감한 학생들을 더 높이 평가했고
래번클로에게는 영리한 자들이
언제나 우선이었지.
후플푸프는 성실한 노력가들에게
가장 먼저 입학할 자격을 주었고
힘에 굶주린 슬리데린은
야망이 큰 자들을 사랑했다네.
살아 있는 동안 그들은
여럿 가운데서 가장 좋아하는 이들을 분류했어.
하지만 그들이 죽어 사라진 지금
어떻게 사람들을 골라낼 수 있을까?
그리핀도르가 그 방법을 찾아냈다네.
그가 머리에 쓰고 있던 나를 휙 벗자
창립자들이 내게 조금씩 지혜를 넣어 주었지.
내가 대신 선택할 수 있도록!
이제 나를 귀까지 푹 눌러 써 보렴.

나는 한 번도 틀린 적이 없다네.
내가 너희 마음속을 들여다보고
너희가 어디에 속하는지 말해 줄게!

기숙사 배정 모자가 노래를 마치자 대연회장이 박수 소리로 떠나갈 듯했다.

"우리를 배정할 때 불렀던 노래가 아니네." 해리가 다른 사람들과 함께 손뼉을 치며 말했다.

"매년 다른 노래를 불러." 론이 말했다. "꽤 지루한 인생 아니냐? 모자로 산다니. 아마 1년 내내 다음 해에 부를 노래를 만들며 지낼걸."

곧 맥고나걸 교수가 커다란 양피지 두루마리를 펼쳤다.

"내가 이름을 부르면 모자를 쓰고 저 의자에 앉습니다." 그녀가 1학년들에게 말했다. "모자가 기숙사를 알려 주면 맞는 식탁에 가서 앉으세요. 애컬리, 스튜어트!"

한 소년이 머리부터 발끝까지 눈에 띄게 떨면서 걸어 나와 기숙사 배정 모자를 쓰고 의자에 앉았다.

"*래번클로!*" 모자가 소리쳤다.

스튜어트 애컬리는 모자를 벗고 재빨리 래번클로 식탁으로 갔다. 래번클로 학생들 모두가 박수를 치고 있었다. 해리는 래번클로의 수색꾼 초가 자리에 앉는 스튜어트 애컬리에게 환호를 보내는 모습을 힐끗 보았다. 아주 잠깐, 해리는 자신도 래번클로 식탁에 앉고 싶은 이상한 충동을 느꼈다.

"배덕, 맬컴!"

"*슬리데린!*"

대연회장 저쪽에 있는 식탁에서 환호성이 터져 나왔다. 배덕이 슬리데린 학생들이 있는 곳으로 가자 말포이가 손뼉을 치는 모습이 보였다. 해리는 배덕이 다른 어떤 기숙사보다 슬리데린에서 어둠의 마법사가 가장 많이 나왔다는 사실을 알고 있는지 궁금했다. 배덕이 자리에 앉자 프레드와 조지가 그에게 휘익 하고 야유하듯 휘파람을 불었다.

"브랜스톤, 엘리너!"

"*후플푸프!*"

"콜드웰, 오언!"

"*후플푸프!*"

"크리비, 데니스!"

쥐방울만 한 데니스 크리비가 해그리드의 두더지 가죽 외투 자락에 발이 걸려 휘청거리며 앞으로 나왔다. 마침 그때 교직원 식탁 뒤에 있는 문으로 외투의 주인인 해그리드가 들어왔다. 키는 보통 사람의 두 배, 덩치는 세 배쯤 되는 해그리드는 길고 거칠고 잔뜩 엉킨 검은색 머리카락과 턱수염까지 기르고 있어 조금 위협적으로 보였다. 오해할 만한 첫인상이었지만 해리, 론, 헤르미온느는 해그리드가 천성적으로 아주 다정하다는 사실을 알고 있었다. 해그리드는 교직원 식탁 끝에 앉으며 그들에게 눈을 찡긋하고, 데니스 크리비가 기숙사 배정 모자를 쓰는 모습을 지켜보았다. 모자챙 근처의 찢어진 부분이 활짝 벌어지더니……

"*그리핀도르!*" 모자가 소리쳤다.

해그리드는 그리핀도르 학생들과 함께 손뼉을 쳤다. 데니스 크리비는 활짝 웃으며 모자를 벗어 다시 의자에 올려놓고 얼른 형에게 달려갔다.

"콜린, 나 호수에 빠졌어!" 그가 빈 의자에 털썩 앉으며 높은 목소리로 말했다. "끝내줬어! 물속에서 뭔가가 나를 잡고 배 위로 밀어 주더라니까!"

"멋진데!" 콜린이 똑같이 흥분해서 말했다. "아마 대왕오징어였을 거야, 데니스!"

"*우아!*" 폭풍이 휩쓰는 깊디깊은 호수에 빠졌다가 거대한 바다 괴물에 의해 다시 밀려 나온 것이 아무도 꿈꾸지 못할 행운이라도 되는 것처럼 데니스가 탄성을 질렀다.

"데니스! 데니스! 저기 저 사람 보여? 검은 머리에 안경 쓴 사람 말이야. *저 사람이 누군지 알아, 데니스?*"

해리는 시선을 돌려, 이제 에마 돕스를 배정하고 있는 기숙사 배정 모자를 뚫어지게 바라보았다.

배정식은 계속 이어졌다. 저마다 다른 표정으로 겁먹은 얼굴을 하고 있는 남학생, 여학생 들이 차례차례 세 발 의자로 향했다. 맥고나걸 교수가 'L'로 시작하는 이름을 다 부르자 줄이 천천히 짧아졌다.

"아, 빨리 좀." 론이 신음하며 배를 문질렀다.

"이보게, 론. 배정식은 음식보다 훨씬 중요한 것이라네." 목이 달랑달랑한 닉이 말했다. "매들리, 로라!"가 후플푸프에 배정됐을 때였다.

"죽은 사람한테는 당연히 그렇겠죠." 론이 쏘아붙였다.

"올해 그리핀도르 학생들도 잘하기를 바랄 뿐이네." 목이 달랑달랑한 닉이 "맥도널드, 내털리!"가 그리핀도르 식탁에 합류하자 박수를 보내며 말했다. "연승 행진이 끊기면 안 되지 않겠나?"

그리핀도르는 지난 3년간 연속으로 기숙사 챔피언십에서 우승했다.

"프리처드, 그레이엄!"

"*슬리데린!*"

"퀴크, 올라!"

"*래번클로!*"

그리고 "휘트비, 케빈!"("*후플푸프!*")을 마지막으로 배정식이 끝났다. 맥고나걸 교수가 모자와 의자를 치웠다.

"이제 됐다." 론이 나이프와 포크를 들고 기대감에 찬 얼굴로 황금 접시를 바라보며 말했다.

덤블도어 교수가 자리에서 일어났다. 그는 환영의 뜻으로 양팔을 활짝 벌린 채 미소를 머금고 학생들을 둘러보았다.

"할 말은 하나뿐입니다." 덤블도어가 학생들에게 말하자 그의 깊은 목소리가 대연회장 가득 울려 퍼졌다. "*욱여넣으세요.*"

"옳소! 옳소!" 해리와 론이 시끄럽게 소리친 순간 빈 접시들이 눈앞에서 마법처럼 채워졌다.

목이 달랑달랑한 닉은 서글픈 눈으로 해리, 론, 헤르미온느가 개인 접시를 가득 채우는 모습을 지켜보았다.

"아아, 헐씬 나따." 론이 으깬 감자를 입안 가득 물고 말했다.

"오늘 연회가 열린 것만도 다행이라네." 목이 달랑달랑한 닉이 말했다. "아까 주방에서 말썽이 있었거든."

"왜요? 무슨 일인데오?" 해리가 큼직한 스테이크 덩어리를 입에 물고 말했다.

"당연히 피브스 때문이지." 목이 달랑달랑한 닉이 고개를 저으며 말하자 머리가 위험하게 흔들거렸다. 그는 주름깃을 목 위로 좀 더 높이 끌어 올렸다. "뭐, 늘 있었던 말다툼이었네. 피브스는 연회에 참석하고 싶어 했지. 한데, 그건 말도 안 되는 일이잖나. 자네들도 피브스가 어떤지 알테니까. 교양과는 담을 쌓았지. 음식 접시만 봤다 하면 던져 버리고 말이야. 우리는 유령 회의를 열었네. 뚱보 수도사는 피브스에게 기회를 주자고 의견을 냈지만, 피투성이 남작이 반대했다네. 내 생각엔 현명한 판단이었지."

피투성이 남작은 슬리데린의 유령으로, 은색 핏자국으로 뒤덮인 깡마르고 과묵한 유령이었다. 호그와트에서 실제로 피브스를 통제할 수 있는 유일한 존재이기도 했다.

"그랬구나. 어쩐지 짜증이 난 것 같더라니." 론이 험악한 어조로 말했다. "그래서 주방에서 무슨 짓을 했는데요?"

"아, 평소 하던 짓을 했다네." 목이 달랑달랑한 닉이 어깨를 으쓱하며 말했다. "난장판에 아수라장을 만들어 놨어. 사방에 냄비며 프라이팬이 널브러졌지. 주방 전체가 수프 천지라네. 집요정들이 정신을 놓을 만큼 겁을 줘서……."

'땡그랑.' 헤르미온느가 황금 잔을 엎었다. 호박 주스가 천천히 식탁보에 번지면서 하얀 천이 오렌지색으로 물들어 갔지만 헤르미온느는 전혀 신경 쓰지 않았다.

"*여기*에 집요정이 있다고요?" 그녀가 충격을 받은 얼굴로 목이 달랑달랑한 닉을 쳐다보며 말했다. "여기 *호그와트*에요?"

"당연하지." 목이 달랑달랑한 닉이 그녀의 반응에 놀란 얼굴로 말했다. "내 생각엔, 영국에 있는 주거지를 통틀어 여기 사는 집요정의 숫자가 가장 많을 거라네. 백 명이 넘거든."

"저는 한 명도 못 봤는데요!" 헤르미온느가 말했다.

"뭐, 대낮에는 거의 주방을 떠나지 않으니 그렇지 않겠나?" 목이 달랑달랑한 닉이 말했다. "집요정들은 밤에 나온다네. 청소도 좀 하고…… 불도 지피고, 뭐 그러려고 말이야……. 내 말은, 자네들이 집요정을 못 보는 건 당연한 일이라는 말일세. 왜 아니겠나? 그게 좋은 집요정의 조건이야. 존재한다는 걸 모르게 하는 것 말일세."

헤르미온느는 그를 빤히 바라보았다.

"하지만 돈은 받고 일하는 거죠?" 그녀가 말했다. "*휴가*도 있고요. 그쵸? 그리고, 병가라든지 연금이라든지, 다 있겠죠?"

목이 달랑달랑한 닉이 너무 웃어 대는 바람에 주름 깃이 내려가면서 머리가 훌렁 젖혀졌다. 그의 머리가 아직까지도 목에 붙어 있는 유령 피부와 몇 센티미터 근육에 매달려 대롱거렸다.

"병가나 연금?" 그가 머리를 다시 어깨 위로 밀어 올리고 주름 깃으로 고정시키며 말했다. "집요정들은 병가나 연금을 바라지 않는다네!"

헤르미온느는 거의 손대지 않은 음식 접시를 내려다보더니 나이프와 포크를 그 위에 올려놓고 접시를 멀리 밀어냈다.

"아, 왜 그래, 허미옹느." 론이 의도치 않게 해리에게 요크셔 푸딩 조각을 튀기며 말했다. "이런. 미앙, 해리." 그는 음식을 꿀꺽 삼켰다. "네가 밥을 안 먹는다고 걔들이 병가를 얻는 건 아니잖아!"

"이건 노예 노동이야." 헤르미온느가 콧김을 세차게 내뿜으며 말했다. "이 저녁 식사를 만든 게 바로 그거라고. *노예 노동*."

그녀는 한 입이라도 더 먹기를 거부했다.

여전히 빗줄기가 높고 어두운 창문을 세차게 두드리고

있었다. 또 한 번 천둥이 창문을 뒤흔들었다. 폭풍우가 몰아치는 천장이 번쩍하면서, 남아 있던 첫 번째 요리가 사라지고 황금 접시들이 디저트들로 대체되는 모습을 비췄다.

"당밀 타르트다, 헤르미온느!" 론이 일부러 타르트 냄새를 그녀에게 날려 보내며 말했다. "스포티드 딕(말린 과일을 넣은 스펀지케이크—옮긴이)이야, 봐! 초콜릿 케이크도 있어!"

하지만 헤르미온느가 유난히 맥고나걸 교수를 떠오르게 하는 눈길을 던지자 론은 포기하고 말았다.

디저트를 다 먹고 마지막 부스러기까지 사라져 접시가 반짝반짝 깨끗해졌을 때, 알버스 덤블도어가 다시 자리에서 일어났다. 대연회장을 채우던 수다스러운 웅성거림이 단번에 멈추고 울부짖는 바람 소리와 빗줄기가 떨어지는 소리만 들려왔다.

"자!" 덤블도어가 그들 모두에게 미소를 지으며 말했다. "우리 모두 먹고 마셨으니, (헤르미온느가 "흥!" 콧방귀를 뀌었다) 다시 한 번 주목해 줬으면 좋겠습니다. 몇 가지 공지 사항을 전달해야 하거든요. 건물 관리인인 필치 씨의 요청으로, 올해 성안에서 사용이 금지된 물건 목록에 비명을 지르는 요요, 송곳니 원반, 부숴부숴 부메랑 등이 추가되었음을 알려 드립니다. 전체 목록은 내가 알기로 437개의 품

목으로 구성되어 있으며, 내용을 보고 싶은 학생은 필치 씨의 사무실에서 확인할 수 있어요."

덤블도어의 입가가 씰룩거렸다.

그가 말을 이었다. "언제나 그렇듯, 교내에 있는 숲은 학생들에게 출입이 금지된 곳임을 다시 알려 드리고 싶습니다. 3학년이 안 된 학생들은 호그스미드 마을도 방문할 수 없어요. 가슴 아픈 소식이지만, 올해에는 기숙사 간 퀴디치 대회가 열리지 않는다는 소식도 알려 드립니다."

"*뭐?*" 해리가 숨을 헉 들이켰다. 그는 퀴디치 팀 동료 선수인 프레드와 조지를 돌아보았다. 그들은 아무 소리도 내지 못하고 덤블도어를 보며 입만 벙긋거리고 있었다. 너무 놀라 할 말을 잃은 듯했다.

덤블도어가 말을 이어 나갔다. "10월에 시작되어 이번 학년 내내 지속될 행사 때문입니다. 이 일에 교수님들이 시간과 에너지를 많이 빼앗기실 거예요. 하지만 여러분 모두 틀림없이 이번 행사를 한껏 즐기게 될 겁니다. 기쁜 마음으로 알립니다. 올해 호그와트에서……."

하지만 그 순간 귀청이 찢어질 듯한 천둥소리가 울려 퍼지며 대연회장 문이 벌컥 열렸다.

한 남자가 문 앞에 서 있었다. 긴 지팡이를 짚고 검은색 여행용 망토를 걸친 차림이었다. 대연회장에 있는 모든 사람이 낯선 이를 향해 고개를 돌렸다. 갑자기 온 천장에 번개가 번뜩이며 그를 환하게 비췄다. 그는 후드를 벗고 반백이 된 짙은 회색빛의 덥수룩한 장발을 흔들더니 교직원 식탁으로 걸어가기 시작했다.

그가 한 걸음 내디딜 때마다 둔탁한 '턱' 소리가 대연회장에 울려 퍼졌다. 그는 상석에 이르러 오른쪽으로 돌아서더니 다리를 심하게 절뚝거리며 덤블도어에게로 향했다. 또한 차례 천장에서 번개가 번쩍했다. 헤르미온느가 숨을 들이켰다.

번갯불에 비쳐 남자의 얼굴이 선명하게 도드라졌다. 해리는 그런 얼굴은 한 번도 본 적이 없었다. 마치 사람의 얼굴이 어떻게 생겨야 하는지 잘 알지 못하고 끌을 다루는 솜씨도 그리 뛰어나지 않은 누군가가 오래된 나무를 깎아 만든 것 같은 모습이었다. 피부는 온통 흉터로 가득했다. 입은 사선으로 쭉 그어 놓은 것처럼 생겼으며, 코는 한 움큼 사라지고 없었다. 하지만 그 남자를 두려워하게 만드는 건 바로 눈이었다.

그의 한쪽 눈은 작고 어두운 색에 초롱초롱했다. 그러나 다른 눈은 크고 동전처럼 둥글고 선명한 밝은 파란색이었다. 그 파란 눈은 한 번 깜빡이지도 않고 위아래, 양옆으로 데굴데굴 구르며, 멀쩡한 한쪽 눈과는 별개로 끊임없이 움직이고 있었다. 그러다가 그 눈이 완전히 뒤집혀 뒤통수 쪽으로 향했다. 사람들 눈에는 오직 흰자위만 보일 뿐이었다.

그 낯선 사람이 덤블도어에게 다가갔다. 그가 얼굴에 있는 것 못지않게 심한 흉터가 있는 손을 내밀자 덤블도어는 해리한테까지는 들리지 않는 말을 중얼거리며 그와 악수했다. 덤블도어는 낯선 이에게 뭔가 질문을 던지는 듯했고, 낯선 이는 웃는 기색 하나 없이 고개를 젓더니 소리 죽여 대답했다. 덤블도어는 고개를 끄덕이고 손짓으로 남자에게 오른쪽 빈자리를 가리켰다.

낯선 이는 자리에 앉아 길고 덥수룩한 짙은 잿빛 머리카락을 흔들어 얼굴에서 떼어 내더니 소시지가 담긴 접시를 끌어당겼다. 그는 접시를 들어 올려 남아 있는 코로 냄새를 맡았다. 그런 다음 주머니에서 작은 칼을 꺼내 그 끝에 소시지를 꽂고 먹기 시작했다. 그의 멀쩡한 눈은 소시지에 고정됐지만 파란 눈은 여전히 안구 속에서 쉼 없이 구르며 대연회장과 학생들을 살피고 있었다.

"새 어둠의 마법 방어법 교수님을 소개하겠습니다." 고요한 가운데 덤블도어가 밝은 목소리로 입을 열었다. "무디 교수님입니다."

새로운 교직원은 박수로 환영하는 게 보통이었지만 덤블도어와 해그리드를 제외한 교직원이나 학생 중 누구도 손뼉을 치지 않았다. 두 사람이 손을 모아 보내는 갈채는 음울하게 울려 퍼지다 잦아들더니 그마저도 곧 멈췄다. 다른 사람들은 모두 무디의 괴상한 모습에 얼어붙은 나머지 그를 쳐다보는 것 말고는 아무것도 할 수 없는 듯했다.

"무디?" 해리가 론에게 중얼거렸다. "*매드아이 무디?* 오늘 아침에 너희 아빠가 도와주러 간 사람 아니야?"

"맞아." 론이 경외감 깃든 목소리로 나직이 말했다.

"무슨 일이 있었던 거야?" 헤르미온느가 속삭였다. "저 사람 얼굴이 왜 저렇게 된 거지?"

"몰라." 론이 마주 속삭이며 마치 사로잡히기라도 한 것처럼 무디를 바라보았다.

무디는 따뜻하다고는 할 수 없는 환영 인사에도 전혀 아랑곳하지 않는 것 같았다. 그는 앞에 놓인 호박 주스 주전자를 외면한 채 다시 여행용 망토에 손을 넣어 휴대용 술병을 꺼내더니 길게 벌컥벌컥 들이켰다. 그걸 마시느라 팔을 들어 올리자 망토가 바닥에서 한 뼘쯤 들려 올라갔다. 식탁 아래로 끄트머리에 발톱 달린 발이 새겨진 나무 다리가 살짝 보였다.

덤블도어가 다시 목을 가다듬었다.

"앞서 말한 것처럼" 하고, 그가 앞에 있는 학생들의 바다를 향해 미소 지으며 말을 이었다. 그들 모두 여전히 매드아이 무디에게서 눈을 떼지 못하고 있었다. "우리는 앞으로 몇 달 동안 굉장히 신나는 행사를 주최할 영예를 누리게 되었습니다. 100년 넘게 열리지 않았던 행사지요. 여러분에게 올해 호그와트에서 트라이위저드 대회가 열린다는 사실을 알려 주게 되어 매우 기쁘네요."

"**농담**이죠!" 프레드 위즐리가 큰 소리로 말했다.

무디가 도착한 이래 대연회장을 가득 채웠던 긴장감이 갑자기 깨졌다.

대부분이 웃음을 터뜨렸고 덤블도어도 그에 답하듯 빙그레 웃었다.

"농담을 하는 게 *아니란다*, 위즐리 군." 그가 말했다. "하지만 말이 나왔으니 말인데, 이번 여름에 아주 훌륭한 농담을 하나 듣긴 했지. 트롤과 마귀할멈, 레프러콘이 함께 주점에 들어갔는데……."

맥고나걸 교수가 큰 소리로 목청을 가다듬었다.

"어…… 하지만 지금은 그 농담을 들려줄 때가 아닌 것 같군요……. 그렇지…….” 덤블도어가 말했다. “무슨 얘기를 하고 있었더라? 아 그래, 트라이위저드 대회……. 네, 여러분 중에는 이 대회가 뭔지 모르는 사람도 있을 테니 내가 잠깐 설명하더라도 *이미 아는* 사람들은 이해해 주길 바랍니다. 얼마든지 딴생각을 해도 좋아요. 트라이위저드 대회는 대략 700년 전에 처음 시작됐습니다. 유럽에서 가장 큰 마법학교인 호그와트, 보바통, 덤스트랭 세 곳의 친선 대회로 말이죠. 각 학교를 대표하는 선수를 뽑아서, 세 명의 선수가 세 가지 마법 과제를 놓고 경쟁을 벌였지요. 5년마다 각 학교가 돌아가면서 대회를 열었습니다. 일반적으로 이 행사는 서로 국적이 다른 어린 마법사들 사이의 유대를 돈독히 하는 가장 훌륭한 방법으로 여겨졌어요. 그러니까, 사망자 수가 너무 늘어나서 대회가 중지될 때까지는 말이에요.”

“*사망자*라니?” 헤르미온느가 깜짝 놀란 표정으로 속삭였다. 하지만 대연회장에 있는 학생들 대다수는 그런 그녀의 불안을 공유하지 않는 것 같았다. 많은 수가 신이 나서 귓속말을 주고받았고, 해리 자신도 수백 년 전에 일어난 사망 사건을 걱정하기보다는 대회에 관한 이야기에 훨씬 관심이 갔다.

"수백 년 동안 대회를 다시 시작하려는 시도가 몇 번 있었습니다." 덤블도어가 말을 이었다. "한 번도 큰 성공을 거두지는 못했지요. 하지만 우리 정부의 국제 마법 협력부와 마법 스포츠부는 또 한 번 시도해 볼 때가 됐다고 판단했습니다. 우리는 지난여름 내내, 이번만큼은 어떤 선수도 치명적인 위험에 처하는 일이 없게 하려고 노력했습니다. 10월에 보바통과 덤스트랭의 교장 선생님들이 예선에서 선발된 도전자들과 함께 도착할 겁니다. 그리고 핼러윈에 세 명의 대표 선수를 선정할 거예요. 공정한 심판이 어느 누가 트라이위저드 우승컵과 학교의 명예, 개인에게 주어지는 1,000갈레온의 상금을 걸고 경쟁할 자격이 있는지 결정할 겁니다."

"나는 할 거야!" 프레드 위즐리가 식탁 저쪽에서 작게 소리쳤다. 그의 얼굴이 명예와 부를 향한 열정으로 환하게 빛났다. 호그와트 대표 선수가 된 스스로의 모습을 떠올리는 것처럼 보이는 사람은 프레드만이 아니었다. 기숙사 식탁마다 덤블도어를 넋 놓고 바라보거나 옆에 있는 친구에게 뭔가를 열심히 속삭이는 학생들이 보였다. 그러나 그때 덤블도어가 다시 입을 열자 대연회장은 또 한 번 조용해졌다.

그가 말했다. "여러분 모두 호그와트에 트라이위저드 우승컵을 안기고 싶은 마음이 굴뚝같다는 건 알겠습니다만, 참가하는 학교의 교장 선생님들은 물론 마법 정부와도 올해의 도전자들에게 나이 제한을 두기로 합의했습니다. 해당 나이가 된 학생들, 즉 열일곱 살 이상의 학생들만 후보로 이름을 제출할 수 있어요. 이것은……." 덤블도어가 살짝 목소리를 높였다. 그 말을 듣자 몇몇이 화가 나서 떠들어 댔고 위즐리 쌍둥이는 갑자기 분노한 얼굴이 되었기 때문이다. "꼭 필요한 조치라고 생각합니다. 우리가 아무리 주의를 기울인다 해도 대회 과제는 여전히 어렵고 위험할 것이고, 6, 7학년이 안 된 학생들이 그런 과제를 해결할 가능성은 매우 낮아요. 나이가 안 되는 학생이 공정한 심판을 속여서 호그와트 대표 선수가 되는 일이 없도록 내가 직접 조치할 겁니다." 그의 밝은 파란색 눈이 반란이라도 일으킬 듯한 프레드와 조지의 얼굴을 스치듯 보면서 반짝거렸다. "그러니, 본인이 열일곱 살 미만이라면 대회에 참가하려고 시간 낭비 하는 일이 없기를 바랍니다. 보바통과 덤스트랭의 대표단은 10월에 도착해 올해 대부분을 우리와 함께 지낼 겁니다. 나는 외국 손님들이 여기서 지내는 동안 여러분이 모든 예의를 갖출 거라고, 또 호그와트 대표 선수가 뽑히면 진심으로 응원해 줄 거라고 믿습니다. 자, 시간이 늦었군요. 내일 아침 수업을 들어야 하니 충분한 휴식을 취하고 일어나는 것이 여러분에게 얼마나 중요한지 알고 있습니다. 자러 갑시다! 빨리빨리!"

덤블도어는 다시 자리에 앉아 매드아이 무디와 이야기를 나누기 위해 고개를 돌렸다. 전교생이 의자에서 일어나 현관홀로 향하는 문으로 몰려가면서 바닥이 긁히고 쿵쾅대는 요란한 소리가 났다.

"이럴 수는 없어!" 조지 위즐리가 말했다. 그는 문으로 향하는 아이들과 함께하지 않고 자리에서 일어나 덤블도어를 노려보았다. "내년 4월이면 우리도 열일곱 살이야. 왜 우리는 시도조차 할 수 없다는 거야?"

"내가 참가하는 걸 막지는 못할걸." 프레드가 고집스럽게 말했다. 그 역시 상석을 노려보고 있었다. "대표 선수들은 평소라면 결코 허용되지 않을 온갖 일을 할 수 있을 거야. 게다가 상금이 1,000갈레온이나 된다니!"

"그러게." 론이 꿈꾸는 듯한 표정으로 말했다. "그러게, 1,000갈레온……."

"가자." 헤르미온느가 재촉했다. "빨리 가지 않으면 우리만 남겠어."

해리, 론, 헤르미온느, 프레드와 조지는 현관홀로 향했다. 프레드와 조지는 덤블도어가 열일곱 살이 안 된 학생들이 대회에 참가하지 못하게 하려고 쓸 법한 방법들에 대해 토론하고 있었다.

"대표 선수를 결정할 공정한 심판은 누굴까?" 해리가 물었다.

"모르겠어." 프레드가 말했다. "누구든 그 사람을 속여야겠지. 노화 마법약 몇 방울이면 되지 않을까, 조지……."

"하지만 덤블도어는 형들 나이가 안 됐다는 걸 알잖아." 론이 말했다.

"그래. 하지만 대표 선수를 결정하는 사람은 덤블도어가 아니잖아?" 프레드가 약삭빠른 말투로 말했다. "들어 보니까 그 심판은 일단 참가하고 싶어 하는 사람의 명단만 확보되면 각 학교 최고의 학생을 뽑는 데만 관심을 갖지 나이는 신경 쓰지 않을 것 같던데. 덤블도어는 우리가 아예 이름을 제출하지 못하게 하려는 거잖아."

"그래도 사람들이 죽었다잖아!" 태피스트리 뒤에 감춰져 있던 문을 지나 또 하나의 비좁은 계단을 올라갈 때 헤르미온느가 걱정스러운 목소리로 말했다.

"그래." 프레드가 대수롭지 않다는 듯 말했다. "하지만 그건 아주 오래전 일이잖아? 어쨌거나 하나도 위험하지 않으면 뭐가 재미있겠냐? 야, 론, 우리가 덤블도어의 눈을 속일 방법을 찾아내면 어떻게 할래? 참가할래?"

"네 생각은 어때?" 론이 해리에게 물었다. "참가한다면 굉장히 멋지지 않을까? 하지만 좀 더 나이를 먹은 사람이 나가야 할 것 같긴 한데……. 우리가 충분히 배웠는지도 모르겠고……."

"난 확실히 더 배워야 해." 프레드와 조지 뒤에서 네빌의 우울한 목소리가 들려왔다. "그래도 할머니는 내가 시도해 보길 바라실 거야. 내가 가족의 명예를 드높여야 한다고 항상 말씀하셨거든. 그냥 해 봐야 할 것…… 엇……."

계단을 반쯤 올라갔을 때 네빌의 발이 계단 아래로 쑥 빠졌다. 호그와트에는 이런 함정 계단이 많았다. 고학년 학생 대부분에게는 이런 특별한 계단을 뛰어넘는 것이 제2의 본능이나 마찬가지였지만 네빌은 기억력이 나쁘기로 유명했다. 해리와 론이 그의 겨드랑이 밑에 손을 넣고 끌어당겼다. 계단 꼭대기에 있는 갑옷들이 쌕쌕대며 웃느라 삐걱거리고 덜컹거렸다.

"시끄러워." 론이 지나가면서 갑옷 면갑을 쾅 쳤다.

그들은 분홍색 비단 드레스를 입은 뚱뚱한 귀부인의 커다란 초상화 뒤에 가려진 그리핀도르 탑 입구로 갔다.

"암호?" 그들이 다가가자 그녀가 물었다.

"허튼소리." 조지가 말했다. "밑에서 반장한테 들었지."

초상화가 앞으로 홱 열리며 벽에 뚫린 구멍을 드러내자 그들은 모두 그 구멍으로 들어갔다. 난롯불이 타닥거리며, 푹신한 안락의자와 탁자로 가득한 둥근 휴게실을 따뜻하게 데워 주고 있었다. 헤르미온느는 즐겁게 춤추는 난롯불에 어두운 시선을 던졌다. 그녀가 잘 자라는 인사를 하고 여학생 기숙사로 통하는 문으로 사라지면서 "*노예 노동*"이라고 중얼거리는 소리가 해리의 귀에 분명히 들렸다.

해리, 론, 네빌은 마지막 나선형 계단을 올라 탑 꼭대기에 있는 침실에 도착했다. 짙은 빨간색 커튼이 달린 사주식 침대 다섯 개가 벽에 붙어 있었고, 각각의 침대 발치에는 침대 주인의 짐 가방이 놓여 있었다. 딘과 셰이머스는 이미 잠자리에 든 뒤였다. 셰이머스는 침대 머리맡에 아일랜드 장미 장식을 꽂아 두었고, 딘은 빅토르 크룸의 포스터를 침대 옆 탁자에 압정으로 붙여 놓고 있었다. 원래 붙어 있던 웨스트햄 축구팀 포스터 옆이었다.

"말도 안 돼." 론은 전혀 움직이지 않는 축구 선수들을 보고 고개를 설레설레 저으며 한숨을 쉬었다.

해리, 론, 네빌은 잠옷으로 갈아입고 잠자리에 들었다.

누군가가(물론 집요정이겠지만) 이불 밑에 워밍 팬(침대를 따뜻하게 데울 때 쓰는 숯불 다리미 비슷한 기구—옮긴이)을 놓아두었다. 침대에 누워 바깥에 불어닥치는 폭풍우 소리를 듣고 있으니 무척 편안했다.

"있잖아, 나도 해 볼 거야." 론이 어둠 저편에서 졸린 목소리로 말했다. "프레드랑 조지가 방법을 알아내면……. 트라이위저드 대회 말이야……. 혹시 모르잖아?"

"그렇지……." 해리는 침대에서 몸을 뒤척였다. 그의 눈앞에 눈부신 새로운 장면들이 연이어 떠올랐다……. 공정한 심판을 속여서 그를 열일곱 살이라고 생각하게 만들었다……. 그가 호그와트 대표 선수로 뽑혔다……. 교정에 서서 전교생을 앞에 두고 의기양양하게 두 팔을 들어 올리자 모두가 손뼉을 치고 환호성을 질렀다……. 해리가 방금 트라이위저드 대회에서 우승한 것이다……. 흐릿하게 보이는 관중 속에서 감탄의 빛으로 물든 초의 얼굴만 특별히 선명했다…….

해리는 베개에 얼굴을 묻고 씩 웃었다. 론이 이런 생각들을 볼 수 없어서 정말 다행이었다.

(제4권 《해리 포터와 불의 잔 2》에서 계속됩니다.)

GRYFFINDOR

강동혁은 서울대학교 영문학과와 사회학과를 졸업하고 같은 학교 대학원에서 영문학 석사학위를 받았다. 옮긴 책으로는 《신비한 동물사전 원작 시나리오》, 《일곱 건의 살인에 대한 간략한 역사》, 《레스》, 《이 소년의 삶》 등이 있다.

해리 포터와 불의 잔 1(그리핀도르 기숙사 에디션)

초판 1쇄 인쇄 2022년 7월 12일
초판 1쇄 발행 2022년 8월 16일

지은이 | J.K. 롤링
옮긴이 | 강동혁
발행인 | 강봉자, 김은경

펴낸곳 | (주)문학수첩
주소 | 경기도 파주시 회동길 503-1(문발동 633-4) 출판문화단지
전화 | 031-955-9088(마케팅부), 9532(편집부)
팩스 | 031-955-9066
등록 | 1991년 11월 27일 제16-482호

홈페이지 | www.moonhak.co.kr
블로그 | blog.naver.com/moonhak91
이메일 | moonhak@moonhak.co.kr

ISBN 978-89-8392-926-6 04840
978-89-8392-901-3 (세트)